乡村情愫

XIANGCUN QINGSU

朱幸福◎著

安徽师范大学出版社
ANHUI NORMAL UNIVERSITY PRESS
·芜湖·

图书在版编目(CIP)数据

乡村情愫 / 朱幸福著 .— 芜湖: 安徽师范大学出版社,2021.1
ISBN 978-7-5676-5008-4

Ⅰ. ①乡… Ⅱ. ①朱… Ⅲ. ①散文集 - 中国 - 当代 Ⅳ. ①I267

中国版本图书馆CIP数据核字(2021)第023961号

乡村情愫　　朱幸福◎著
XIANGCUN QINGSU

责任编辑: 郭行洲　　责任校对: 祝凤霞　任申萍
装帧设计: 丁奕奕　　责任印制: 桑国磊
出版发行: 安徽师范大学出版社
芜湖市北京东路1号安徽师范大学赭山校区
网　　址: http://www.ahnupress.com/
发 行 部: 0553-3883578　5910327　5910310(传真)
印　　刷: 苏州市古得堡数码印刷有限公司
版　　次: 2021年1月第1版
印　　次: 2021年1月第1次印刷
规　　格: 700 mm×1000 mm　1/16
印　　张: 19
字　　数: 255千字
书　　号: ISBN 978-7-5676-5008-4
定　　价: 60.00元

如发现印装质量问题,影响阅读,请与发行部联系调换。

自序

散文好写。内容上，从事关国计民生的大事到鸡毛蒜皮的家庭小事，从风花雪月地理风貌到人文掌故历史风情，上下几千年，纵横几万里，都可以入文；风格上，或是真情绵绵如行云流水，或是慷慨激昂若惊涛骇浪，当然也可以是随思绪流淌娓娓道来。散文可以随心性，风格不拘，规矩框框不多，所以写散文的人也很多，我就是在这种氛围下不知不觉地写起了散文。部分作品还发表在《人民日报》(海外版)、《中国青年报》《中国教育报》《北京晚报》《安徽日报》等大报副刊上。但写着写着，我就发现，要想把散文真正写好也确实不容易。无论内容多么丰富，历史多么悠久，地域如何广阔，都要紧紧围绕一个中心——“形散神聚”；再就是散文要有瑰丽的想象、睿智的言论、稠密的情感。作为“文字的轻骑兵”，散文无论是叙事、说理、抒情，都要求情感真挚、语言流畅、文字准确、意境优美。于是，我有时也对散文创作产生畏惧的心理，偶尔有几篇感觉还不错的就投给了《散文》《美文》等几家权威性散文刊物，但也多是石沉大海，一度让我很是泄气。好在许多省市级报刊对我还是比较关照的，写出的文字基本上都发表了，这多少对我是一种安慰。

散文集《乡村情愫》中作品分成四个部分：第一部分是《遍地美景》，收入了描写本市范围内地域风景的15篇作品，其中《路过殷港》《收藏西河》被《人民日报》（海外版）发表，《贡家庄》被《安徽文学》发表，这让我明白无论这些地方是否有名气，只要我们注入了个人的情感，写得真、写得好，还是能被大报大刊接受的。第二部分是

《皖风徽韵》，收入了15篇游记，这些文章也都在风景所在地的媒体上发表过，譬如《儒韵全椒》还被评了个“全椒文学奖”，对我更是一个鼓励。我总觉得，到一个地方，无论是旅游还是出差开会，给当地留下点文字是我应尽的义务，也是我对自己的一个要求。第三部分《尘世写真》收入了27篇生活散文，如为顾全大局甘愿牺牲个人利益的《农民的胸襟》，真诚宽容以德报怨的《初为房东》，一天只买一张彩票的《以平常的心态博彩》，没有亲口表达出来的《心存感激》……生活中所见所闻所经历的是是非非恩恩怨怨，都在我的文章中留下痕迹。第四部分《文人书事》收入15篇散文，有《我的文学启蒙老师崔之建》《我的文学引路人王兴国》等篇中的感恩和怀念，还有长篇系列散文《缝缝补补十六年》中一个县报副刊编辑的执着与坚守……《寻觅幸福之乡》作为代后记放在了最后，是对我自己文学创作的总结与回望。

本书收集的多是2008年以后的散文作品，借用前一本散文集后记《潇潇洒洒这十年》的题目，也可以叫《潇潇洒洒又十年》。其实，刚刚过去的这十年确实潇洒不起来，因为经历了太多的变故：先是县报的几次改版，接着是网络的冲击、纸媒的影响力减弱，再就是报社与电视台的媒体融合，工作岗位变动；生活上，妻子的病故、女儿的成家与立业。这些波动导致我自己的职业与生活需不断重新规划。当然，辛辛苦苦忙忙碌碌的奔波之中，也有一些值得高兴的事：譬如我的散文集《泥巴墙头腊味香》被清华大学出版社当作畅销书出版，还被《中国教育报》列为2015年教师暑假阅读推荐书目；我的文章在文学期刊和大报副刊发表或获奖，其中《收藏西河》还被作为北京市和扬州市中考语文模拟考试试卷的阅读考题；困扰我多年的副高级职称评上了，还陆续加入了中国民间文艺家协会、中国作家协会……生活总是很公平的，在关闭了我们的一扇门之后，一定还会给我们打开另一扇窗，让我们在挫折和失败面前永远不失去生活的勇气和进取的信心！

目　录

遍地美景

皖风徽韵

尘世写真

路过殷港

虽然我不是殷港人，也没有在殷港工作或生活过，但对于青弋江畔这个叫殷港的地方，却并不陌生。因为我经常会路过那个地方，并且与那片土地上的人有着千丝万缕的联系。

殷港，也称南湖滩头，最早开垦于北宋崇宁年间（1102—1106年），至民国十八年（1929年）围圩成熟。它的得名与徽商有关。当年，徽商顺青弋江而下，从芜湖入长江，再奔赴全国各地，一时名噪天下。当他们的船筏到了青弋江下游时，因江面宽阔，水势平缓，鹭鸟依依，风景苍茫，他们紧张的心情也因此放松下来，将船筏停泊在河湾处，生火做饭，上岸买点家禽鱼肉和蔬菜，把酒言欢。久而久之，岸边便有了专门做他们生意的茶庵、店铺。物物交换，互通有无，这里便人气渐旺，一个殷实富裕的港湾渐渐形成。也有说最早是一户姓殷的外乡人家居住于此，还开了个杂物铺，与船上客商交易，遂称"殷港"。但那时，青弋江沿岸的集镇码头太多，进入芜湖境内就有弋江、西河、红杨、湾沚、方村、清水河等许多古镇老街，殷港委实没什么特别的优势，因此总有些名不见经传，也一直没有发展起来。直到1984年殷港成为易太乡政府所在地后，才和许多的乡镇政府所在地一样，有了学校、供销社、信用社、食品站、卫生院等，渐渐红火起来，以至于被当地的老百姓习惯地称为"殷港街"。

在我的印象中，并没有觉得"殷港街"与我读书工作过的咸保乡政府所在地"强湾街"有多大的差别，也没特意去逛逛。这些地方的繁荣几乎与改革开放同步，在二十世纪七八十年代开始兴盛。那时，水运已渐渐开始衰落，陆路运输开始兴起。殷港因为有芜（湖）屯（溪）公路经过，交通比较方便，人的思想也比较活跃，所以经济也比离公路较远的政和、咸保等乡镇发达。我们出门进城经常要经过殷港那个地方，但多是在车窗外匆匆瞥上一眼，就一掠而过，并没有机会下去走走看看。

我真正接触殷港时已在咸保中学当教师了。当时，一条石子公路从殷港伸进来，经过强湾，一直延伸到水阳江大堤。我们出门可以坐三轮车或骑自行车，先到殷港，再转乘芜屯路上的公共汽车，才能到达县城或者市区，几个分配在殷港中小学教书的同学也因此感觉比我们交通优越，他们的宿舍便成了我们旅途上的中转站。我们去县里参加教研活动，或去市区参加文学采风，经常会将自行车丢在他们宿舍的门口，然后再坐车走，回来时拿了车再骑回家。那时自行车还比较金贵，常会被贼惦记，只有放在校园教师宿舍的门口才比较放心。记得有次回来晚了，同学以为我不回来了，他出门前将我的自行车搬进房间里锁了，我只好步行回家。走到半路，天又突然下起雨来，回到学校，又冷又饿，疲惫不堪。当然，有时太迟了，同学朋友都在，也会热情地挽留我住一夜。晚间散步便会到殷港街上逛逛。其实说是街，也只有二三百米，有十几家商铺和农家交错着，只有早晨会热闹一下，其他时间便门可罗雀，冷清得很。青弋江大堤边是乡政府的大院，附近还有一个可容纳近千人的电影院，放些港台片，可算当时最热闹的地方了。只是因为种种原因，我并没有进去看过一场电影。等我去采访创办企业的人，第一次走进电影院里面时，已经是20多年之后了，电影院已经是几家小企业的生产车间，只是高大的门头还在，“易太电影院”几个大字还在，空荡的舞台、斑驳的天花板、高高的门窗等，还有些电影院的痕迹。真可谓光阴荏苒，岁月如梭啊！

对于殷港，我只是一个匆匆的过客。

但跑多了，殷港那地方的学校老师、政府干部、店铺老板等也都渐渐熟络了。印象中有两个人比较特别：一个是写新闻的，叫万事好，是我在县里开宣传报道工作会议时认识的，当时我也写稿，经常给县广播电台投稿，然后在学校附近的大喇叭里听“某某报道……”听多了，对名字就熟悉了，开会一聊，见着了真人，又是邻居，格外亲切。我们交流写作体会，探讨写作技巧。当然，也免不了推杯换盏，畅叙人生。老万比我年长，他有个特点，成天乐呵呵的，见到谁都远远地笑脸相迎。原来是他视力不好，怕别人说他端地方“名人”的架子，所以不管前面来的是谁，他总是老远就冲对方笑。有时，我看他迎面走来，故意不作声，等和他擦肩而过了，再回头猛吼他的名字，他的脸上就只剩下尴尬的笑意了……另一个是写古诗词的，叫谢祖才。他当时在易太中学教书，其诗词作品在全球华人世界里颇有影响，臧克家等名家名人都和他有过唱和。我当时也喜欢文学，经常把自己的东西送给他“批评指正”，他也不厌其烦地提出自己的建议。到了饭点，他就留我在他家吃饭，陪他喝几杯小酒。师娘识字不多，但对他和文化人都很尊重。后来，谢老师果然被县地方志办公室调去修县志了。

去的多了，熟人也多了，就认识了我的妻子。她当时在政府上班，我也因此对殷港格外关注。直到如今，每次提到殷港，我总感到有一些莫名的亲切。我曾多次将易太与我的家乡咸保作过对比，总觉得易太人因为公路交通便捷，思想开放些，在改革开放之初就开始搞多种经营，植果树、栽葡萄、种草莓，搞大棚蔬菜，发展经济。虽然在2003年末，易太和咸保都被并入了六郎镇，殷港和强湾都不再是乡镇政府所在地，但殷港的发展却并没有慢多少。一是因为六郎镇政府将殷港作为工业集中区，重点发展工业，使得这片土地迅速热起来，厂房林立，道路宽敞，带动了三产的繁荣；二是因为殷港独特的地理位置，距离市区非常近，承接着市区人员物资的扩散和辐射；三是因为殷港人勤劳聪慧，种树养花，经营经济作物，拓宽了发展的空间。经济的发展，市场的繁荣，带来人员的集聚。殷港成了人们心中名副其实的“小镇”。这不，政府又不失时机地提出建设殷港艺创特色小镇的愿望。

其实，建设殷港艺创特色小镇并不是空穴来风，只要到过殷港的人都会感受到它浓郁的文艺气息。远的不说，二十世纪六七十年代，著名画家黄叶村就曾在易太中学教书多年，现在殷港许多人家还存有他当年赠送的画作，应该已是价值不菲了。再就是版画家冯今昌，也在殷港生活多年，他是芜湖县最早加入中国美协的人。进入21世纪后，金家母女将兰州的一个残疾人蔺述新带回家乡照顾，并帮助他成为著名的画家，感人故事传遍国内外。中央电视台著名节目主持人倪萍曾对他们进行过专访。而顶峰美术学校的进驻更是让殷港小镇如虎添翼，每年都有成百上千的学生来此学习美术，“顶峰教育”已成为艺考生们圆梦大学的第一选择，且已经有近两万名学生通过顶峰教育考入了大学，并向中国美术学院、清华大学、复旦大学、南开大学、南京艺术学院等名牌大学输送了一批又一批优质的生源。可谁也没有想到，顶峰教育的董事长夏云兴出身贫寒，身有残疾，他从美术培训开始，几乎白手起家，一步步发展壮大起来。现在，他正以顶峰教育集团为依托，以殷港为中心，不断扩大规模，全力打造艺创特色小镇。也许要不了多久，殷港这个介于城乡接合部、经济发达、环境优美的非建制镇——殷港艺创小镇，一定会以独特的形象展现在世人的面前。

无论你从县城还是市区进入六郎镇境内，但见公路宽敞，车流如梭，两边绿树成荫，花团锦簇，清风扑面，鸟鸣呦呦。农家小院的徽派建筑与时尚大气的现代建筑错落有致，相得益彰。入夜，路灯明亮，霓虹闪烁，音乐飞扬，广场上大妈大姐们在翩翩起舞，马路边是农民们在悠闲地散步聊天。殷港小镇，正向着“比城市更温馨，比农村更文明”的目标不断迈进。

【原载2019年2月18日《人民日报》(海外版)】

贡家庄

贡家庄是芜湖县的一个自然村，现有居民700多人，外被青弋江与上潮河环绕，常年雨水丰沛，是典型的水网圩区。虽然村名叫贡家庄，但全庄并无一户姓贡，95%的人家姓陶。据《陶氏宗谱》记载：明嘉靖年间（1522—1566年），陶氏族人从山东定陶迁移至此，给贡家庄庄主打工。贡庄主生性仁慈，双方相处非常融洽。随着岁月的流逝，贡家的人口逐渐减少，而陶姓人丁日益兴旺，最后陶姓接管了这片土地。但陶姓人并没有将村名改为“陶家庄”，而是不忘贡庄主的旧恩，将“贡家庄”地名沿用至今。

贡家庄地处青弋江下游，每到汛期，皖南山洪暴发，洪水暴涨，又逢长江中下游地区梅雨连绵，江水倒灌顶托，常形成“龙虎斗”之势，圩区频受水涝灾害之苦。贡家庄所在的六连圩地势低洼，遇雨一片汪洋，过去防洪排涝设施简单，有时辛辛苦苦耕种大半年的庄稼被洪水一冲，颗粒无收，人们只能烧香磕头祈祷“苍天保佑，少患水灾，多收谷粮”。传说有一天，乌云骤至，顿时风雨交加，一位头缠黑巾、身穿黑袍的老者进村避雨，受到族长热情接待。雨停后，那老者说自己“精通风水地理”，能帮村里“治理水患”。族长仔细打量这位老者，见他身材魁梧，膀阔腰圆，额头宽广，鼻梁高挺，眉宇间有一股仙风道骨之气……抱着试试看的心理，族长领他察看了全村地形。看完之后，那老者对族长说：“要想根治水患，必须按照我指的线路挖出一条沟渠，可除内涝。”说完，就拿着铁锹间隔挖洞，族长则指挥村人将洞连挖成一条排水渠，直通青弋江河道。从此，贡家庄、上团坝、鹤鱼口这片土地排水顺畅，内涝渐少，丰收便有了保障。族长在感激怀念那神秘老者之时，有人就觉得那位神秘老者很像人们供奉的水神张渤。于是，贡家庄、上团坝、鹤鱼口三个村都分别集资建起了祠山大帝张渤的庙宇。

贡家庄的祠山大帝殿建于清康熙三年（1664年），三进，红墙黄瓦圆门，大门正对青弋江，殿两侧是几百亩肥沃的良田。殿内整日香火缭绕，红烛闪烁，香客不绝。青弋江上往来的徽州客商到此都要停船上岸，烧香祈福。每逢晴朗之日，香火升腾，烟雾缭绕，夕阳将祠山殿笼罩在一片璀璨的霞光之中，美丽而壮观，人们又称其为“红庙”。红庙建立后，虽然几百年间一直享受着贡家庄百姓供奉的香火，但似乎并没能真正降服青弋江洪魔。清光绪元年（1875年），皖南山洪再次暴发，青弋江中下游众多小圩圩堤溃破，群众遭灾，六连圩也未能幸免，重建时的圩堤向北漂移500多米，祠山殿和两侧几百亩地都成了青弋江滩涂。虽然贡家庄人年年播种，但能否收获主要看当年的雨水多少、洪水来得早迟。1951年，当地人民政府将六连圩和东定圩、三义圩联并成一个万亩大圩——红星圩，加固了堤防，提高了防洪能力，但还是没有从根本上解决汛期水患问题。水利专家考察后认为：红星圩内外都是沙质土，抗洪能力差，加之青弋江上游汛期来水汹涌，下游河道九曲回肠，贡家庄西侧的鹤鱼口河道呈鹤嘴状，浅且狭窄，芦苇丛生，水流缓慢，洪水只能向青弋江东边绕贡家庄流去，造成汛期水位抬升，圩堤压力增大，再遇到长江洪峰倒灌顶托，水位居高不下，许多圩堤都经不住洪水浸泡，因此渗漏、管涌、塌方等险象环生。1999年，皖南山区普降暴雨，上游陈村水库被迫开闸泄洪，青弋江中下游水位超历史峰值，造成红星圩漫破，村民陶征瑞说他家三房家具被淹，圩内房屋土地被淹，只有楼房的屋顶漂在水面之上……

为彻底解决青弋江水网圩区洪水漫溢、出流不畅等问题，2012年5月，由国家投资28.28亿元的青弋江分洪道工程正式启动。青弋江分洪道是安徽省重大的水利项目，是水阳江、青弋江、漳河流域防洪治理总布局中的重要骨干工程。本来这是个德政工程、民生工程，应该得到当地老百姓的欢迎和支持才对，但谁也没有想到，居然在贡家庄征地拆迁时遇到了麻烦：无论当地镇村干部怎么动员、怎么做工作，贡家庄人特别是老年人就是不买账。征地拆迁工作一时陷入僵局，而青弋江分洪道工程整体建设已箭在弦上，迫在眉睫！

压力就是动力！为了迅速打开征地拆迁工作的突破口，芜湖县公安局政委严玉宝被推到了第一线。因为他曾在贡家庄所属的红杨镇政府工作过，他的爱人是贡家庄人，村里人几乎都是他沾亲带故的亲戚。

严玉宝了解到，按照设计规划，青弋江分洪道工程建设要在贡家庄外的青弋江上建分洪闸，需要占用的土地正好是原红庙旧址和土地，虽然有失地补偿、有养老保险等保障措施，但群众还是不同意。理由是那地原来是祠山大帝的住地，多年来人神大体上相安无事，特别是20世纪80年代后，个体水运（船运）兴起，村里大批人士投身其间，致富者众多。全村经济发展良好，社会和谐，村民安居乐业。少数老人们认为如果此时再大兴土木，势必改变地貌，破坏风水，引起神灵怪罪，会惹来全村的灾祸。于是，严玉宝开始寻找打消群众思想顾虑的钥匙。

他很快就发现：村人供奉的祠山大帝其实就是青弋江、水阳江等流域的治水英雄张渤。张渤十来岁时就决心以大禹为榜样，立志治理水患；年暮之时，张渤还领着民众开挖广德至长兴的运河，谋划开通广德至郎溪、南漪湖的运河，后因朝廷王莽篡位，全国上下狼烟四起，运河被迫废于半途。张渤“头缠黑巾，身穿黑袍，遁隐横山（后改名“祠山”）”，后人们纷纷给他建起庙宇，尊奉他为祠山大帝。于是，严玉宝心里有底了，他理清了做好拆迁工作的思路。

他首先找到村里87岁德高望重的老生产队长（村民小组长），两有的门窗关着，似乎已经好久没有烟火的气息，就连门锁上也落满了厚厚的灰尘。但老房子里依然住着许多老人，或捧着茶壶听着庐剧，陶醉在自己快乐的世界里，或者戴着老花镜做着传统的手工活，如绣花、编竹器、打铁制农具等，日子过得悠闲而有滋味。偶尔，老街也会热闹起来，那是一批批文人墨客来此观光：或寻古探幽，或拍照留影。他们三三两两地从街巷里慢慢地走过，一边欣赏着古老的建筑艺术、浓郁的民俗风情，一边感叹着岁月的流逝，发一声沧海桑田的喟叹。待他们的身影如鸟儿般从老街穿过之后，老街便又恢复了往日的寂寥，只有那鞋跟敲击青石的阵阵清音依然在街巷中回荡……

于是，我有了个大胆的建议——收藏西河！

说是收藏，其实也就是保护，应由政府和民间有识之士来共同完成，把那些破败的房子保护好、修缮好，给我们的后人留下一些可供瞻仰、凭吊的实物。芜湖市工商联古玩商会会长褚耀武行动了起来，他租赁下好几处有代表性的房屋，开始了有保护性的维修，并且收藏了许多古家具、老证件及许多书画家的作品陈列着，向客人介绍时总是反复强调："我们村……"于是，倒塌的墙垣得到了修复，腐烂的木梁得到了更换，久闭的门窗打开了，布满灰尘的房屋恢复了勃勃生机。再于是，画家、摄影家们的创作基地落户了，诗人杨四平也将工作室的牌子挂在了这里，影视剧导演们陆续将目光瞄准了这里，除早就拍摄完成的电视连续剧《米市春秋》外，电影《关关雎鸠》剧组干脆在此扎下根来。

开发西河，也许我们目前还没有这个实力，但我们起码可以先将西河古镇保护起来，譬如列入县级以上文物保护单位等，作一些简单必要的修复，给我们后人留下一个徽韵浓郁的西河古镇。

【原载 2015 年 6 月 23 日《人民日报》(海外版)】

红杨树之“红”

红杨原名红杨树，是芜湖县的一个乡镇，半山半圩，风景秀丽。皖南最大的河流青弋江穿境而过，在与一条无名小河交汇处形成了一个集市——红杨树：河边有供来往船只停靠的码头，有供两岸来往的渡船，岸上还有几十家店铺夹岸逶迤，是当地人物资交换的街市。与皖南的许多老街相比，红杨老街名气并不大，无论其规模、影响、历史等，几乎远远逊色于其上游不远处的西河老街。但在抗战初期，红杨树却因新四军三支队驻防而闻名。这支刚刚由活跃在闽北闽东等地红军游击队改编的新四军三支队，在红杨树打响了抗日的枪声，而且一战成名，屡战屡胜，让驻守在湾沚乃至芜湖的鬼子伪军胆战心惊，再也不敢小觑这些“草鞋兵”的战斗力。

据《中国共产党芜湖县地方史》第一卷（安徽人民出版社2008年第1版）第四章及《芜湖县志》（社会科学文献出版社1993年版）等记载：日军为牢牢控制长江航运线，不断沿青弋江南犯，驻守在那里的国民党32集团军节节失利，新四军三支队五团便奉命接替国民党144师在红杨树、峨桥、青弋江一带的防线。1938年7月，五团长孙仲德率部赶到时，红杨树已沦入敌手。他立刻命令五团二营长陈仁洪率部夺回红杨树一线阵地。二营是由红军游击队改编而成的英雄部队，能征善战，点子又多，他们派出十几名经验丰富的侦察兵，趁着黑夜摸到红杨树的林子里，放爆竹，扔手榴弹，大部队在外面配合，闹了大半夜，鬼子摸不清情况，怕给“包饺子”，更不敢出击，第二天一早就撤到湾沚的据点去了。二营顺利地收复了红杨树。

土地，染红了这片土地上的草木树林，老百姓们给这儿取名叫红杨树，是要我们后人永远记住红军战士曾像密密的杨树林一样坚定地守护着脚下的土地和人民。

红杨树，可以说是一种跟红军有关的树。

【原载 2016 年 8 月 13 日《大江晚报》】

逛九十殿庙会

桃红柳绿，阳光灿烂，在这样的日子里走出城市，去举办九十殿庙会文化周的乡村，实在是一次快乐之旅。满眼是花的海洋，绿的世界，让人赏心悦目。再想象着龙灯、黄梅戏、旱船、广场舞大赛等精彩的表演，还有齐云山道士为百姓们的祈福大典，心情也像晴朗的天空一样明媚起来。

与许多大型活动一样，现场都实行了交通管制，连电动车、自行车都被挡在了场外，我们只好步行进入会场。入口处，彩旗招展，彩虹门高悬，几只硕大的气球在天空飘荡，立刻将我们的情绪调动起来。跨进彩虹门，首先进入眼帘的是“美丽花桥”优秀摄影作品展，一幅幅精美的图片夹路陈列，吸引了无数游人的目光：花桥美景、民俗、经济发展成果、百姓安逸生活……作品内容之丰富，画面之活泼，构图之新颖，即使在“全民摄影”时代的当下，也让我们不能不佩服这些摄影大师们视角的独特和技术的高妙。

走进庙会主场的外围，仿佛进入了一个巨大的杂货市场，一排排临时摊位与门店错落有致，各种商品琳琅满目，尤其以食品、服装类最多，日用小百货也比比皆是。摸彩的、套圈的、打枪的各据一角，玩蛇的、抖空竹的、吹糖人的、卖梨膏糖的，各显神通。村部门前的大广场上居然建起城堡、过山车等大型儿童游乐设施，开发区的一些企业也把招工平台搬到了现场，有众多的岗位等待大家挑选……小孩们手里拿着玩具，嘴里吃着零食；大人们选购着那些平时很少见到且价廉物美的小商品，也许顺便还能找份工作。通道、店铺前挤满了男女老少，摩肩接踵，川流不息，场面虽然熙攘嘈杂，却更显热闹。匆匆浏览一眼，我们径直往庙会的主会场赶去，迎面却碰上许多人正往外走，一打听才知道，原来龙灯表演刚刚结束。同伴们不免有些遗憾，我也有些惋惜，但并不太在意，因为我曾多次采访过葛村山板龙灯，已经非常熟悉，还在多家报刊上做过宣传呢。好在庙会的祈福仪式还没有举行，这让我们颇感安慰。

据有关文献记载：九十殿道观，也称敏灵观。建于南唐，历千百余年而“祀享不忒，庙貌维新”，观内供奉祠山大帝张渤。张渤乃西汉时武陵龙阳人，欲自长兴别溪凿运河至广德，以通舟楫。民间传说他为加快掘进速度，化身猪龙，奋力拱土，不料被他的家人看见了原身而功亏一篑。后人将其神化为祠山大帝，立庙以祀，每年农历二月二至初八，作庙会以纪念他开山治水之功。敏灵观最后一次庙会是1948年，中断46年后于1994年起恢复了庙会，基本上由民间自发举办。此次庙会文化周由花桥镇政府主导，民众广泛参与，七天的活动内容安排得丰富多彩，其中祈福是开幕式当天的重头戏，在道观与戏台之间的广场上举行。当吉时临近，人群开始向祈福台四周聚集，摄影家们更是早早搭起高台，占据了有利的拍摄位置。锣鼓铿锵，香烟缭绕，远道而来的齐云山道士盛装登台，黄纸飘飘，咒语呢喃，声声祈福飘向苍穹……此时，阳光普照，春风柔和，人山人海似的观众竟然出奇地安静，人人的脸上洋溢着祥和的笑容……

芜湖是鱼米之乡，长江、青弋江、水阳江、漳河等与众多沟渠池塘连成密布的水网，水在给人民生活带来便利的同时，也一直威胁着人们的安全，譬如上世纪末，半山半圩的花桥镇联建圩就在一场百年不遇的洪水中成为一片汪洋。所以，我一直以为人们之所以供奉祠山大帝张渤，实际上也是对“治水”的重视，祠山大帝也想庇护自己的臣民，但他当年的愿望毕竟没有实现，洪水也时常会威胁着当地的人民。只有到了新中国，特别是进入新世纪后，一系列水利工程开始实施，万亩圩口堤防达标，多条河道沟渠得到疏浚，再加上芜申运河和青弋江分洪道的修建，实际上都在继续着张渤当年未尽的“治水大业”。届时，花桥乃至整个芜湖恐怕再无水患之忧了。这才是真正的百姓之福，国家之福！

七天的庙会文化周圆满落幕了，社戏、广场舞、采茶灯、龙灯等民俗活动不仅让当地群众大饱眼福，火爆的集市交易也让商家和许多普通百姓得到了实惠，客观上也带动了当地的经济发展，提升了花桥的知名度、美誉度。

【原载2016年4月27日《大江晚报》】

店、鸦片烟馆、酱坊、染坊、肉铺等，渐渐成了货物集散地和商品交易区，人们出售完农副产品后，还在这里消费。花桥渡杨氏夫妇酿的酒连当今皇上都喝过，所以他们酿的酒自然成了当地官民、来往客商喝酒的首选，外地客商喝过之后也纷纷带些回老家，杨氏花桥渡酒也因此名闻乡里，香飘远近酒肆。杨氏夫妇因此生活美满起来，真可谓塞翁失马，焉知非福啊！

花桥镇因花桥渡而得名。花桥渡桥建成后曾多次被毁，现存的单孔半圆形石拱桥重建于民国十二年（1923年），桥长15.4米，宽3.4米，高4.2米；半圆形拱跨3.4米，拱高3.2米。桥面略呈弧形，用青条石和糯米稀砌就。12块石栏板上雕刻蛟龙、兽面、荷花、兰草等图像。桥一侧阳刻着“花桥渡”3个字，另一侧阳刻着二龙戏珠的图案。1954年，一场洪水再次冲垮了桥面以上的建筑，直到1970年5月，“花桥大队革委会”才将桥面以上的水毁部分修复。进入新世纪后，乡村公路建设蓬勃发展，“村村通”工程便捷了每村每户。为了保护老桥，花桥镇政府又在老桥旁边建了一座钢筋混凝土新桥，供车辆通行，老桥则作为“文物”被保存起来。有趣的是：花桥渡的酿酒技艺也传承下来，在一个叫杨惟寿的人手中得到了进一步的发展。如今，一箱箱、一车车的花桥渡酒便是通过花桥渡之桥流向苏浙沪皖的消费者口中，影响越来越大，好评越来越多！

【原载2020年9月16日《安徽科技报》】

春天里去野外吹吹风

虽然早已是春天了，但天气还是有些阴冷，太阳也和我们捉迷藏似的，时隐时现。窗外，风呜呜地叫着，雨细细地飘着，迷蒙一片，不知是雨雾还是霾。屋子里，到处是湿漉漉、冷飕飕的，墙壁、地板都渗出了一层细密的汗珠。办公室的空调勤奋地工作着，暖风熏得人口干舌燥，心浮气躁，我们不由埋怨起这鬼天气来。同事说："惊蛰落一点，反九四十天。这是典型的倒春寒啊！"我这才蓦然想起，惊蛰那天似乎听到了几声滚滚的春雷。

星期天上午，天渐渐放了晴，中午的时候太阳还在云层里露了几下笑脸。于是，就约上几个朋友下午去野外转转，看看田野里或璀璨的鲜花，或葳蕤的绿草，呼吸些清新的空气。有的开上自家车，有的拿上照相机，十几个人兴致勃勃地一路奔向田野。没有约定的目标，没有选定的方向，车轮只是逃离着繁华的城镇，逃离着宽阔的马路，逃向宁静淳朴的乡村。

在水阳江大堤的拐弯处，一个满眼都是油菜花的地方，大家在大堤上散开，纷纷拿出照相机、手机，各拍各的风景，各抒各的情思。河中是大片大片绿油油的滩地，散落着几十只或黑或白、或大或小的羊，这幅图景就像蓝天中飘浮的云彩，随牧羊人手中鞭子的起落，变幻出不同的图案。大堤的斜坡上，巴根草、马兰头、荠菜等许多野草早露出了嫩嫩的草尖，两头水牛正在低头啃着。几只不甘寂寞的白鹭在牛背上跳来跳去，吵着要和牛一起做游戏似的。但牛似乎对白鹭们并不感兴趣，只顾埋头啃吃鲜嫩的小草，偶尔被白鹭弄烦了，才抬起

行走在芜屯公路上

印象中，芜屯公路一直是横贯县境的一条省级公路，无论是去县城湾沚还是到江城芜湖，除了水路以外，在很长时间内它都是县内唯一一条便捷的陆上通道。我家住在昭义河与水阳江的交汇处，离芜屯公路很远，步行要十几里路，遇到下雨天道路十分泥泞，出门很是不便。于是，心里便常有些抱怨：我的祖辈、父辈们怎么不选择公路旁边居住？

我第一次踏上芜屯路时刚刚改革开放，电影《红楼梦》在县城公开放映，村里的男女老少都进城看电影，我也夹在其中进了城。但当时电影票非常紧张，大人们只弄到了后面座位的票，我们这些小孩子直到电影开演半个多小时后才被熟人偷偷放进去，在过道里观看。贾宝玉和林黛玉们的爱情悲剧我们是看不懂的，观众们唏嘘的感叹我们也无法理会，但散场之后我们和大人们一道步行回家的记忆是深刻的，而这仅仅是因为没有住旅馆的费用。夜黑漆漆的，看不清楚；芜屯路或上或下的，也没有个准；路两边是呼啸的山林，路上是偶尔驶过的开着大灯飞奔的汽车。除此，便只有宁静。我们唱着歌壮着胆一路前行……许多年后，每当我回想起那晚的经历，心里依然充满着兴奋和好奇。

后来，亲戚、家人都陆续搬进了县城，我进城的机会也渐渐多起来。印象中，好多次都是跟着骑自行车进城的小叔后面跑。那时，去芜屯公路的十几里圩堤土路非常坎坷，骑自行车艰难，坐自行车难受。我先坐上车，小叔就无法上车骑行；小叔先骑车走，我又坐不上后座。最后只能趴在后座上一路颠簸到了赵家桥，我换乘公交车，小叔继续骑车。当时来往公交车不多，差不多一两个小时才来一辆，而且是两节车厢连体的，因为等车的人太多，根本挤不上去，所以，更多的时候我只好继续坐小叔的自行车一道进城，虽然一路的颠簸让我身体散了架似的，但心里还是非常快乐的。

记忆中，芜屯路至少遇到过两次浩劫。一次应该是1954年，大水淹没了十三连圩（除易太小圩外），可那时我还没有出世；再就是1991年遭遇的那场百年未遇的大洪水，让联建圩漫破，芜屯公路赵桥至湾沚段被淹没了好几处，汽车是无法通行的，可我们还要进城办事、送学生到县城参加中考。我一个人从赵桥走过几回，一路上过了好几次临时渡船，政府部门组织的大船非常规范，但许多小段公路被淹，大船进不去，都是当地村民自发组织的小船。

洪水退后，原本弯弯曲曲的芜屯路就再也没有好走过，路面变得坑坑洼洼，车行在上面像在摇篮里一样晃荡。但芜屯快速通道的建成开通，特别是清水河大桥的重建贯通，让市县间距离一下子缩短，不仅道路笔直、平坦、宽敞、畅通，各种交通标志齐全，夜晚两旁路灯通明，更重要的是，“村村通”工程将芜屯快速通道与各镇村的道路连成了网络，大车、小车、自行车各行其道，无论坐出租车还是自己开车都非常方便快捷，芜屯公路及其公路网络真正成为便民利民富民的“快速通道”了！

【原载散文集《风生水起大道歌》】

乐居老村

老村，位于芜湖县城湾沚北郊，有城市公交车直达，交通非常便捷。村境碧水环绕，绿意葱茏，环境宜人。特别是近年来，随着众多企业在村附近的开发区纷纷落户，就业岗位不断增多，市场经济日趋活跃，老村已成为远近百姓理想的安居乐业之所。

老村，顾名思义，历史悠久，早有人烟。据杨姓族谱记载，北宋末年，杨姓先祖杨克明随宋徽宗南巡时，曾私下走访到老村村境内，觉得这儿是个闹中取静的乐居之所。几年后，眼见朝廷日渐式微，他便借故辞了湖北黄州知府之职，率全家来此安居、繁衍。他们当时快乐安逸的生活场景，我们在南宋词人辛弃疾的《清平乐·村居》中可见一斑："茅檐低小，溪上青青草。醉里吴音相媚好，白发谁家翁媪？大儿锄豆溪东，中儿正织鸡笼，最喜小儿亡赖，溪头卧剥莲蓬。"这种陶渊明式的闲适生活吸引了大批有识之士的目光，意欲来此安居，于是，张先生看中了宋兴桥一带，后先生看中了毛公桥一带，洑先生则相中了余林桥一带，这"张、杨、后、洑"便成了今日老村的四大姓氏。但习惯上，人们还是喜欢称"老村"为"杨老村"，也许是杨姓先祖最早来此居住的原因吧。

时光荏苒，岁月骎骎，横岭山丘、汪溪水系默默呵护着这片土地上的安宁。然而，在新千年到来之际，这片沉静了千年的土地终于被芜宣高速公路、新芜经济开发区等开工建设的隆隆机器声打破了：土丘被削掉，沟壑被填平，水系被优化，偏僻闭塞的村庄被整体搬迁……昔日荒芜沉睡的黄土地变成了现代化的工业区、农业科技园、养殖示范区，农民住进了小区，他们或进厂打工，或经商开店，或进行规模化种植、养殖，用勤劳和智慧创造了属于他们自己的富裕生活。“千年村落千年景，巍巍古树环池静。别墅傍山魂，鸟穿青柳身。鱼游清水里，花色迎风媚。夏季夜凉凉，秋来枫叶香。”这首《菩萨蛮·乐居》不就是老村人幸福生活的真实写照吗？

如果说“交通的方便性”“城市是否干净整洁无污染”和“空气质量好”这三项指标是衡量一个地方是否宜居的必要条件的话，那么老村都具备了：芜屯快速通道穿村而过，进县城有公交车，去市区有班线车；老村地处城乡接合部，环境优美，空气清新；生活集中区店铺林立，生产资料、日用百货琳琅满目，村民工作方便、生活悠闲。诗人荷尔德林说：“人，应该诗意的栖居在这片大地上。”是的，漫步在老村的每个角落，不仅有树木葱茏、绿地成茵营造的舒适，不仅有交通快捷、资讯发达造就的便利，不仅有居有屋、行有车带来的满足，而且，我们还分明能够感受到村民发自内心的一份惬意：那是小区里的散步，那是沟塘边的垂钓，那是茶楼里的交谈，那是健身房里的运动……

应该说，生活在老村的人是幸福的，更是快乐的。

“乐居”成了老村的标签，成了老村人共同创造和维护的一份财富。

【原载2015年10月8日《芜湖日报》】

东湖公园美如画

东湖公园位于芜湖县城湾沚之东，面积2038亩，其中水面840亩。设计时以辽阔的水域为特色，以地域文化为灵魂，依形造势，依势造景，是一个集观光、休闲、健身于一体的综合性开放式城市公园。

白天，湖边波光粼粼，杨柳依依，鸥鹭翩跹，起伏的山丘与林立的楼房交相辉映；傍晚，霓虹闪烁，音乐悠扬，游人云集，欢畅的歌舞与孩童的嬉戏此起彼伏。置身其间，道路蜿蜒，亭台轩榭散落有致；曲径通幽，花草树木郁郁葱葱。真的是惠风和畅、风景秀丽之境！

可有谁会相信，这里昔日曾是杂草丛生、脏水横流、臭气熏天之地。

据《芜湖县志》（1993年版）记载，东湖公园前身为县城东部的赖湖滩，面积101公顷，1986年，芜湖县城总体规划时将其定为公园式绿化湖。1989年，收集了部分地质土壤、水文气象、植物种类、文物古迹和一些民间传说等方面资料，完成道路系统及景区规划，计划逐年投资实施。1990年至1992年，县城驻地党政机关、事业单位组织职工开展义务劳动，筑芜屯路至湾沚职高的东湖堤长1000米。1994年，东湖公园西大门牌楼建成。但因当时经济社会条件所限，东湖公园建设计划一直“搁浅”。进入新世纪，随着芜湖县经济社会快速发展，东湖公园建设再度启动。2006年8月正式动工，投资4.5亿元，消息一出，全县沸腾，当地媒体以“几代人的心愿，几代人的梦想”为题予以报道。2011年5月1日，一座满载全县人民期盼、传承厚重历史文化、具有多处自然人文景观的生态公园终于顺利建成并对外开放。“水光潋滟晴方好，山色空蒙雨亦奇。欲把西湖比西子，淡妆浓抹总相宜。”很喜欢苏轼的这首《饮湖上初晴后雨》，我想，也许用它来形容我们美丽的东湖也并不为过吧?!

东湖公园的设计者颇具匠心，他们在遵循公园原有地形地貌和地方历史文化的基础上，深入研究水体中的地埂分布，重组了水面结构，在总体布局上形成了“一湖分三地，一线串古今”的骨架结构和文化形态。

一湖指公园中央的水面，约占公园总面积的一半，因而可以组织丰富多彩的水上活动。既可泛舟湖面、登岛小憩，又可临台歌舞、观赏水生植物等等。

三地在湖面周边的三个方向，各有一块较为完整的公园用地，分别规划为文化休闲区、生态游乐区、滨水趣游区。文化休闲区位于公园东南角的一大片陆地、隔水与生态游乐区相望。文化休闲区以芜湖本地的传统文化为背景，结合休闲度假之需要，将芜湖的历史文化和休闲功能相结合，间以图书馆、城市规划展示馆等，营造出一片具有浓郁文化气息的休闲之地。区内以植物造景的手法布置专业植物园——百花园，分布四季花圃，春季百花齐放，美不胜收。更有抚琴台、望湖亭、春水扬帆、姑熟问茶、涌金广场等休闲场所，并以荆山寒壁、历史文化浮雕廊等景点来展现芜湖县两千多年历史人文底蕴，既起到了传承文化的需求，又达到了休闲度假的功能。生态游乐区位于公园东北至东南方的带状腹地内，区内以生态林地为主，景观设计体现了自然野趣特色，以一寺一塔二廊道为主景点，向游人展现出一派自然田园生态风光。滨水趣游区位于公园西侧，为一绿色滨水廊道空间。以大片绿林与滨水廊道相结合，从而缔造出一片滨水林岸空间。景点设计含蓄、古典、精致，主要有临波亭、琵琶岛、邀月廊、长虹卧波、林泉羡鱼、紫气东来、文化广场、音乐喷泉、伉俪亭等17

处景点。

沿东湖公园北线政和路的中轴线行走，进入我们眼帘的是非常有特色的徽派牌坊群，高大挺拔、恢宏华丽，牌坊楹联由国内外征集而来，充分反映我县的历史文化内涵和地方特色。如第一坊为“鸠兹胜境”坊，为我国著名书法家沈鹏所题，芜湖古称鸠兹，西汉置县。中间柱联为原安徽省书法家学会会长张学群先生书写：一塔壮鸠兹，欣同凤舞歌鸠鸟；四时传皖韵，且和龙吟闹皖江。牌坊北面三排，南面三排，犹如古代大户人家的院落，前三进后三进，宽敞、大方、气派非凡。这些楹联邀请国内知名的书法家及本地书法家撰写，有省文联主席书法家吴雪，省书画院院长、书法家刘廷龙等名家的墨宝，也有本地书法家芮昌南、方成荣等的大作。可谓风景如画，人文荟萃。

拾级而上，我们看到的是东湖公园的景观塔——楚风塔。春秋时期，因芜湖地处“吴头楚尾”之楚国，故命名为“楚风塔”，与其前后的牌坊群浑然一体，与东侧的蟠龙寺交相辉映，塔寺互佑，龙凤吉祥。塔高38.6米，分地下二层，地上七层，建筑风格为仿明清风格；塔身为钢筋混凝土框架结构，内设悬梯，每层设眺望平台，是东湖公园的制高点和标志性景观。

登上楚风塔，繁华县城与美丽东湖尽收眼底。

蟠龙寺位于县城北郊的蟠龙山，此山属黄山山系敬亭山脉。山势逶迤，连绵不绝，传说是由九条龙盘曲而成。据地方志书记载：蟠龙寺原名云隐庵，始建于宋，由当地村民自发筹资建成。明代崇祯年间（1628—1644年）改名为蟠龙殿，清代嘉庆八年（1803年）再次修葺一新，并重塑佛像，后毁于战乱。《芜湖县志（1990—2003）》（2009年版）记载了其恢复重建之事：蟠龙寺原名含龙寺，在湾沚镇下四队，1994年6月恢复佛事活动，1996年被洪水毁坏，迁湾沚镇十都村，更名蟠龙寺，1997年建成。蟠龙寺，占地5000平方米，建筑面积500平方米，拥有大雄宝殿、三圣殿、韦驮殿等建筑，供奉各类佛像

173尊。蟠龙寺为传统佛教建筑风格，位于中轴线上的殿堂均采用重檐歇山顶，金黄色琉璃瓦屋面，其余配房采用皖南民居马头墙形式，粉墙黛瓦。整个建筑依山就势，自下而上，依次为蟠龙殿、大雄宝殿、大慈殿、玉佛观音殿。2002年7月，动工兴建主殿大雄宝殿。2005年，建造露天玉佛，并花巨资从缅甸请来翡翠玉观音，高6米，重27吨，与普陀山南海观音相似。现为芜湖县重点寺院，东湖公园规划建设时将其融入其中，就地保存、修缮，是一处参佛拜礼的旅游胜地。

"荆山寒壁"为芜湖古八景之一，由元代文学家欧阳玄定名。所谓"寒壁"者："峭刻练特，如半壁倚空"……壁端隐约可见两个大字——"寒壁"。即使炎热干旱，寒壁上也有滋润的水滴，人立壁下，顿觉凉爽，由此得名。后人依山凿壁，精雕了许多佛像，庄严肃穆，气象宏伟，一尊两米高的立体铜观音，甚为稀罕。新中国成立后，在荆山开山炸石，古迹临危，加之荆山又被划归芜湖市镜湖区，芜湖县便采用移花接木之法，用假山和浮雕等在东湖公园复制了这一景点。

浮雕前为涌金广场，节假日音乐喷泉开放，乐曲悠扬，水汽氤氲，充满诗情画意。早晨或傍晚时分，太极拳、瑜伽操、广场舞队伍在此活动，整个广场都充满了青春的活力。

琵琶岛位于东湖湖心小岛之中，四面环水，无路可通，本只可乘舟而往，但建设者为了游客来往方便，在岛与岸间架设了一座步行桥梁，人可拾级而上，车不能行。因其形状像古代乐器琵琶，故称"琵琶岛"。岛上有屋，原是书画院，有栈桥伸进湖面，是看书、弹琴和年轻人谈情说爱的理想之地。在此小岛，抛去凡间一切嘈杂，澄下一片清净之心，恍若人间仙境蓬莱岛屿矣！

芜湖县是富饶圩乡，圩田历史悠久。荆山北麓万春圩，在江南圩田中居于首位。嘉祐六年（1061年），江东路转运使张玉筹划修复。圩区周围筑起八十四里长堤，堤上植桑。宋仁宗赐名为"万春圩"。

东湖公园建设时建有此堤，将湖分成东西两大部分，大堤横穿东湖湖面，也曰“长虹卧波”。

玉带桥原是湾沚镇新丰街道上的一座单孔石拱桥，是古代通往水阳江水陆码头的必经之地。此桥建于宋元丰年间（1078—1085年），万历十三年（1585年）重修。当时桥东两侧石柱上刻着“白马高堂上，青牛正气来”。桥西头两侧有一头青石牛、一匹白石马。传说乾隆皇帝下江南时，路过此桥，看到桥上牛、马对联很好奇，就下轿观赏。因天热，就把玉带解开随手搭在桥石栏杆上，问百姓：“这个牛马对联什么含义？”有百姓答道：“桥北的马，指官人路过此桥向上跑，凡属清白官，骑白马为民办实事，上高堂登高山皆平平安安。桥南的牛，吃青草镇邪气，为民除水害，遏制潮水上涨，南湖的百姓得以耕种，风调雨顺，五谷丰登。”乾隆听了很受感动。这时，突然刮来一阵风，把乾隆的玉带刮掉到桥下的水里，百姓急忙要为他打捞。乾隆皇帝说：“罢了，只要百姓安居乐业，一条玉带算不了什么。”后人遂把此桥叫做玉带桥。

建设东湖公园时取其意，将地名搬了进来。

历史文化长廊位于公园西门，临近老城区。长廊为半圆形，长32米，是混凝土结构，建筑古朴庄重。长廊以铜浮雕的形式展示了芜湖县深厚的历史文化底蕴，有干将铸剑、宣州官窑、县学纪碑、万春圩记、荆山寒壁、创制铁画、湾沚大捷等内容，包括了芜湖县主要的古迹或大事。特别是湾沚大捷，近现代历史上就发生过两次。一次是咸丰三年（1853年），太平军曾攻取芜湖，奋战湾沚，咸丰八年（1858年），太平军又取得湾沚大捷。因而在公园西侧临水之地，设一湾沚遗风景点，并建太平亭，纪念太平军勇士，弘扬爱国主义精神。再就是1949年，人民解放大军渡江之后，皖南地方武装在湾沚设伏拦截溃逃的国民党军第20军，配合解放军第25军将其包围，击毙军长杨干才。

据说杨干才（杨森侄子）在湾沚被围后，将指挥所设在一个山岗的土地庙里，杨进去一看，是个四合院，院中间有棵很粗的杨树，杨干才觉得心里不爽：树被院子围着，就是个“困”字啊，难道我杨军长真要被困在此处了？立即下令将树砍倒。这下犯了大忌了：院子里无树，只有人，那不就是个“囚”字？此时解放军斩首突击队攻进指挥所，杨干才负伤后自杀。

芜湖县历史悠久，人文荟萃。作为传承了两千多年的皖江古邑，处处洋溢着江南水乡的灵秀和魅力，而东湖公园更是鸠兹大地上一颗最璀璨的明珠：春天百花盛开，花香扑面，灿烂的鲜花与青翠的树木交相辉映；盛夏时烈日当空，清脆的小鸟鸣于茂林修竹间更显幽静；深秋时，雾笼霜落，花木殷红，明净的天空与绚丽的彩霞相濡以沫；冬天里，大雪纷飞，澄澈的湖水与参天的古树相映成趣，还有络绎不绝的市民早晚漫步四季游园，音乐爱好者在公园一隅忘情地吹拉弹唱，舞蹈爱好者在广场上舞步翩跹，运动者环湖畔道路慢跑，以及湖畔行走的千人女子旗袍秀等，大家共同将东湖公园装点得分外妖娆、渲染得热情洋溢！东湖公园已成为广大市民理想的休闲之地！

（本文系为东湖公园撰写的解说词）

古圩咸保

我的家乡咸保圩（现属芜湖县六郎镇）在芜湖市东南约40里处，与当涂县隔水阳江相望。据说，这里曾是花桥镇境内楚王城的西牧场，旧《芜湖县志》也说咸保圩是古鸠兹县治所在地，已有数千年的历史。咸保圩水网密布，沟壑纵横，水草丰美，鸠鸟云集，是典型的江南水乡。鸠兹等芜湖古地名亦因此而得。岁月流逝，草木荣枯，匆忙间朝代此兴彼落，楚王豪华的宫殿、雄伟的城池已被岁月湮没，而昔日荒凉的残丘、湖沼却在祖辈们世世代代的辛勤耕耘下，演变成一个美丽富饶的“鱼米之乡”、创业沃土，显示出勃勃生机，让许多像我一样走出这片土地的人时时回望……

鸠兹古邑址之争

芜湖，古称鸠兹，因地势低平，多为湖塘沼泽地区，所以草木葳蕤，鸠鸟云集。汉武帝元封二年（前109年）设县，由于附近有一长形湖泊“蓄水不深而生芜藻”，故名芜湖。唐代诗人刘秩在《过芜湖》里有“百里芜湖县，封侯自汉朝”句，就是明证。

关于鸠兹古邑的旧址究竟在哪里？一直有争议。主要有两种见解：一说在今花桥镇境内的楚王城遗址处，一说在其西侧10余里的咸保圩内。据《安徽通志·舆地志》记载：“鸠兹港，芜湖县东四十里，入于长江，或以为古鸠兹也。《左传》楚伐吴，至鸠兹，杜预以为皋夷，今作勾慈，以音相近而讹也。”这与《太平府志》、民国《芜湖县志》记载的基本相同，但都没有明确具体位置是楚王城还是咸保圩。从已知的史料看，唐初魏王李泰主编的《括地志》记载得较为明确，认为鸠兹邑位于芜湖县东四十里的咸保圩。一部分人（当然包括我们咸保人）都以此为据，说“咸保是古鸠兹所在地”，言语间无不洋溢着骄傲和自豪。然而，这个骄傲和自豪仅维持到1978年，就被北京大学侯仁之教授和他的研究生们推翻了。他们实地考察后认为，鸠兹邑在今芜湖县花桥镇境内水阳江南岸残蚀丘上（即今楚王城遗址），一下就将鸠兹古邑移出了咸保圩！这让我们咸保人既生气、不甘而又无奈，只能在地名、店铺名上打点主意，于是，圩内鸠兹沟、鸠兹路、鸠兹小学、鸠兹饭店、鸠兹新村等纷纷面世，多少弥补了我们心中的些许缺憾。

成年之后，我曾查阅过许多文史资料，所有认为鸠兹古邑在咸保圩的理由主要来自古代典籍的记述，并没有实实在在的出土文物相佐证。第三次全国文物普查时，我曾多次陪地方专家到咸保圩许多村子考察过，也走访了许多古稀老人，并没有发现本地出土的汉代以前的文物。再者，咸保圩地势低洼，不宜筑城，圩内虽有“三墩九垛十八基”之说，但许多年来，无论是开沟、挖渠、造屋、修路等也均未发现过汉代以前瓦砾、古钱币。我的信念便有些动摇了，觉得鸠兹古邑为楚王城遗址还是比较可信的（尽管没有典籍记载过），因为该遗址已出土有砍砸石器、磨制的石刀石斧、春秋铜镜、战国瓦当、楚国蚁鼻钱、汉代五铢钱，方格纹、米筛纹、绳纹、蕉叶纹等多种纹饰的印纹硬陶、夹砂陶、软陶陶器，六朝青瓷、唐宋铜镜、明清青花瓷器等。这些出土的文物与古邑历史基本上吻合。

当然，说到楚王城，自然不能不说说楚王赶山的故事。传说很久以前，楚王得到一根宝鞭，可以呼风唤雨、搬山移水，威力无比。一日，楚王接到奏章，上书：黄河泛滥，决堤而下，两岸遭灾，民不聊生。看罢奏章，楚王决定从南方赶一座山去堵黄害。当晚，他穿上夜行服，披发提鞭，准备出殿。楚王的九个女儿见他要远行，心中害怕，便问父王几时回来？楚王说，鸡鸣则回。楚王离了京城，宝鞭一摆，招来一块五色祥云，飞到南方，见一荒山，便念动咒语，将山起动升至空中，奋挥宝鞭向前疾驶，惟恐天亮之前不能赶到。再说楚王的九个女儿自父王走后，见天气突变，风吼雷鸣，乌云翻滚，星隐月藏，树枝摇曳相撞、折断，房屋倒塌之声遍布耳中，似有千军万马奔涌而来，她们十分害怕，便学起了鸡叫，引得天下雄鸡都叫了起来。楚王正赶着山，突然觉得山飞得慢了，并渐渐下沉，山底的土块哗哗直落，还听到隐隐约约的鸡叫声，知道不好。他便猛挥宝鞭，哗，哗……山石碎裂，落了下去，把整个楚王城压了个严严实实。原来这宝鞭一听到鸡鸣就会失灵，赶不动山了。

楚王好生疑惑，仰观天象，此时方才三更天，怎么会有鸡叫？一定有人从中作梗。可自己去赶山，没有人知道呀？只是临走时告诉了自己的女儿们，鸡鸣则回，莫非……他按下云头，急匆匆赶到家中，见楚王城已成一片废墟，自己的九个女儿团团搂抱着，蹲在城外，哭都哭不出声来了。楚王心中一酸，便问道："鸡叫是怎么回事？"

"父王！"九女心中一喜，忙说："我们在家害怕，就学鸡叫，想让父王早些回家，没想到……"楚王一听，怒不可遏，抄起一把铁铲，铲起一铲土，往九女身上一盖，活埋了九个女儿，然后含泪而去。现在，在楚王城南边有个隆起的土墩，称作九女墩……

楚王城址濒临水阳江（当时称为中江，是一条重要的东西交通水道），位于南岸残丘向北延伸的尽头，故鸠兹古邑方能"扼中江之险"。三国吴黄武二年（223年），县治由鸠兹迁至芜湖市鸡毛山。而此时，古鸠兹西侧的咸保还没有成圩，应该是一片湖沼滩涂，杂草丛生，水鸟翻飞，说是渔猎牧场也贴切。直到三国吴赤乌二年（239年），孙吴召集江北10万流民围湖造田，咸保圩遂成。

至此，关于芜湖古邑之争在我心里已经尘埃落定了。其实，并没有什么可争的，咸保圩与楚王城相距不过10里之地，同属一县，无论作为古城保护或旅游开发，都几乎成了一个整体。这不过是我自己的虚荣心在作祟，总希望自己的家乡古老一点、有名一点——“谁不说俺家乡好”呗！

昔日的鸠兹古邑毁于何时已不得而知，只有那个“楚王赶山”的凄凉故事还在人们口头流传。而没有争到鸠兹古邑称谓的咸保人，生活也没有受到多大影响，圩内照样是春来百花盛开，处处郁郁葱葱；秋来果实累累，处处一片金黄……

咸保圩、水之传奇

关于咸保圩的来历，除了史书上的记载之外，还有另一个传说，并且后来演绎出许多故事，让外人有些真伪难辨。我虽然知道这仅仅是个传说，可信度不高，但因为与我们“朱”姓有关，与本地的一些地名、建筑有关，所以也一并收录于此。

传说很早以前，安徽旌德县的朱玉村里住着一个叫朱咸保的人。他肯吃苦，又很有些小门道，通过买田买地、收租放债，把一个本来不太富裕的家渐渐变成为旌德县第一大户。但是，朱咸保觉得自家祖祖辈辈都住在山里，憋得慌，想在他手里换个开阔的圩区，好让下代过上舒适的日子，于是就四处打听，看看哪个圩区好。有人介绍说，芜湖有个地方地势不错，土质又好，交通方便，是有名的鱼米之乡。朱咸保去那里一看，果然不错，便定下在此置田立业。那时候，咸保圩刚刚开垦。为了便于管理和耕作，朱咸保就出钱把这个圩全买了下来。以后，一家人都居住在咸保的朱村（后来是我的出生地）。由于这个圩是朱咸保买的，人们便把这个地方称为“咸保圩”。成年之后，我则理解为：因此处地势低洼，又夹在水阳江和青弋江水系之间，易遭水灾，虽修有圩堤，但汛期仍需要大家全力以赴抗御洪水，方能保雨连绵，外河水位猛涨，内圩水也成灾，无法及时排出（外河水位远高于圩内，不能再往外排），圩内许多低洼地都是茫茫一片，而民工正日夜奋战在大堤上，根本无暇顾及自家的田地。1999年夏天，洪水再发淫威，梅雨又来助阵，几乎所有人都在大堤上抗洪抢险，圩内庄稼再次被大水吞没，村庄、田地、池塘白茫茫地连成一片，像苍茫的大海一样。我们中学也因地处咸保圩中心，地势最低，校内道路、操场、车棚等被水淹没，深处达1米。只有教学楼像一只巨大的船漂浮在水面上……水退之后，我组织教师清理校园，修复水毁工程时，居然在下水道里捉到了许多大鲫鱼，送到食堂加工，大家好好地美餐了一顿。

咸保圩，因水而诞生，也因水而被淹；因水而兴盛，也因水而衰落。水，成就了咸保人太多的传奇！

蜈蚣渡的一腔正气

在咸保圩，最神奇的就是蜈蚣渡了！

蜈蚣渡原来叫“吴公渡”，地处青弋江支流昭义河与水阳江交界处，因由三国时吴国公创办，故称“吴公渡”。这里河道宽阔，水流湍急，渡船只在白天渡客，晚间一般不渡客。一日，乾隆与侍从在赏玩过咸保圩迷人的水乡景色后，来到吴公渡时已日落西山，冷风萧萧。乾隆与侍从肚中甚饥，准备从咸保过渡前往当涂黄池镇休憩。此刻，船工正准备收工回家，见他们过河心切，便破例送上一回。船至河心，船工按规矩来收渡河钱，但仆人没付，乾隆自己从不带钱币，就用眼睛暗示仆人给，可仆人把两手一摊说：“没钱了。”乾隆这才想起出门时间已久，仆人身上的钱怕早该用光了，只好硬着头皮向船工解释：“老人家，我们出门日久，身上钱刚好用完了，望你能先送我们过河，到黄池镇后，一定派人将钱送来。”船工见他们不愿给钱，以为是想占便宜的，心中不满地说：“这不行！靠山吃山，靠水吃水，都像你们这样不给钱，叫我一家老小喝西北风啊？”乾隆耐心地解释说：“老人家，我们不是不给，而是身上没有啊，你就方便我们一回吧！”船工不知道他是皇帝，当然不予理睬：“没钱为什么不早跟我说？想蒙混过关啊？没门！”就将桨一横，任船向水中的荒滩上漂，并说：“就是当今皇帝乾隆爷从这儿过渡，不给钱也不行，因为我每年都给官府上税银的。”好话说了一大堆，就是说不动船工。此时，阴风骤起，河面波涛翻滚，渡船随时有被打翻的危险。船工果断地掉转船头，将船驶回咸保圩岸边，锁上船，扛上桨橹扬长而去。乾隆打听这个渡口叫吴公渡，长叹一声说：“唉！这个船工比蜈蚣还厉害啊！”主仆二人无奈，只得上岸，寻栖身之处。

这时，天色已黑，乾隆与侍从只好到附近人家借宿。可是，乾隆身材高大，一般人家的床不够长，因此一直没有找到合适的住处。忽然，乾隆看到圩堤旁边有座“一粟庵”，心里十分高兴，心想总算找到地方过夜了。于是，两人便进入庵内，当家老师姑安排他们对付了一夜。第二天清晨，乾隆主仆向老师姑告辞，老师姑将他们送到了渡口。渡工认识他们就是昨天不付渡河钱的人，不愿再送。仆人没有办法，只得脱下自己的外衣作抵押，加上老师姑在一旁好言相劝，渡工这才极不情愿地将他们送到了对岸。

乾隆到了黄池，早有文武大臣和地方官员在那里等候，便立即命人传旨：封一粟庵为“一宿庵”，将吴公渡封为“蜈蚣渡”。

这毕竟只是个传说。两岸三县的人们依然要从此渡来往，因为离此不远的黄池小镇是一个大集市。那儿店铺林立，商品充裕，是三县十几万人的购物中心。黄池茶干、酱菜、豆制品等特色产品，更是名闻江南。在我儿时的记忆中，水阳江北岸与楚王城对望的黄池小镇则成了我心中的芜湖十里长街、上海南京路，能到黄池炸炒米或吃上一碗馄饨便是极大的享受，而蜈蚣渡就是我们实现这一愿望的唯一通道。

听老人们说，蜈蚣渡也曾繁华过一段时间，有商店、茶肆、旅社等。风疾浪高或冰封河道之时，渡客便在此小憩。清人邵昉曾写下《宿蜈蚣渡遇雪》："此夕离家宿，凄迷烟浦间。如拳飘白雪，到眼失青山。节换新钻火，天寒旧旅颜。更闻澌寇盗，只在落篷湾。"虽大雪飘飘，眼前青山顿失，但有暖暖的火炉，也使这位旅人寒意全消。就连水匪也龟缩在十几里外的落篷湾了。看来此处名虽险恶，实却安宁，全在乎船工们的一腔正气！

岁月悠悠，水起水落，千年的古渡口已难觅昔日的繁华。渡口的小船换了一只又一只，木船换成了水泥船和铁船，木桨也换成了隆隆的马达，来往更加快捷、安全。进入新千年后，芜（湖）宣（城）高速公路、芜（湖）雁（翅）高速公路从咸保圩、花桥镇境内通过，并将一个出口留在楚王城附近，一座钢筋水泥的蜈蚣渡大桥也借助芜（湖）太（湖）二级公路的建设飞跨河上，将花桥、六郎两镇连成了一体；芜申运河项目顺利启动，将芜湖至上海的水道拓宽、拓深。届时，两岸，长虹飞架；河中，百舸争流。无论是水乡咸保还是古邑鸠兹都将汇入现代经济高速发展的洪流，奔涌向前！

落篷湾之落

落篷湾，也叫落帆湾，位于咸保圩的西北角，水阳江在此形成一个90度的大甩弯。每到汛期，因河面狭窄、水流湍急，特别是遇到大风，由此经过的往来船只，必须将帆落下，以保证船只顺利通航。由于此处是黄池到芜湖的水路必经之地，沟通着水阳江和青弋江两大水系，历来为兵家必争之地。历史上，清军与太平军就在芜湖、清水河、黄池一带发生过多次水陆激战。落篷湾的得名也跟清朝的一位叫彭楚汉的将军有关。

据民国八年（1919年）《芜湖县志》记载，清同治二年（1863年）二月初五，彭楚汉将军率水营士兵从黄池驰船去清水河追击太平军，经过蜈蚣渡到达七里滩西几百米的一大滩咀河湾处，西北方天空突然乌云翻滚，刮起呼呼大风，船顿时颠簸起来。随从卫官凑到彭将军身边说："将军，这样大的风浪，我们把帆篷落下来，不然会翻船的！"舵手兵又大声喊："将军，前面不远有个大水湾，水流很急，漩涡很大，我们把帆篷落下来再走吧！"彭将军听了很不高兴，大声骂道："你们这些怕死鬼，老子转战南北，跨过多少江河，见过多少大风大浪，难道还怕小小的大水湾不成？不许停船，后面的船也赶快跟上！"随从和舵手只好吃力地噤声划着。一会儿，狂风呼啸，黑云盖头，风越刮越大，像一条黑龙在咆哮着，忽然，只听"啪！啪！啪！"几声巨响，几条战船的桅杆断了。船被风浪刮到了流水湍急的湾子里，来回旋转，到处乱撞，船与船互相碰撞起来，船身被撞碎，水兵纷纷落水，因漩涡太大，水兵淹死甚多。彭将军也被急流冲得很远很远。待狂风渐息，水兵们找到了彭将军，将他抬到岸上，他已经奄奄一息，有气无力地说："都怪我任性了，应该落篷避风，这个大湾，水流得太急……"说完闭上了眼睛。水兵们纷纷摘帽默哀。水师总帅吴全美得知彭将军遇难后，传令各路水兵：以后，水兵路过水阳江大河湾，不论刮风下雨，还是晴天阴天，一定要落篷行驶，要接受血的教训，它不但是个"落篷湾"，也是"落彭湾"啊！

除清军与太平军在此多次激战之外，抗日战争期间这里也发生过多次战事。我在咸保中学教书时，曾听一位老教师说过这样一个故事。鬼子在黄池建立据点后，需要从芜湖运送补给物资，经常开着小火轮沿青弋江上行，从清水河进入水阳江到达黄池。落篷湾、蜈蚣渡等因河道狭窄、水流湍急最易受到国民党军、新四军及当地土匪的攻击，不得不设了关卡，盘查过往行人，还经常派人上岸沿途巡查。有个叫龟田的鬼子更是狂妄嚣张，一路上见人见动物就开枪射杀，见女

2014年初，因为编《水乡记忆——邂逅芜湖县美丽的古村落》一书，我去落篷湾拍摄图片时，落篷湾已非常冷落了，几乎看不出半点曾经的繁华。夕阳西下，落日的余晖洒满空荡而安静的大堤、滩涂和田野，瘦弱的水阳江如一条细细的银丝带偎依在江堤之下，耳边却隐约传来江水咆哮和战争、机器的喧嚣……但现在，一切都结束了，无论是折戟沉沙的争斗，还是壮怀激烈的悲歌，都化作了消散的云烟，留下的都是安静与祥和。于是，我端起了相机，留下了一幕《落篷湾的落日》。

强湾新变

在咸保人的心目中，位于咸保圩西边的强湾肯定是个有分量的地方。这不仅因为它有久远的历史，有厚重的文化，有神奇的传说，更因为它曾是原咸保乡、咸保公社政府所在地，是40多年的政治经济和文化的中心，至今仍然是相当一部人赖以生存的乐土。

强湾村土地肥沃，环境幽雅，是个读书修行的好地方。早在宋代，县尹骆邦直（义乌人）解任后就“爱其泉干土美且无市厘，是可为吾子孙读书处，固买推官黄公田，筑室而终老焉”（见朱天珍《龟龙寺记》）。不久，骆氏僧道清又在旁边建了龟龙寺，宋大观二年（1108年）被敕赐“龟龙院”。元元统二年（1334年），院僧永谅重建山门。朱天珍闻之遂有感而发：“创业难，守成难，古之言也。此院经始于道清，成与绍宾，积有年所，今永谅克新其门，宏其教，亦可谓能守成者矣。”由是灯火相续，焚香诵经者日增，寺里的僧人也不断增加，高峰时有百人之众，方圆百里信徒都来敬香。每逢大型法事活动，木鱼声声，全体僧人（实际只有99人）跪诵经文，场面非常壮观。曾有好事者前来数过，看到底有多少僧人？可怎么数都是100人，就非常困惑。有高人指点说，那是有位菩萨也夹在诵经的人群中了。

这让龟龙寺增加了许多神奇的色彩，其香火更是久盛不衰。至于世居于此的骆氏后人出了多少举人进士，或得道高僧，我们已不得而知，但佛门清寒，读书寂寞，后辈们能坚持下来已确实不易了。

1954年，青弋江、水阳江流域洪水泛滥，大水漫破了咸保圩，龟龙寺因水淹而倒塌了。水退后，政府便在此基础上建起强湾中心小学，1969年，市十一中下迁办起初中班，1972年正式成立咸保公社中学，至1996年学校搬迁至三十八新址，原址改建为咸保中心小学。强湾的中小学校培养了大批咸保人的子女，他们正在咸保圩或咸保圩之外奉献着自己的青春和热血。

我就是在强湾读完初中又回到强湾教书的，见证了20世纪后期那里发生的巨大变化。70年代末，我每天上学都要从咸保圩的东南边踏着泥泞，穿越圩中心，到西边强湾的教室里读书求学。晴天还好，一下雨就惨了，道路泥泞，鞋子陷进去根本拔不出来。沟渠上的独木桥也因泥水变得又湿又滑，我们甚至要爬着过去。一到汛期，雨水多了，圩内一片汪洋，许多道路被淹，我们要举着书包泅渡好几次才能到达学校。许多人放弃了，从此与读书无缘，少数人坚持了下来，有的走出了咸保圩，成为国家的工作人员。许多走出咸保的中青年人，都曾在强湾的中小学教室里留下刻苦学习的身影。

我是1986年中师毕业后回乡当教师的。当时，中学和政府只一墙之隔。因为交通不便——离公路有10多里土路，水路又不通客船——许多人都不愿来咸保教书，因此中学老教师多、民办教师多，而且几乎是清一色的男教师。偶尔分来一两个女教师，也很快找人调到了交通便利的地方去了。所以，我们这些后来一批分来的大中专毕业生，都开玩笑说我们咸保中学是“和尚学校”，谁让学校建在龟龙寺的基础上呢？

这种情况很快就得到了改观。因为不久，一条横贯东西的石子公路开始修建，我的学生们可以骑着自行车来上学，而且下雨对他们也成立水面管理委员会（后改名渔管会）时，特意将办公地点设在此处，以方便对全圩水面的管理。那时经济贫困，物资紧张，买鱼买肉买豆制品等均要凭票供应，根本无法满足人民群众的生活需求。一到过年过节，家家户户都想多买点鱼，或招待客人，或送给亲友，或慰劳自己，渔管会就变得非常吃香了。于是就发生一个与鱼有关的故事：上世纪七八十年代，经常有人找公社书记买鱼，找的人多，书记又不好拒绝，就给渔管会批条子卖。奇怪的是，同样拿了书记批条的人，有的人能买到鱼，而有的人却买不到鱼。许多年后，退休的老渔管会主任才说出了其中的缘由。原来，书记早和渔管会经理约定好了：关键看书记签名中的那个“利”字，右侧的立刀如果带了钩，表示此人很重要，需要帮忙，必须卖给他鱼；如果右侧的立刀不带钩，表示此人很一般，鱼多就卖给他，鱼不多完全可以不卖给他。在那个年代，想必也是书记不得已而为之吧。

我是1996年初正式进住三十八的。当时中学从咸保圩西埂强湾迁到中心点三十八，要新建校园，我被抽出来专门负责新学校的督建。其实也就是催催建设进度，协调周边关系。三十八田少人多，一下子征用许多田地，有的群众就想不通，那些种了一辈子地的老农们更是有些舍不得，我便和他们沟通，做思想工作，争取他们的理解和支持。有道是中国的农民都是勤劳善良的，特别是咸保圩的村民，他们懂得舍小家为大家的道理，最后都宁愿牺牲自己的利益，也要成就大家的利益，支持政府的工作，更何况办教育是让千家万户子女受益的事啊。我也在工作中渐渐和他们成了朋友，当学校建成后，我主持学校工作时，他们还继续给过我和学校许多无私的帮助。

随后，乡政府及下属单位也纷纷迁来，油厂、粮站等企业、商家也纷纷进入，东西、南北方向各修了一条贯穿全圩的水泥公路，呈十字形，与各村的“村村通”道路相连成网，可以延伸到全圩的每个角落。在十字路交合处方圆一公里的范围内，沿路两边纷纷建起楼房：

一楼门面，二三楼住宅。各种店铺陆续开张，露水菜市自然形成，叫卖的、购物的，人来车往，好不热闹，小镇的雏形已经形成，面貌也日新月异了。来此居住的人早就突破了传说中“38”的数字限制，人数早就破千了。许多老人都已经跨过了古稀之年，而且依然精神矍铄。

三十八，早已突破宿命的桎梏，彰显出蓬勃的生命气息。

作为一个小镇，三十八渐渐成形，但到1999年却经历了一场前所未有的水灾。那年夏天，长江流域水势汹涌，江水沿青弋江倒灌，皖南山区又山洪暴发，洪水与江水形成龙虎斗之势，洪水居高不下，许多圩口纷纷告急，一些小的圩口开始漫破。三十八所在的十三连圩虽然是万亩以上大圩，抗洪能力强，但许多堤段还是出现了渗漏、塌方等险情，所有青壮年劳力都上堤抗洪。由于暴雨未停，圩内水位上涨，又不能外排，许多低洼田地都被水淹没，三十八因是全圩的最低点，农田全部被淹没，成熟的庄稼也浸泡在水中直呼救命。中学操场、道路、车棚也被水淹没，一楼教室门口就能洗脚。所有人都日夜奋战在大圩一线，只有大圩保住才能将损失降到最低。在家的老人、妇女眼睁睁地看着到手的庄稼被水毁，心里不甘，自发地组织起来加固、筑高堤坝，将田里的水往外沟里排。看着他们辛苦的样子，许多在学校的老人、女教师也主动加入进去，努力将群众的损失减到最小。这是我见到的三十八最大的一次水灾（据说也是最后一次被水淹），因为进入新世纪，县里实现万亩以上圩口堤防达标工程，加高培厚了圩堤，疏通了圩内沟渠，增加了排灌设备，做到了涝能排、旱能灌，三十八也和圩区的许多地方一样解除了内涝的威胁，恢复了勃勃生机。

2002年秋，我离开咸保中学时，三十八集镇的规模达到了顶峰，附近还引进了几家企业，不仅壮大了集体经济，也给群众的打工就业增加了许多机会。虽然2003年底全县乡镇合并时，咸保镇被合并到了六郎镇，镇政府、派出所等也陆续离开了三十八，但咸保圩还完整地保存着，三十八还在那儿热闹着，全圩的人依然会从四面八方向这里汇聚。不久，强桥村将村部迁到原镇政府的驻地，更新改造，承担起为民服务的功能。虽然镇政府的撤销让三十八集镇区建设一度停滞和萧条，但到2012年，三十八被确定为美好乡村建设示范点后，开始规划整治、建设，规模不断扩大。三十八小区基本沿十字形公路两边建设，多为二层楼房，也有少量三层四层的。美好乡村建设时，在十字路口西北面规划建设了一个居民小区——鸠兹新村，两层两间一户的别墅型设计，提升了小区的品位，也使得整个三十八小区的规模达到130套2万平方米，当然，也有人称三十八小区为鸠兹小区。小区内设有村卫生服务站，2所幼儿园，篮球场、乒乓球室、图书馆、室内外各类健身器材等。道路两侧装有路灯，栽有统一的树木，家里建有卫生厕所，小区内也有微动力污水处理系统，网络和数字电视实行了全覆盖。虽然村民的主要收入依然来源于水稻、棉花、菜籽等农产品及螃蟹、青虾、鳜鱼、青鱼、鳖等优质特色水产品，但村里已有各种制造加工等企业16家，村集体经济年收入约50万元。

咸保人是有“鸠兹情结”的，强桥人尤其如此，这主要源于民国八年（1919年）《芜湖县志》“芜湖古邑位于城东南四十里的咸保圩”的记载（后来的研究发现古鸠兹位于咸保圩东对岸的楚王城）。咸保人喜欢用“鸠兹”来命名沟渠、小学、小区、酒店、加工厂等，而且强桥人还认为古鸠兹应该就在该村的北面“葛街”，因为传说那个地方历史上是个非常繁华的集镇，后来连接水阳江和青弋江的清水河道不断改道，将其淹没于河道之中……然而，传说归传说，我们大可不必像编历史教科书那样较真，只看成是当地人想增加点炫耀的资本罢了。

2017年，全县教育布局调整，咸保中学被合并到条件更好的六郎镇中学，这里便成了咸保唯一的小学校园，虽然师生少了，但仍然承担着培育着本圩农民子弟的重任，三十八依然弥漫着浓郁的学习氛围。三十八内集体单位陆续搬走了，但个体私营企业又纷纷涌进来；有的店铺搬走了，但新的店铺又开张了；有的村民进城了，但又有年轻的农民入住了，三十八依然成为全圩人民物资交流的中心。可喜的是，三十八的街面变得和城镇一样整齐洁净了，居民变得更富裕文明了。入夜，集镇区路灯明亮，霓虹闪烁，音乐悠扬，稍大点的空地上会聚集起三五个、十来个农民大妈，她们伴着《小苹果》《美丽的姑娘》等音乐翩翩起舞。铿锵的节奏，自信的脚步，渲染出新一代农民对家乡的热爱和对美好生活的无限憧憬！

随着经济的发展、社会的进步，交通事业也迈上发展的快车道，昔日人们引以为豪的水运时代结束了，代之而起的是陆路、空中运输一展风采。有横贯东西南北的两条公路主干道，对内，将支公路延伸到每一个自然村；对外，连接上环圩公路、芜屯快速通道，还有高速、高铁乃至飞机场，将村民与大城市的距离不断拉近。

穿行于咸保圩区，漫步于三十八街道，但见道路笔直，跨沟越野，一道道桥梁如一条条彩虹横跨于江河沟渠之上，路因桥而通达，水因桥而流韵。咸保圩村民们的日子渐渐滋润起来，零散的土地、水面被大户连片承包，分散的村民被集中到小区居住，富余的劳动力被转移到附近的农业基地、工业园区就业，家庭经济不知翻了多少倍。新农村小区内，一幢幢楼房错落有致，傍路近水，环境优美。出行有小汽车、公交车、电动车等代步，方便快捷。吃的是自产自销的绿色农产品，穿的是贴身、精美的服饰，用的是现代化的家电，看的是龙灯、马灯、黄梅戏，锻炼有各种体育器材……这个昔日闭塞的水乡泽国，已和上了时代的节拍，绽放出生命的异彩！

【原分载于2016年9月25日《大江晚报》、2019年3月11日和12月9日《芜湖日报》】

清新的旅程

这些年，同学会、战友会、同乡会等虽然名目繁多，但大家久别重逢，聚在一起时，无非也就是开个联欢会，叙叙旧、聊聊天、喝喝茶、拼拼酒什么的，除了疲劳和对成功人士的羡慕外，似乎再也没有多少值得回味的事。所以，当我的师范同学纷纷提出要搞毕业20周年聚会时，我们许多人都希望这次聚会能有点新意。于是，第一天在芜湖市聚会之后，第二天我们师生又同游马仁山，在大自然的怀抱里，共同走过了人生又一段清新的旅程。

乘上开往马仁山的旅游车离开芜湖，看着窗外城市的喧嚣渐渐远去，苍翠的树木越加浓郁，大家的情绪也逐渐高昂起来。这时，导游的声音便在我们耳边响起：马仁山，位于长江南岸的繁昌县境内，素有“皖南张家界，江滨小黄山”之称。景区面积3.3平方公里，最高海拔316米。园内动植物资源丰富，森林覆盖率高达95%……伴随着导游绘声绘色的讲解，马仁山悄然映入我们的眼帘：两座既相对又相连的大山——太阳山和月亮山共同组成了整个景区的框架。细看则山峰迭起，峰中藏峰。鲁迅峰、美女峰等峰峰神似，伟人山、龙壳山等山山逼真，或形似，或神似，奇趣无穷。

步入景区，沿林荫路拾级而上。在一片茂林修竹之间，眼前是袅袅的烟雾，耳边是缭绕的梵音，导游说“马仁寺到了”。循声望去，果见一座白塔昂然耸立，几排粉墙青瓦的古屋赫然呈现。据史料记载，马仁寺始建于唐贞元十一年（795年），至今青灯长明，香火旺盛。中国佛教协会原会长赵朴初先生生前题字之绝笔“马仁寺”更增加了它的古朴和厚重。

顺着山间小径蜿蜒而上，虽然同学们还像当年那样一路说说笑笑、打打闹闹的，但由于山高林密，这些声音一发出来就被山林吸收得干干净净，甚至连同我们内心的烦恼、生活的苦闷等也消失殆尽。为了照顾年龄大的老师，我们不时会停下来，在山路边的石凳、竹椅上坐一会儿，也许只有几分钟，刚才因爬山而微微溢出的汗便消失得无影无踪，丝丝凉意沁入肌肤，于是我们继续前进。仙人摆渡、天狗望月、千年灵芝等异石奇景陆续展现在我们眼前，许多同学纷纷举起相机、手机频频按下快门，或两三人合影、或簇拥着老师、或将个人融入自然等，留下许多美好的瞬间。在马仁山门前，导游帮我们完成了马仁之旅最后一个环节——集体合影，为本次同学会画上了一个圆满的句号。

值得一提的是，景区还有一片面积约50亩的天然楠木林。这些曾被茅盾先生称为“贵族化的楠木”原多产于西南，却意外地在这一片土地上茁壮成长，为马仁奇峰平添了一份神秘的色彩。我们最后下山时，几位同学或坐在林中的石桌、石凳上打牌，或在摇椅、吊床上荡起了秋千，可谓快活无比。

打开记录同学会时的光碟，重温聚会时的快乐时光，回味着我们相扶相携走过的马仁山径，我们时常会想起三年前那次马仁之旅，它是我们同学会的高潮和亮点，以至于许多人都认为，如果没有那次清新的马仁之旅，我们的聚会将不会有那么美好而有特色的回忆。

【原载2009年11月11日《新安晚报》】

金鹅的引领

我去过南陵的峨岭，也到过三山的峨桥，及至来到繁昌的峨山时，我忽然就在想：这三个地名中都有一个相同的“峨”字，莫不会是一桥飞架，将峨山、峨岭连成了一体？繁昌的文友听了我的臆想，哈哈一笑道：峨山、峨桥隔河相望，联系紧密是不错的，但那峨岭与它们几乎没有半毛钱的关系了。再看地图，居然是峨山夹在峨桥和峨岭之间，且与峨岭相距甚远，我不禁为自己的望文生义和一厢情愿而哑然失笑了。

羊年的初夏，我随市作家协会采风团赴峨山镇采风，算是真正踏上峨山的土地。翻山越岭，过沟涉涧，所见青山葱郁，绿水悠悠，鸟鸣竹海，车喧村道，好一片迷人的山村风光；再听当地文友对峨山如数家珍似的介绍，金鹅洞天、金牛栖凤、徐贡元的传说、东岛村李天官府的由来，千军岭的炮台、峨山头抗战的硝烟，开矿与退耕还林的成果……峨山的形象在我心头逐渐清晰、鲜活起来。

原来，峨山就是鹅山，说起它的来历就不能不提到一个美丽的传说。据说很久以前，在凤形村的一个山洞里住着一对金色的天鹅，这对金鹅经常为周围的村民做好事。有一年夏天，洪水泛滥，百姓的生命财产被淹没无数，金鹅为搭救被洪水围困的灾民，纷纷张开双翅凌空架起一座长桥，将灾民全部引渡到附近的高地。由于灾民众多，引渡时间过长，其中的一只天鹅因负担过重劳累而死，化作一座石桥，称为“鹅桥”；另一只天鹅飞回洞中，因疲劳和失偶之痛郁郁寡欢，不久也死在洞中，石洞遂名金鹅洞，山也叫“鹅山”。口耳相传，不知何时竟将“鹅”写成了“峨”，故当地的生意人也多用“金峨”来命名自己的店铺。其实，我倒觉得用鹅也未必不好，天鹅架桥，不但救了当年的灾民，也让今天的峨桥人享受到富裕的果实：你看峨桥不产茶，交通上又没有任何优势，却一跃成全国闻名的茶叶市场，莫不是那只金鹅搭成的无形之桥，让全国各地的茶叶客商纷至沓来。茶来叶散，人来客往之间，峨桥的市场繁荣起来，经济发展起来，群众生活富裕，叫“鹅桥”也算是实至名归。当然，隔峨溪河相望的另一只天鹅，终于在新世纪来临之际走出了独自的忧伤，它先是敞开了自己博大的胸怀，贡献出铁、锌、铜等金属类矿产和石灰石、沸石、膨润土、瓷土、白云石、花岗岩、煤等非金属类丰富的矿产资源，其中石灰石储量约5亿立方米左右，氧化钙含量在52%以上，是生产水泥的一级原料。于是，在20世纪末，峨山境内机声隆隆，炮声阵阵，货车穿梭，尘土飞扬，给当地经济的发展带来无穷的活力，也让当地村民的口袋渐渐殷实起来。但人们很快发现，山不再葱郁，水不再清澈，崭新的建筑在阳光下也不再耀眼，就连峨山的天空也总是灰蒙蒙的。峨山，这只美丽的金鹅已黯然失色。于是，它忍痛关闭了自己的胸膛，将美丽的羽毛化身为茂密的竹海，让毛竹、元竹、淡竹、紫竹、金竹等十几种竹子荡涤尘埃，于是，天蓝了，山青了，水绿了，竹子茂盛了，“安徽竹乡”的雅号也落在峨山镇的头上。无论是乘车穿行在峨山的山村水涧之中，还是信步徜徉于茂林修竹之间，清新的气息扑面而来，天籁之音不绝于耳，就连我们呼吸的空气也变成绿色的了！文友说，是金鹅引领着峨山人找到了生态发展的长远之路。

当然，峨山的价值不仅在于它有金鹅、金牛的传说，有吕洞宾点化而成的倒杉木的传说，也不仅在于它有丰富的矿产和优美的环境，有悠久的历史和丰厚的文化底蕴，以及影响深远的红色记忆。譬如，有新石器时期的缪墩文化遗址，有商周时期的油榨墩遗址、落花墩遗址、马厂遗址、鹭鸶墩遗址、高墩头遗址、沙元墩遗址，春秋时期的峨山铜矿冶炼遗址，五代至北宋的半边窑址，元代的千军岭炮台、城山寨址；还有谭震林将军指挥新四军进行的五次繁昌保卫战，其中第四次保卫战就在峨山头打响，狠狠地打击了日本侵略军，在新四军的历史上留下了光辉的一页。

如今，刀光剑影已经暗淡，鼓角争鸣也已远去，生活在有山有水风景优美环境中的峨山人更懂得珍惜当下的生活，他们早已积极行动起来，退耕还林，美化山川，开展特色经营，于是有了城山的竹垫，沈弄的西瓜，接官的扫把，童坝的竹篮，湾店的竹制品，东岛、象形的烘笋，柳塘的桃……他们各具特色，不断开启峨山人美好生活的明天。

峨山，峨桥，正在金色的天鹅引领下不断向前奔跑！

【原载2019年8月6日《铜都晨刊》】

烟墩的阳光

连着两次随市作家协会下基层采风，都去了南陵县烟墩：一次是在暖意融融的冬日午后，穿行于山清水秀的小格里景区；一次是在柳风拂面的和煦春天，徜徉于大木山绵延十里的油菜花廊。虽然冬春季节不同，但因为都有明媚的阳光，我们的采风之旅也变得格外轻松愉悦。我们或驻足静听，或移步沉思，或兴致勃勃地与当地村民交流，一边欣赏着烟墩秀丽的景色，一边了解着当地的风土人情，烟墩人那种自信自强自立的生活态度，将大家的目光和思想都牢牢地粘在了烟墩，也留在了烟墩。许多天后，我依然能清晰地记起两次烟墩之行，记起烟墩温暖的阳光。

烟墩镇位于南陵县的南部边缘，与泾县、青阳交界。丘岗连绵，植被茂盛，涧水充沛，物产丰饶。古代曾为兵铺，建有烽火台，故称烟墩铺。明清时设南陵驿，为官府交通要道，还有太平军居住遗址。抗战时期，因与新四军军部旧址（云岭）仅距5千米，战略位置非常重要。镇域内的小格里森林公园是地球同一纬度唯一仅存的一块原始次生林，10平方千米上，9峰18崂林木茂盛，22处出水口汇成“五连池”和“大小天池”，神女峰、油盐石、城山等景点海拔均在三四百米之间。城山有天然溶洞“九龙宫”等，风光旖旎，环境宜人，已被列为省级森林公园加以保护。

第一次去烟墩时，正是冬末，灰色的云彩在天空游弋，风吹在脸上颇有些寒意。中午时分，太阳钻出了厚厚的云层，露出了灿烂的笑脸。我们也在热情的南陵文友陪同下，走进小格里森林公园深处。虽有亲近泥土，亲近自然，我们才能发现生活的本真。

据当地一位姓秦的退休小学老师介绍，大木山，又叫大模山、大门闩，是一个大山冲，周围群山环抱，内有9个村，4000多人，却只有一个出口。出口处大山像一只大象的鼻子锁住了一只螺蛳壳，只留下一个狭窄的洞口，仅能容两人擦身通过，洞口处草木葳蕤，外人不易发现，所以大木山又有“世外桃源”之称。抗日战争时期，日本鬼子到了石门前，向里窥探良久，终于没有人敢进去，因此大木山也免遭日寇的蹂躏。但大木山人并不甘于躲在世外桃源里图安逸，他们也积极为革命作出过奉献，譬如安徽省政协原副主席朱农在此打游击时，就得到了大木山百姓的支持与掩护。抗战结束后，新四军奉命北撤，一名留下坚持斗争的同志因被叛徒告密，遭敌人围捕，突围后就逃进了大木山，被一个砍柴的山民救了。当时，为了治好这名同志的腿伤，山民砍伤了自己的大腿，才躲过敌人的层层盘查，去铜陵将药买了回来……勤劳淳朴的大木山人以自己的实际行动表达了对革命的支持。因此，也有人说，大木山的阳光是红色的。

有人说，大木山人一直生活安定，是因为冲里有了“油盐泉”。说是有位神仙在一块石壁上两拳打出了两个眼，一个眼流出来的是菜油，一个眼流出来的是咸盐。有油有盐，山冲里的人日子才过得安宁。但这只是传说，大木山人真正的幸福生活是从新中国成立后开始的，特别是改革开放以后，人民才真正富裕了，石门被炸开，一条宽敞的水泥路延伸了进来，让冲里和外面的世界紧紧联系在一起。美好乡村建设的启动，又让大木山环境更美了，他们过上了和城里人一样的生活。村民们说，是共产党让大木山人有了今天的美好生活，是烟墩镇党委政府让大木山人有了充足的生活底气。

我们离开烟墩时，已是下午三点多钟，十几个当地大妈正在大木山村口的广场上跳着广场舞。音乐悠扬，节奏铿锵，大妈们的翩翩舞姿如仙女般轻盈曼妙，自信优雅，表达出他们对幸福美好生活的歌颂和向往。

阳光明媚，暖意融融。烟墩渐渐融入一片金黄、翠绿、微红之中，变得格外温馨、安宁、和谐。

【原载2015年第2期《芜湖文艺》】

皖风徽韵

第二辑

向往徽州

记得读书、工作时填过多种表格，每次都有一栏：籍贯。我都是填自己住的地方“安徽芜湖”。后来，我才明白：籍贯是指曾祖父及以上父系祖先的长久居住地或出生地。于是，我就问家里的长辈：“我们祖籍是哪里？”他们说：“我们家是从徽州迁过来的啊！”但再具体点却说不清楚了。直到一个偶然的机会，我接触到祖传的家谱，才弄清了我们家族的来龙去脉：我是宋代大儒朱熹的后裔，紫阳朱氏是我们家族的堂号，祖籍是徽州婺源，芜湖只是我的出生地。于是，我就牢牢地记住了“徽州”这个名字，并且对徽州充满着向往。

因为工作关系，我多次去过皖南，譬如泾县、广德、绩溪、宣州、黄山景区等地都留下过我的足迹，所见建筑多是“粉墙黛瓦马头墙、雕梁画栋瓦格窗”的徽派风格。再加上安徽是以安庆府、徽州府的首字合成于康熙六年（1667年），所以我也一直以为整个皖南应该都属于徽州。后来我才知道自己错了：只有歙县、黟县、休宁、祁门、绩溪、婺源一府六县属于古徽州，府治在歙县徽城。婺源县于1949年再次划属江西省上饶市，绩溪县于1987年划属安徽省宣城市，其他4个县留在徽州，但已改名为黄山市。我平日所见都只是徽州的一些皮毛而已，徽州作为地名也只存在于历史的典籍和群众的口传之中。丢失了“徽州”这个历史文化底蕴深厚的地名，多少让人有些惋惜。

我真正与徽州亲密接触是在2016年12月，当时我刚加入中国民间文艺家协会，就接到通知：参加中国民协第九期学习贯彻习近平总书记文艺工作座谈会重要讲话精神专题研讨班，地点就在歙县。会议安排在歙县的披云山庄，闲暇之时，我便跨过练江上的太平桥，进入对面的歙县古城，也称徽州古城，是真正的徽州腹地。古城始建于秦朝，自唐代以来，一直是徽郡、州、府治所在地，县治与府治同在一座城内，形成了城套城的独特风格。穿过外廓，从城门进入瓮城，再进入内城，逛古街、穿古巷，在徽州府衙内拍照、流连，领略徽派建筑的韵味。来旅游的人很多，当地的群众也很多，古衙门前的广场上人群熙攘，热闹而温和。

据史料记载：徽州府衙建于元末明初，宋绍熙年间（1190—1194年）毁于大火，随后重建。明洪武三年（1370年）复为府治。之后，曾多次大修。现在看到的府衙是2009年按照明弘治年间（1488—1505年）的建筑规制修复的。府衙总占地面积2.4公顷，建筑面积9800平方米。主要包括南谯楼、仪门、公堂、二堂、知府廨组群等，整体建筑气势雄伟，规模庞大，体现了徽派建筑的精髓。来徽州古城旅游，即使再匆忙，徽州府衙也是必到之地。

与徽州府衙同样闻名的许国石坊也很值得一看。许国石坊又名大学士坊，俗称“八脚牌楼”。歙县人许国是科班出身，三朝重臣，因平定云南边境叛乱“决策有功”，奉皇命于明万历十二年十月（1584年10月）回家修建牌坊。当时徽州达官显贵、乡绅臣贾众多，四脚牌坊林立，如何才能造一座与众不同的牌坊呢？许国来了个“先斩后奏”，还故意超假四个月。等许国上朝复命时，他跪着久默不语，皇上疑惑，责备说：“阁老，朕给你四个月假期回家造牌坊，为何延为八个月？依朕看，不要说是四脚，就是八脚牌坊也要造好了。”许国一听顿时口呼万岁，奏称：“谢皇上恩准，臣建的正是八脚牌坊。”皇帝听了哭笑不得，但金口已开，不好反悔，只能让许国所建的八脚牌坊“合法化”了。大概也因为他平叛“决策有功”，后人也称许国石坊为“东方的凯旋门”。游人每至此参观，都会引发种种感慨，无论是建筑的巧妙构思、雄伟气势，还是牌坊所铭记的许国治国理政、建功立业的伟绩，都令人敬佩不已。读书做官若此，当然要流芳百世了。

与许国一样流芳百世的歙县人还有个叫陶行知的人民教育家。他毕业于金陵大学文学系，先后创办晓庄学校、生活教育社、山海工学团、育才学校和社会大学，提出了“生活即教育”“社会即学校”“教学做合一”三大主张，生活教育理论是陶行知教育思想的理论核心，成为中国现当代教育理论的权威。作为当过多年乡村教师的我，不能不前往拜谒。推开青灰色水磨砖砌的大门，步入陶行知纪念馆内，门厅正中便是“捧着一颗心来，不带半根草去”的陶行知先生全身汉白玉坐像；二楼为展厅，陈列陶行知生平介绍和有关文献、实物。纪念馆占地面积1700平方米，建筑面积3600平方米，仿徽派建筑，被中宣部列入“全国百个爱国主义教育示范基地”名单。

除了许国、陶行知等名人之外，歙县还有个有名的隐士许宣平，他写了首诗：“隐居三十载，筑室南山颠。静夜玩明月，闲朝饮碧泉。樵夫歌垄上，谷鸟戏岩前。乐矣不知老，都忘甲子年。”被正在洛阳游历的李白读到，惊呼“此仙人诗也”！遂来歙访隐士许宣平，却与许翁失之交臂。李白十分遗憾，就在练江边的一个酒肆饮酒。那酒肆背依西干山麓，面朝练江，山青水碧，风景宜人，李白陶醉不已，即兴留诗一首：“天台国清寺，天下称四绝。我来兴唐游，与中更无别。枿木划断云，高峰顶参雪。槛外一条溪，几回流碎月。”后人便将酒店改名太白楼，将太平桥之下练水中的一片浅滩取名为“碎月滩”。如今的太白楼已是李白纪念堂，陈列有李白生平的书籍和各种古字画、古砚、古墨等上千件文物展品。入夜，皓月当空，河水如银，徜徉于太白楼前，遥想当年李白月下流连于古城之下，塔影桥身，风轻水吟，碧波搅碎月色，那真是一种极致之美。

几天的培训班安排得很充实：白天上课、听专家讲座，或去歙县突然就断了，路面是嶙峋的乱石、卵石，车轮在上面直打滑，我们只好弃车步行。在卵石上行走，让平时走惯了柏油公路的我们就像在刀尖上跳舞一样，稍不留神就可能崴脚或摔倒。几个性急的朋友干脆从溪涧边行走，边走边寻景文石。陈总说：这山口来的人多，好石头都被人捡走了，继续往里面走吧，景文石又多又好。

我们便沿着蜿蜒崎岖的山路行进了三四里路，看到山坳里有个十几户人家的小山村，几间平房背依雄峻的高山，显得非常陈旧矮小、层次杂乱。十几个山民都聚在门前，好奇地看着我们。陈总认识其中一个姓邹的山民，因为之前有了电话联系，老邹特意在家等我们，我们则将自带的蔬菜、荤菜拿出来，交给他去厨房加工。山里买菜难，买荤菜更难，所以我们都自带了。老邹妻子孩子都住在溪口镇上，他是因为我们要来特意赶回来接待我们的，这让我们很是感激。寒暄一番之后，他让我们沿着溪涧向山里面找，越到里面好石头越多。陈总他们几个石头爱好者在溪涧耐心地寻找，我随便找了几块小的景文石，就放弃了。那东西太沉，我怕自己拎不动。何况我对石头兴趣不大，只是陪他们来玩玩，附庸风雅而已。

在和老邹的交流中，我知道山里也和我们农村差不多，年轻人都走出了大山，不愿意在家吃苦，留下的都是老人和孩子。他的几个子女都在外打工，还在镇上、城里买了房子，孩子也在城镇上学，他老伴则帮忙看孩子、做饭，家里平时只有一位年过八旬的岳母守着，他就在山村家和城镇家之间来回奔波。山里土地少，产出少，生活很难维持，好在老天爷对他们也很公平，他们长涝村的山上产景文石，他平时就去捡些，自己打磨好，再拿到街上去卖。他家里有许多景文石，有的已经打磨好了，摆在那儿，非常漂亮。桌上一块一米见方的景文石，画面清秀、灵动，像一幅泼墨山水画，怎么看怎么有气势。有人曾出他8万元，他没有舍得卖。只是进山的路还没有修到他们家门口，他们进出不方便，旅客进来也不方便，石头往外运就更不方便，客观上也影响了景文石的销售。他希望我们也能帮他们呼吁一下，早点修好路。

午饭是老邹请邻居大妈做的，味道与我们平时吃的饭店菜不同，老邹还贡献了野生菌、竹笋、野菜等。陈总他们捡了许多石头，正津津乐道地吹着各自的收获。大家都很好奇地问陈总是怎么发现这么个好地方的？陈总说，那也是缘分啊。原来，陈总之前在山里买茶叶，回去时天已经擦黑了，看到路边有两个山民在等车，陈总知道这个时间点路上的车很少了，就热心地停下来，顺便带他们一段路，并把他们专程送到了长涝村，没有收钱。双方在车上聊起来，老邹说你喜欢找石头啊，我们村那儿是景文石产地，我家山上有许多，你可以去找啊。因为热心助人，陈总意外地交了老邹这个朋友。陈总之后来捡过几次，所以才有了我们的当天之行。

老邹说："我们这不仅有景文石，还有一棵千年紫薇王树，经常有人去看。"我们立刻表现出好奇，想去朝觐一下这棵千年紫薇王，但往山上跑了几百米，觉得路很难走，怕小孩坚持不了，爬山来回要三四个小时，时间也来不及，就只好放弃了，约定下次再来。

朝觐紫薇王

本以为这个"下次再来"不知要到猴年马月了，但没承想居然在十几天后就成行了：两位溪口小学的文友邀我们去看千年紫薇王。而我刚卸下报纸的重任，从多如牛毛的繁杂事务中解脱出来，无论是工作压力还是心理负担都轻松了许多，也想远离一下尘世，寄情山水，做个逍遥之徒。于是，在一个细雨霏霏的日子，我们驱车前往。

溪口镇有独特的自然条件和优越的生态环境，是放松心情的理想之地。这里自然景观清奇峻美，山水洞石俱全，境内有云豹、麋鹿、猕猴和红豆杉、罗汉松、千年紫薇等珍稀动植物，有"天然动物园"

和“天然植物园”的美誉。这里人文景观古朴，文化积淀深邃，非物质文化遗产——中国宣笔体现了厚重的文化底蕴；自然风光与人文景观交相辉映，全然是一幅流动的山水画卷。

文友说，那棵千年紫薇王就在黄山余脉的柏枧山区，属于宣州区溪口镇境内，主峰999米，《辞源》称其“溪谷深邃，峰岩回曲，山水秀美，甲于江南”。我们一行6人从长涝村徒步上山，直奔紫薇王。

我们顺着溪涧边的山路蜿蜒而上。两山之间的山谷，地势最低，山上的水便自然汇聚涌流。天是阴天，早晨还飘着蒙蒙细雨，这样的天气，如果雨下大了，我们可能就不能进山，因为雨天山洪容易暴发，我们进山会有危险。但既然已经去了，还是决定继续向上走，不想再有上次的遗憾。这次我们开的是越野车，车上人也不多，我们的车一直开过老邹家居住的那个村子，上到路面没有车宽的地方才停下来。这时雨已经停了，空气中弥漫着浓浓的湿气。穿过树林时偶尔会碰落树上的雨水，弄得满头满身。进山之路都是羊肠小道，因为走的人少，许多地方被杂草、灌木遮蔽着，有时要穿过被水淹没的小溪，拈花惹草、捡石戏鱼，却也乐趣无穷。有一段山坡几乎没有路，种了些茶树和青菜，坡上是土和小石头，踩在上面直往下滑，真担心会滑下山涧，只能拽着茶树小心翼翼地前行。但当地的文友比我们轻松多了，看来爬山总是他们的强项。

越往上走，山路越陡，山势越险，石头上落满灰尘和树叶，有的已经腐烂，踩在上面很滑，需要大家相互间不断地提醒，有时只好攀着树枝、藤蔓。因为疲劳，我只管一门心思地埋头爬山，不大注意身边的风景。只有坐下来休息时，才会欣赏美丽的山景。也不知过了多久，就在我感到筋疲力尽、萌生退意时，那棵千年紫薇王已在眼前了。悬崖之畔，树干高大、笔直，从山阴之处直插云霄。忽然想起唐代诗人杜牧的诗《紫薇花》：“晓迎秋露一枝新，不占园中最上春。桃李无言又何在，向风偏笑艳阳人。”诗的意思是傍晚的秋露洗净了花枝，烂漫的花朵占尽了天时；春风桃李繁华早就不再，艳阳伴我从暮春到秋日。虽然我们还是错过了紫薇漫长的花期，就像时光的流逝，我们不得不退出人生的一些舞台，但我们毕竟灿烂过，也美丽过，更何况我们还有文学和正义，还有奋斗的精神，就像冬日光溜溜的紫薇树干、树枝一样，依然向苍穹刺出一柄柄紫红色宝剑!

不是吗？看看紫薇花的传说吧！远古时代，有一种凶恶的野兽名叫年，它伤害人畜无数，于是紫微星下凡，将它锁进深山，一年只准它出山一次。为了监管年，紫微星便化作紫薇花留在人间，给人间带来平安和美丽。传说如果家的周围开满了紫薇花，紫薇仙子将会给家人带来一生一世的幸福。千百年来，这棵紫薇甘居深山老林，甘守清贫寂寞，默默地坚守着自己的职责：护佑着历代朴实勤劳的长涝村人，终于成为远近闻名的“紫薇之王”。

据当地林业部门介绍，此紫薇树高约30米，主干直径1.33米，需3人才能合围。在树主干1.5米处分出4个直立分支，胸径分别是49厘米、49厘米、32厘米和31.5厘米，圆满通直，挺拔向上，又于20米以上合成庞大的树冠，已有千年的历史。遥想花开之际，满树红花争奇斗艳，让整个山林都变得绚丽热烈。站在千年紫薇树下留影，我非常虔诚、谦逊，因为在它的面前，无论是广度、高度和深度，我们都显得非常渺小。

下山之后，已是午后两点，热情的文友又领我们去看了千年红豆杉、香榧三兄弟等名贵古树，虽然山区的古树实在很多，但我们印象最深的还是那棵千年紫薇王。

“似痴如醉丽还佳，露压风欺分外斜。谁道花无红百日，紫薇长放半年花。”在宋代诗人杨万里的笔下紫薇是非常感性的，丰姿绰约、青春永驻，但百度就比较理性了：紫薇（拉丁文名：Lagerstroemia indica L.），别名：痒痒花、紫金花、蚊子花、百日红、无皮树等，属落叶灌木或小乔木。根、皮、叶、花皆可入药，清热解毒、利湿祛风、散瘀止血。

“紫薇花最久，烂熳十旬期，夏日逾秋序，新花续放枝。”我将明代薛蕙笔下的紫薇诗抄录下来，作为我天命之年后的座右铭。因为无论我从事何种职业，或者退休赋闲了，我都会像紫薇一样坚守自己的职责，继续我清贫寂寞的文学之梦！

【原载 2019 年 9 月 2 日、12 月 16 日《大江晚报》】

宝峰岩之乐

子曰："知者乐水，仁者乐山。"意思是说聪明的人喜爱水，仁厚的人喜爱山。几十年间，我也曾登过华山、泰山、黄山，游过太湖、长江、大海，感觉山水都能给我带来快乐，那么，我算是智者还是仁者呢？或者兼而有之吧！好在宋代王观先生早就帮我们作了回答："水是眼波横，山是眉峰聚。欲问行人去那边，眉眼盈盈处。"原来山水各有千秋，仁智都是我们的追求，即使力不能及，也要心向往之。2018年夏天，应泾县文友之约，前往新开发的宝峰岩景区游览，蓦然觉得那藏于深闺的宝峰岩就是一片山水相间、乐趣无穷的世外桃源。

之所以说宝峰岩藏于深闺，并不是说宝峰岩景区有多么偏僻，而是因为宝峰岩是一片新开发的处女地。文友是泾县的女强人，创业成功之后又做起文学梦来，又成了当地文学名人，说起泾县山水更是如数家珍。她说，宝峰岩在桃花潭镇境内，距桃花潭景区10公里、查济景区6公里。后两个景区我曾去过多次，相信许多人也并不陌生，我甚至以为自己曾从宝峰岩景区穿行过，只是当时不知道她如此美丽，没有停下匆忙的脚步。

泾县真是个神奇的地方。群山逶迤，涧溪蜿蜒，山林葱郁，云蒸霞蔚。村村民风淳朴，处处环境秀美。像宝峰岩一样美丽的景区很多，譬如茂林、章渡、汀溪、黄田等，数不胜数。我曾有幸去过桃花潭、查济、月亮湾等地，无论是人文历史还是风景名胜都给我留下了深刻的印象，也因此让我对泾县山水有了隐隐的神往。在厚岸老街吃过午饭之后，我们驱车进入山清水秀的宝峰岩景区。虽然车外烈日炎炎，热浪汹涌，但道路两侧山峦绵延，林木葱茏。进入景区，大山如高大的屏风般在眼前铺展开来，山坡如宝塔般层叠而起，山径如巨蟒般盘旋而上，气势巍峨。在文友的引领下，我们沿溪涧旁小道拾级而上，山腰是飞流而下的悬崖瀑布，声震山林；脚下是怪石嶙峋的山涧，溪水淙淙；身边是饱经沧桑的树藤和恣意怒放的鲜花，绿意茵茵，芳香缭绕。好一派清新秀逸的山野风光！我不禁脱口而出："要是唐代大诗人李白当年也到过此地，不知该有多少好诗传颂啊！"文友一听就笑了："李白到过这里啊！还写了首《与谢良辅游泾川陵岩寺》：'乘君素舸泛泾西，宛似云门对若溪'指的就是这里；清代翰林赵青藜也有'宝气凝容结无边光明世界，峰腰挂瀑流不尽活泼天机'的赞誉。"我不禁为我的孤陋寡闻而再次失笑。是啊！如此美丽的仙境，那位桃花潭好客的汪伦怎么能不陪李白来此饮酒作诗呢？以至于千余年之后，我们这些舞文弄墨之人也慕名而至！

渐至山顶，山路越显陡峭，水汽更是浓重。穿过一个不大的溶洞，更是凉气袭人，洞中有一方形石窗，窗外有一石潭，波平如镜，蓝天白云、山林花木、倒影其中，生机盎然。用手机拍下此景后，我们继续上行，到达峰顶。回望山下，一层层石潭若梯田般层叠错落，从山腰向山下绵延，泉水飞瀑漫溢流淌，形成许多层次的瀑布接力而下，滋润着山下肥沃的良田，场面非常壮观。

据说，宝峰岩在隋朝时就建有"灵岩寺"。唐高宗时，九华山地藏王菩萨金乔觉曾到此考察，并推介一位高僧在此建庙。到唐末宋初，庙内存放佛像70多尊，僧侣有100多人，香火极为旺盛。随着佛教的影响，道教徒在后山建起了道观，历代文人墨客也来此设坛讲学，办起了与岳麓书院、白鹿书院几乎齐名的震山书院，南宋名臣文天祥在此设坛讲学，并有诗"震山开学谱，丹灶忆仙迹"为证。后因战火，宝峰岩上的庙宇、书院等建筑在新中国成立后只剩下遗址、砖瓦等断墙残垣。近年来，景区开发，这些都在逐步修复完善之中。也许，等我们下次造访，就会是另一番新的姿态吧。

离开宝峰岩，告别泾县文友之时，太阳已落到山梁的背后，凉爽的山风荡涤着大地上白天残存的燠热，将墨绿的山林笼罩上一层温和的晚霞。坐在回程的车上，我的心中忽然涌出唐代诗人崔颢《舟行入剡》中的诗句："青山行不尽，绿水去何长。"虽然我们身体疲惫，但有文友作伴，美景相随，心里还是有着说不出的轻松和快乐。也许，山水之乐才是千百年来旅游文化长盛不衰的真正原因之一吧！

【原载2019年5月21日《铜都晨刊》】

和睦的查济

查济是我到过两次的泾县古村之一。之前，我只在朋友的国画中见过：一个有着许多徽派老房子的小山村，一条溪流绕村而过，并没有给我留下多少深刻的印象。及至我第一次走进查济时，才知是个四面环山的村子，有新旧两个村庄组成。新村子是一条标准的现代型的乡镇街道，千篇一律的二层楼房，上层卧室住人，下层门面开店，并无任何特色。古村依山而建，伴水而居。房屋是清一色的徽派建筑，粉墙黑瓦，马头墙连成一片，远望层层叠叠，鳞次栉比，渐渐融入绿色的山林和缭绕的烟雾中。近看，街道是溜光的青石板，与溪涧相伴，环村而行；房屋杂乱随意，村巷蜿蜒，犹如迷宫，却又处处相连，曲径通幽。

查济村最初形成在元代。查姓祖先自山东济宁迁来，“查济”因此得名。查济周围有四门（钟秀门、平岭门、巴山门、石门）、二塔（青山塔、如松塔）、三水（岑河、许河、石河）。三水合一，穿村而过。明朝后期进入鼎盛时期，人口达10万人，方圆十里，商贸发达，村民富裕。全村有祠堂、桥和庙宇各108座，说是因祖先崇拜景仰水泊梁山的108名好汉，故而依此吉数建造。后因战火和人为造成的自然灾害，查济逐渐萧条下来。

我两次踏进查济都是从古村口的石桥进入的。沿着古老的石板路慢慢前行，眼前是历经沧桑的古老民居：墙面大多是白色的，但已经斑驳陈旧得发灰发黑，有的一碰就掉灰，有的爬满牵牛花等绿色的植物。门楣上的木雕、石雕、砖雕依稀可见，人物、花草虫鸟依然栩栩如生。屋瓦是黑色的，被日晒雨淋败成了灰褐色，唯有马头墙昂首挺立，飞檐高耸，守护着村庄的安宁。村子里格外安静，老屋的门前有老人在做着针线活，屋里的人们在忙着自己的活计，酿酒的、做小食品的、编竹木用品的、卖特色手工艺品的都各自忙碌着，他们从不大声地招揽顾客，就连街巷中的鸡、犬也能安静地觅食或休憩，和睦相处。

石板路的下侧是查济河潺潺的流水，查济河由岑河、许河、石河三水合一，逶迤穿村而流。因河水落差较大，河中建有一道道低矮的拦水坝，清澈的河水叠瀑式地流淌。三三两两的农妇在溪水中深水处洗菜、浣衣，几只麻鸭在浅水处觅食，偶尔也可见几个大男孩在水中捉鱼。查济河虽然不宽，但两岸住满了村民，为了方便往来，村人在河上建有许多道石拱桥、板石桥、洞石桥。桥上有画家和众多美院的学生在静静地写生，桥下有众多摄影爱好者频频按动快门，查济已成为人们远离尘嚣、亲近自然、放松心灵、寻找快乐的安逸之地。

查济河上最漂亮的桥应该是红楼桥：直径三余丈的圆拱桥犹如一道彩虹横跨碧水之上，若是下至桥底向上仰望，蓝天白云、远山近树，都镶在圆拱之中，像一幅层次丰富、色彩绚丽的山水画扇面。桥头斜倚着一栋重檐飞角的二层小红楼，极像在美妇人的云鬓上插着一朵鲜红的玫瑰花，不由让人怦然心动，浮想联翩。

查济河（许溪段）上最有教育意义的桥我以为应该是“天申桥”。桥是很普通的石板桥，与查济河上的其他桥并没有多大区别，但不同的是此桥是普通桥宽的两倍多，中间还留有一条痕迹明显的“隔离带”，难道是过桥人太多，多到要人对向分道的地步？当然不是。原来这里藏着一个故事：古时候，村里有位妇女辛辛苦苦地将两个儿子养大成人，两个儿子都对母亲非常孝顺，一个杀鸡给母亲吃，另一个就会炖鹅送给母亲；一个给母亲买布做衣服，另一个就想方设法也要给母亲买件皮衣……总之，兄弟俩暗地里一直较着劲，谁也不愿在孝顺母亲的事上输给对方。住在许溪边，免不了要经常两岸走动，以前都是从别人家门前桥上绕行，现在兄弟俩都富了，老二首先在门前造了座石板桥，好方便母亲和村邻来往；老大一见觉得自己不能落后啊，就也在门前造了座石板桥，两桥之间只留了一尺来宽的缝隙。很快，两桥都造好了，兄弟俩都争着要请母亲走自己造的桥。母亲知道儿子们的孝心，从老大造的桥上走过去，又从老二造的桥上走回来，然后把两个儿子叫到跟前说："这两座桥都有点窄，走哪一座都不好，中间空隙我看着还有点头晕，你们兄弟俩能不能想想法子，把两座桥并成一座桥？"两人顿时明白了老母亲意思，心里一热，二话没说，又争相跑去用砖石把空隙连上了。看似不经意之间，这位母亲就用自己的智慧让两个儿子重新变得亲密无间，不再继续攀比。也让后来每一个到此旅游的人沐浴良好的家风，受到启迪和教育。

查济建筑群房屋结构皆为三进、四进式，进间有"四水到堂"式的天井，沿天井二楼廊廓置有"美人靠"；条石砌就墙基，柱基为圆形雕石，墙体青砖，屋上黑瓦，翘角飞檐。门坊、墙裙、柱基、窗棂和门楣上，都有精美的雕饰。其中德公厅屋四柱三层牌坊式门楼，五朵斗拱屋面，略带翘角分三层覆盖门楼，古朴典雅、雄浑大方。背面以镂雕手法雕出二龙戏珠、丹凤朝阳、鱼跃龙门、狮子滚绣球等吉祥图案，手法娴熟精美。还有高大宏伟、结构精致的诵清堂、爱日堂等住宅，从中不难想见查济村的昔日风貌。

"十里查村九里烟，三溪汇流万户间。寺庙亭台塔影下，小桥流水杏花天。"这是诗人对查济风光的礼赞。悠远独特的建筑文化，钟灵毓秀的山水意境，查济正引起越来越多的人关注。特别是近年来，当地政府进行了一定的保护与修复，查济人也自觉投入到旅游与开发之中，不断整治环境，增添旅游设施，提高服务水平，查济正以全新的面貌再次进入人们的视野。

【原载2020年9月18日《江淮时报》】

黄池小镇

黄池小镇是我童年时非常向往的一个地方。虽然离家只有四五里路，但因为隔了条水阳江，又不通公路，一年里还是难得去上几次的。但每次跟父母去了，都可以一饱口福——吃黄池茶干、豆糖、馄饨、面条等，还可以买到小人书（连环画）和各种小玩具，当然逢年过节，父母还会给我们买一两件漂亮的衣服，再让我们去澡堂泡个温暖的热水澡。因此，黄池也在我们心目中变得无限美好起来。

我们一般是从西边进入黄池镇的。镇口有一个炸爆米花的老人，一手摇着炸锅，一手拉着风箱，旁边围着一群大大小小的孩子，个个端着盆、提着口袋，盆里装着米，米上放个鸡蛋作加工费，排队等候着。父母则到街上去卖家禽和蔬菜，再换回必要的生产生活用品。孩子们炸好了炒米，边吃边在路边等着父母。这是许多父母打发孩子常用的办法。孩子们也愿意这样，毕竟这炸好的炒米回家能吃个把月的。在零食匮乏、生活拮据的日子里，这可是我们最好的美味。

十来岁的时候，父母有时候给点零花钱，或者过年的压岁钱，我们几个小伙伴通常一道结伴上街。在黄池街道的青石板上溜达，朝两边的店铺东张张西望望，对什么东西都感到好奇，但什么东西也舍不得买，毕竟口袋里只有几个钢镚子。只有看到自己特别喜欢的小人书或玩具时才会出手。中午时分，小吃店的生意开始忙碌起来，我们早晨喝的稀饭早就随着一两泡尿流光了，这才感到饿得难受，一般都会买个馒头、麻饼之类的充饥，有时口袋里稍微阔绰些，便会在面摊前空位上坐下，要一碗面条或馄饨，慢慢地品尝，那香甜的感觉仿佛在参加王母娘娘的蟠桃盛宴。

哥哥姐姐们订婚后，都会在媒人的陪同下去黄池镇“扯布”——那时成品的衣服很贵也很难买，只能扯些布回家请裁缝上门来做。特别是结婚前，要做的衣服被褥很多，裁缝要在家做好几天。那么多漂亮的新衣新被让家里弟弟妹妹非常羡慕，也非常向往。有的弟妹就吵着要和哥哥姐姐攀比——也要穿新衣服。但那时大家的日子都不好过，父母为子女结婚，特别是男方早就借了一屁股债了，哪里还有钱给小孩子添新衣？实在被孩子吵得没办法了，裁缝多半会主动站出来调和说：我尽量节省着裁，看能不能用边角料给你拼件短袖衬衫或短裤。才算将此次家庭危机应付过去。也有实在挤不出布来的，小孩不满意了，就会唱起顺口溜泄愤：“小老头小老奶，生个儿子爱上街；上街干什么？上街去买花；买花干什么？送给新娘戴。”怪父母偏心，怨哥哥是个败家子。“无事不上街，上街小破财。”经常上街的人会被认为是花花公子，遭人鄙视，告诫我们要勤俭节约。

无论贫富，那时候的农家过日子都很节俭，但逢年过节，或村人婚丧嫁娶，就会奢侈一回。黄池小镇盛产的豆糖、麻饼、金枣、饼干、方片糕、花生米、茶干、水果糖之类是年节和喜宴前的必备，也最受孩子们的欢迎。即使到了物质丰富、生活小康的今天，黄池依然能给我们带来味蕾上盛宴：茶干、酱菜等逾百种“黄池小菜”驰名神州，24家食品企业的数十吨“黄池食品”香飘全国。其中“金菜地”系列产品工艺考究，口味独特，品种丰富，最负盛名。

据说，黄池因凤凰在此栖息而得名，因“凰”“黄”谐音，故名黄池。唐大顺二年（891年）黄池置镇，可谓名副其实的千年古镇了。有凤来仪，自然是一方吉祥之地，黄池镇也因此成了鱼米之乡。境内地势平坦，沟渠纵横，是种植业和水产养殖业的沃野，产量高，产品质量好；外面环流而过的水阳江沟通着苏浙沪皖等多地的水上交通，是古代物资的流通水路，并随着芜申运河的建成通航，水阳江再次变得宽敞起来，流畅起来，丰沛的水资源让百吨、千吨的大船自由航行，穿梭不息。有人说，黄池味道缘于黄池之水。是的，连这里种的新鲜蔬菜也身价不凡，每年，数十吨水灵灵的蔬菜坐飞机、乘轮船，远销日本、韩国。

工作之后，我很少再去黄池小镇，但后来妹妹嫁入黄池镇农村，又在镇上小区买了房子，几个子女也都住到了镇上，我也因此每年都要去几次黄池。可以是跨过水阳江，自西侧进入黄池小镇；也可以从南面渡过水阳江，直接插入黄池老街。但两个渡口均有汽车轮渡，圩堤上是硬化了的公路，交通十分便捷。老街依然没有多大变化，街道拥挤、破旧，但生意依然繁荣，物产依然丰富。与许多古城镇一样，黄池镇新区建设已跟城市无二，许多老字号工厂也迁入了新区，楼房林立，道路宽畅，小区整洁，绿意盎然。妹夫不无自豪地告诉我说：我们黄池镇还是全国重点镇、第二批全国特色小镇呢！目前，正着力建设以“酱腌类、蔬菜类、豆制品类、面点类”为核心产品的国家级特色食品生产基地，打造宜食、宜业、宜居、宜游的食品产业小镇。

馄饨、爆米花、五香花生米、茶干、豆糖……黄池小镇许多好吃、好玩、好用的东西已深深烙印在我记忆的深处，并时时浮起。

【原载 2020 年 8 月 7 日《江淮时报》】

青山有幸埋仙骨

大青山不大，方圆不过十几公里，居于安徽省当涂县一隅；大青山也不高，海拔不过百米，在群山逶迤的皖南更是名不见经传。但大青山却远近闻名，甚至比内蒙古、黑龙江、山东等地的“大青山”名气都要大，因为一代诗仙李白与它结下不解之缘，并将自己的墓留在了大青山上。

其实，大青山离我家不远，直线距离不超过20公里。天气晴朗的时候，我们站在家门口的水阳江大堤上，把目光投向东北方，让视线越过水阳江，越过当涂县大官圩，就能看见大青山巍峨的山影。记得小时候，我们每年都要跟随父母一道渡过水阳江，到当涂县的黄池小镇去十几次，买日用百货，出售农副产品，与大青山更接近了些，但就是没有到过大青山的脚下。直到上小学五年级时，才从语文老师的口中得知，李白与大青山的关系居然那么密切。他在《日夕山中忽然有怀》一诗中写道：“久卧青山云，遂为青山客。山深云更好，赏弄终日夕。”表达了他“久居青山，素心清净”的心境。一个连大诗人李白都流连忘返并愿将自己安葬于此的青山，怎么不吸引我们去拜访呢？于是，我们几个小伙伴约好星期天步行去看看！结果都被各自的父母亲制止了：“望山跑死马，路看起来近，跑起来远！”也难怪，那时出门全靠步行，路不熟，还要过河爬山，最后只能作罢。后来读书渐渐忙了，工作后更忙了，去过许多比大青山更远更好玩的地方，渐渐也将身边的大青山与李白忘在了脑后，只是偶尔与人谈起时才有些淡淡的遗憾。直到2016年4月初，我早已过了知天命之年，才有幸与十几个诗词爱好者一道同去大青山，拜谒李白墓，圆我儿时之梦。

那天清明刚过，天时阴时晴，雨时飞时住，人的心情也有些淡淡的惆怅。我们几辆汽车从湾沚上合杭高速北行，约10分钟转入宁芜高速东行，第一个高速出口太白下来便是青山脚下，李白的墓园就在这里静默着，已经一千多年。李白的墓园背依青山，绿树掩映；面朝平原，视野开阔。墓园前广场上一个高大的牌坊巍然耸立，成为游人合影的理想之所。那天的游客不多，除了我们十几个人外，就只有几个零散的背包客。持票进门，没有人检票，也没有导游解说，大家随意走走，也乐得清心安静。

迎面是一幅巨大的汉白玉浮雕：李白站立船头，极目远眺。可以想见，当年25岁的李白“仗剑去国，辞亲远游”顺江流而下的豪迈之情。著名的《望天门山》当写此。

右转，缓步迈入公园内，但见花红柳绿，但闻鸟鸣呦呦。亭台轩榭，小桥流水，布局巧妙，相映成趣。迈进太白碑林，曲曲折折的回廊上石碑林立，都是全国著名书法家书写的李白诗歌碑刻，共108方，作者有毛泽东、鲁迅、郭沫若、林散之、启功等，书体分草、隶、篆、行等，让书法爱好者大饱眼福。由于阴雨天，光线不足，我们无法一一欣赏。转到墓园中部的旅游产品销售店时，有几个书法爱好者还买了碑林字帖。

顺着园内廊道，我们走进了与太白碑林相对的太白祠。这是清代江南徽派宗祠建筑代表作品，祠内有唐裴敬的“翰林学士李公墓碑”等碑刻，有汉白玉李白佩剑石像，梁、柱上有舒同、司徒越、赵朴初、林散之等书法名家题写的楹联匾额。祠内最为珍贵的是1242年宋代孟点重刻范传正碑，碑文刻“唐左拾遗翰林学士李公新墓碑并序”，对李白的家世、生平、诗歌成就进行了详细的记载。祠后便是前方后圆的李白墓，青石垒圈，墓前嵌碑，历代文人墨客如曾巩、陆游、李之仪、杨万里、谢缙、黄景仁等曾来此凭吊。今我等平民百姓也纷至沓来，大家非常虔诚地将祭祀之物供奉在诗仙的碑前，我以为其中最多的祭品应当是酒……

也许有人会说，李白就是为酒而生的，没有酒也就没有诗仙和他的诗作。“白发三千丈，缘愁似个长”“飞流直下三千尺，疑是银河落九天”“朝辞白帝彩云间，千里江陵一日还”等，这等奇特的想象，雄伟的气魄，也许只有进入半醉半醒的状态才会有这神来之笔吧！而一曲《将进酒》更是将李白与酒的关系阐释得淋漓尽致，因为“古来圣贤皆寂寞，惟有饮者留其名”！李白虽然千古留名了，但李白也是被酒害死的，无论说他患“腐胁疾”（由于沉湎于酒而使胸部溃烂）于762年病死当涂，还是说他在采石矶酒醉后跳江捞月而亡，酒喝得太多太滥总是一个重要原因。我们后辈在敬仰李白的诗词才情之后，对酒还是适可而止为好。

李白，这位中国古代最伟大的浪漫主义诗人，在他62年颠沛流离的生命旅程中，曾多次流连于当涂的山山水水，直到终老当涂，为当涂这方山水留下了《望天门山》等53首诗文。青山有幸与诗仙结缘，并成为他的终老之地，不能不说是青山的幸运。

【原载2019年第1期《作家天地》】

太湖印象

看到这个题目时，许多人都会想起江苏的太湖，其实，我要说的是安庆市的太湖县。虽然安庆和芜湖相距不远，也有许多安庆的朋友盛情相邀，我也一直想去这个文化底蕴深厚的地方感受一下，但却一直无缘成行，直到2015年5月末，我因参加在安庆市太湖县召开的省民间文艺家协会理事会时，才第一次踏上去安庆的汽车。

文博园:给我一天,还你千年

大巴在沿江高速公路上奔驰着，一座座绵延起伏的山林，一块块蜿蜒清澈的水面，一个个秀丽时尚的江南城镇，不停地在车窗外闪过。阳光明媚，水绿山青，让我的心情也格外明亮起来。跨过宽阔的长江，驶过繁华的安庆城区，汽车继续在沪渝高速上奔驰了一个多小时，太湖县才到了，这不能不让我惊叹于安庆大地的辽阔了。

毕竟是第一次去太湖，对于那儿还是十分陌生。所以，在车上，我就和几位安庆口音的乘客攀谈起来，问他们太湖县经济社会事业情况，是否知道我将要去报到的地点——五千年文博园如何走？等等。其中一位在芜湖打工多年的太湖农民热情地告诉我，虽然太湖比芜湖经济要落后许多，但太湖的山水名胜却很多，特别是正在建设中的五千年文博园更是全国闻名，言语之间充满着无限的骄傲和自豪。

车下太湖高速便是气势非凡的文博园。首先映入眼帘的是园内那个巨大的中国龙雕塑，庞大、雄健的巨龙正绕着圆柱盘旋着奋力向天上冲去；接着，便是一个老人巨大的雕像，“老子天下第一”几个字泄露了他在中国显赫的身份和地位；再转过去，一位面目慈祥的老人正拄着拐杖目视远方，熟悉的人都知道他就是中国佛教协会会长、出生于当地的赵朴初先生；还有雕塑、山石、殿堂、树木等随山峰起伏错落有致，层次分明，交相辉映。

我步入文博园雄伟的大门时已是正午，给会议接待人打了个电话，不一会就有人迎了出来，将我直接带进了园内的餐厅，省民协的领导、当地文联的负责人正和先来报到的人吃饭，好几位熟悉的朋友赶紧招呼我坐下。因为开会时间定在晚上8点，饭后我先去旅社住下，下午直接进了文博园，来个先睹为快。

午后的阳光散发出柔和温暖的色彩。我独自穿行于蜿蜒曲折的园区小径，浏览着各个不同历史时期的雕塑和建筑等。我仿佛在五千年历史的长廊里穿行，感受着中华文化的博大精深。在晚上的理事会上，作为东道主的文博园负责人介绍说，文博园是按照国家5A级景区标准打造的一座气势恢弘的文化艺术博览园。园区规划占地1800亩，总投资18亿元，分三期建设。一期“艺术千年”，占地面积约600亩，总投资5.45亿元，由中华百工坊、五千年文化长廊、五千年根雕文化园、中华孝道园、国际诗林、四大名著文化园、华夏爱情文化园及皖江第一街——皖街等百座人文景点及艺术展馆组成，2011年5月开园，至今已接待中外游客60万人，是中国文化创意产业成功运作的典范。二期“诗画千年”，规划建设360行文化园、中国水乡文化园和长600米比例为2∶1的仿真清明上河图、烟雨江南售楼部等，游客穿梭其中，仿佛进入北宋繁盛时期，于2011年7月开工建设，2013年10月1日对外开放。三期“记忆千年”，规划建设高117.89米，展示中华56个民族风采的中华民族塔；“百年风云”情景馆，截取1840年至1949年24个真实的场景（如“鸦片战争”“南京条约”“火烧圆明园”“南京大屠杀”“开国大典”等），通过5D高科技、蜡像等手法展现；另将重肥……”是啊，如果让我借用来描绘美丽的花亭湖的话，当然也是那句：美就美在一湖水啊！

【分载2015年6月12日《泾县报》、2019年6月25日《铜都晨刊》】

安庆的哥

最近去安庆开会，报到的当晚，主办方没有安排集中的活动，我们几个熟悉的文友就约了去街上散步。

在我的印象中，安庆是个历史文化底蕴很深的城市，虽因省会迁到合肥后而逐渐有些冷落，但并不影响她厚重的历史文化底蕴和浓郁的文学氛围。我们先去的是倒扒狮街。此街兴起于明朝，存有各个历史时期代表性建筑，是全国罕见的历史建筑博览园，也是保留了安庆古城传统风貌的商业街。倒扒狮古牌坊，长约200米，宽3余米，街区整体建筑较好地保持了明清风格，近年来改造成安庆首个历史文化旅游街区。街面很是热闹，人流摩肩接踵。有网红打卡地海子纪念馆、黄梅戏表演点，也有非遗展演、味蕾飨宴，还有民谣摇滚乐队驻唱，活动精彩纷呈，无论是游客还是居民都很愿意快乐地品尝和欣赏，热情地拍照，再发朋友圈炫耀，颇有些大都市夜生活的风范。

直转到夜里9点多，我们依然游兴未减，同行的一山区文友说："想去看看长江，我从没见过长江呢。"我们就相约打的陪她去江边公园。在路边等了约五分钟，一辆的士就悄然停在身边，我们鱼贯上车。文友说："去江边公园吧，要热闹好看的地方。"的哥是个中年人，他说："江边这个时候已经不热闹了，晚上也看不清风景。公园空旷人少，安静，是个谈恋爱的好地方。"说得我们都有些不好意思起来，就让的哥推荐一个热闹好玩的地方。的哥说："这个点，只有去安庆七街了。那儿是美食一条街，夜生活还刚刚开始，可以喝白酒啤酒、品火锅、聊天，还有大学生们现场音乐伴奏的演唱。"我们简单地交流了一下，就统一了意见："去安庆七街。"

安庆七街就是安庆吃街，还有半个小时车程，的哥怕我们着急，或者有些不习惯车上的沉默，就老熟人似的和我们聊天。的哥多是见多识广的人，这位安庆的哥却聊起了他的私生活。的哥说："早些年我谈恋爱的时候，就经常去江边公园。有次跟女朋友接吻，正陶醉在幸福之中，感觉到身边有个影子一闪，也没在意。后来，才发现我们放在身边的包都没有了，损失了几百元现金不说，我好几万元买的'大哥大'也不翼而飞。下次约会虽然注意了些，但防不胜防，也怪自己年轻太投入，跟女朋友接吻多兴奋啊！又被偷了一个摩托罗拉的翻盖手机。"我调侃道："你这接吻的代价有些大啊。"同行的人也都"呵呵"笑起来。的哥又说："我原来是做生意的，属于先富起来的一群人，赚了许多钱，还炒股票，买了许多房产。原来不准备再上班的，居家过日子钱也够了，但天天在家也很无聊，就和朋友喝酒打牌，回家老婆就吵，自己想想也很后悔，就开出租车了。有了正当的职业，也就不贪玩了。"文友说："还是你老婆比你聪明，不但选择了你，还管住了你。"的哥憨憨地笑了说："你说的也是啊。"

车子一转弯，眼前顿感灯火璀璨，车来人往，果然热闹——美食街到了，我们下车，的哥热情地向我们挥手道别，转眼就消失在灯火阑珊之处。我们选择了一家火锅店坐下。店里氛围很好，还有两三桌客人，几个年轻人组成的乐队正在演奏，有个女顾客还在唱歌。我们的情绪也被感染了，渐渐融入夜生活的氛围之中。

感谢这位率直幽默的安庆的哥，他把我们带到安庆一个很有生活味的地方，让我们有了一个快乐的夜晚。

【原载2020年11月24日《安庆晚报》】

“三国”气息漫亳州

2012年6月16日至17日，我应邀参加了市作家协会组织的去亳州采风活动，在参观完运兵道、花戏楼、华佗纪念馆及古井贡酒厂之后，我对亳州有了大致的印象：曹操、关羽、华佗，不就是亳州的“三国”吗？

曹操的身影

我对亳州的最初印象与曹操有关。记得读小学时，一次上体育课，外面突然下雨，老师让我们在室内自习，我们便要老师讲故事。老师就找来一本书，给我们讲曹操青年时期的故事，隐约记得故事的内容是曹操巡夜时不畏权贵、严格执法的事，给我留下了正直、公正、勇敢的“好人”的印象。老师还特意介绍说曹操是我们的安徽亳州老乡，并在黑板上写出了“亳州”二字，当时我们几乎是异口同声地念出了“毫州”。老师说错了，应该读“bózhōu”，从此我们牢牢地记住了，也记住了曹操。后来，陆续读过小说《三国演义》，看两个版本的电视剧《三国演义》，总有些纳闷：这位东汉末年著名政治家、军事家、文学家与书法家，一个曾经刚正不阿的青年曹操，怎么变得那么阴险、狡诈？让人憎恨？众所周知，曹操是极端自私的，就像他宣称的那样：“宁可我负天下人，天下人不可负我！”为了防止有人在他睡着后行刺，他借梦杀了贴身卫士；为了不让华佗给别人治病，特别是给他的敌人治病，他居然杀了济世活人的一代名医。我一直无法长期远离家乡让他们产生了无限的乡愁，有一天，他们忽然决定建一座会馆，供老乡们聚会休闲，喝乡酒、吃乡食、听乡音，当然有时也免不了要祭祀一下他们所崇敬的关羽，于是会馆也就逐渐演变为供奉关帝的神庙。花戏楼上，曹操与关羽间千年未解的恩怨故事仍在继续着，而生活富足的药商，也在故乡与异地、梦想与现实、信仰与欲望的冲突中寻求着一种奇妙的平衡。岁月漫漶，潮起潮落，许多是非恩怨都被历史湮没了，无论是关羽的后裔，还是曹操的后人，现在相逢时大约也只能“一笑泯恩仇”了。

今天，许多人来到了亳州，都会去看看曹操的运兵道，也会去参观供奉关羽的花戏楼，在一块块精美砖雕、一幅幅彩绘的雕刻中重温三国时一个个惊心动魄的故事，评说历史人物的是非得失。而我心里更多的是对亳州人的崇敬，因为花戏楼能保存、繁荣至今，不能不说是亳州人的胸怀更加宽阔！

华佗的悲剧

华佗纪念馆在亳州城一个很不起眼的巷子里，我们到达时馆前的棚户区已拆成一片平地，据说要建一个漂亮的广场。跨进纪念馆大门时，感觉就像一个普通的农家院落，狭窄、拥挤、陈旧，待沿着窄巷钻进去时，便觉得眼前豁然开朗起来。原来现在的华佗纪念馆与华佗故居连为一体，占地1.3万平方米，有山门、耳房、大殿、东西殿、禅房、元化草堂、存珍斋、益寿轩、课徒馆、自怡亭、五禽戏台、药圃、洗芝池、碑廊等建筑。房子一进连着一进，树木葱郁，曲桥蜿蜒，引人入胜。大殿上方悬有清嘉庆二年（1797年）安徽巡抚朱圭题写的“燮理通微”的匾额。殿内金柱上有朱圭题写的楹联：“五戏转灵枢道本皇轩仙位业，四轮消劫运功参地释佛菩提。”店内供奉着雕塑大师钱绍武为华佗雕塑的铜像。碑廊上镶刻着古今名人为华佗题写的诗文。

整个纪念馆，古朴典雅，环境优美，凝聚了中医药文化的精髓。

关于华佗，在民间可算是个家喻户晓的人物了，特别是他给关羽刮骨疗毒故事经过《三国演义》的渲染，可谓妇孺皆知。谯县自古就是一个药材的集散中心，华佗出生时，谯县出产多种药材，如“亳芍”“亳菊”等早已闻名天下。幼年的华佗在攻读经史的同时，也留心医药，且一生精研岐黄，并通数经，中年曾“游学徐土”，不慕利禄，济世活人，行医足迹遍及当时的徐州、豫州、青州、兖州各地。他精通内、妇、儿、针灸各科，外科尤为擅长，精于手术，早在1600多年前就发明了用“麻沸散”使病人麻醉后施行剖腹手术，被后人称为“外科圣手”“外科鼻祖”，倍受底层群众的欢迎。他又仿虎、鹿、熊、猿、鸟等禽兽的动态创作名为“五禽之戏”的体操，教导人们强身健体，开创了我国体育医疗的先河。华佗为中华医学留下了宝贵的财富。但就是这样一位救病人于存亡的人，却因不服曹操征召被杀害了，所著医书《青囊书》已佚，留下了无穷无尽的遗憾。也有人替华佗惋惜，说他太固执，如果能留在曹操府中做个“侍医”，必有享用不了的荣华富贵，但对于将“以医济世”作为终身抱负的华佗来说，要他隔绝百姓，专门侍奉一个权贵，自然是不愿意的。何况，曹操早年为报父仇，坑杀徐州无辜百姓数万人，接着又连屠取虑、夏丘诸县，其暴行令人发指，华佗内心岂不愤慨！华佗被杀后，曹操头痛病几次发作，医生均束手无策，但他仍无一丝悔意。直到这年冬天，他的爱子曹冲患病而亡，他才幡然悔恨起来，但一切已成过眼烟云。曹操，这位曾经不可一世的乱世枭雄终于为自己的暴行付出了惨痛的代价，也在他煊赫的历史中留下了很不光彩的一页。

走出华佗庵时，我忽然就有些疑惑：这个祭祀我国东汉时期杰出的医药学家华佗的庙祠，怎么取了庵名？导游告诉我说，大概因为华佗庙的历代住持都是女僧的缘故吧。其实叫庙也好，叫庵也罢，或者叫纪念馆等，都无法抹去人们对这位古代神医的怀念与敬仰！

亳州之行让我的思绪沉浸在三国的往事中，每餐必饮的古井贡酒让我的精神异常亢奋，忽然就想起曹操青梅煮酒论英雄的故事来：他与刘备当年所饮的也一定是他家乡的“九酝春酿”吧？其酒“清澈透明如水晶，香味纯正似幽兰，喝入口中甘美醇和，回味悠长”。按照品酒专家这样的评价，此“酒中之牡丹”不就是今天的古井贡酒吗？

【原载 2012 年 12 月 12 日《大江晚报》(节选)】

儒韵全椒

接到省作协和《安徽文学》杂志社组织去全椒县开会的通知，我便有些许的疑惑：这样一个全省规模的文学创作大会，即使不在省城合肥开，也该选个地级市开啊，怎么偏偏选在全椒这个小县城开呢？然而，疑惑归疑惑，我还是如期前往了。

对于全椒，许多人也许并不陌生，特别是像我等出生于20世纪中后期的人，对“全椒柴油机”的印象是非常深刻的。那时候，马路上跑的、田地间爬的，只要是拖拉机，用的几乎都是全椒生产的柴油机，全椒也因此蜚声海内外。2011年3月，省民协在滁州召开理事会时，我就随大家一起去全椒柴油机厂参观过，对全椒留下了一些粗浅的印象：全椒县地处安徽省东部，滁州市南部，面积1568平方千米，人口48万人。古名椒邑，西汉始称全椒。县城西北主要是森林湖泊，南部主要是历史文化遗址，东部则侧重文化休闲。可谓山清水秀，底蕴深厚，人文荟萃。我们姑且先不说国家AAA级旅游景区——神山国家森林公园的群山环抱，林深水秀；不说AA级旅游景区——龙山寺风景区的“林深无熟径，树老不知年，瀑洒千峰雪，岩开一线天”（清吴国缙诗）；不说三塔寺景区每年花开之时文人雅士“牡丹诗会”的盛况，也不说安徽省十大水库之一的碧云湖的景色秀美、气候宜人，单就是全椒历史文化名人吴敬梓和他的那部《儒林外史》，就足以让我们肃然起敬，流连忘返了。

我们下榻的儒林外史大酒店位于全椒县经济开发区内，与火车站正对面，距离县城中心区不过几公里。酒店入口处矗立着吴敬梓的塑像。周边高楼林立，道路宽敞，在建工地塔吊耸立，人来车往，场面热烈。《儒林外史》成为其商业文化的深刻背景，房屋街衢都显示出清代苏皖沿江两岸建筑风格的影子。

吴敬梓，全椒人，虽然出身于官宦望族，却淡泊仕途，家道中落后流落南京、芜湖等地，所写《儒林外史》开中国讽刺小说之先河。全椒人对这位文人是敬重的，在县城襄河两岸，陆续修建了吴敬梓纪念馆、吴敬梓故居，两地相距不过二三百米，一桥飞架成通途。纪念馆始建于1959年夏，重建于1984年10月，占地5000平方米，建筑面积1000平方米。建有东西展厅及古朴回廊，1986年7月1日正式对外开放。纪念馆大厅前立有吴敬梓一尊铜像，高4.5米，重500千克。馆内收藏有《儒林外史》的各种版本以及吴敬梓的其他著作，如迄今发现最早的刻本《卧闲草堂本》等，还有其七言古诗手迹《奉题雅雨大公出塞图》的缩小件（原件大约长2米、宽1米，是我国一级文物，现藏于北京故宫）等。东西展厅还陈列了中外专家学者对《儒林外史》的研究成果及国内著名书画家的作品。吴敬梓故居修缮于2011年，正是我第一次去全椒的那年，经过四年的努力，于2015年2月16日建成对外开放。故居占地面积7190平方米，建筑面积2850平方米，分主体建筑、花园景观、辅助用房三大区域，是全椒县实施“文化兴县”战略，打造“儒林文化”品牌的又一重要成果。

关于这位清代著名的讽刺小说作家，许多人都不陌生，对《儒林外史》中的许多故事更是耳熟能详。其中范进中举、两根灯草的故事更是精妙绝伦，广为流传。我在读书和教书的过程中，曾多次阅读、讲述，几乎每一次都有新的收获。一次，在和一位地方文史专家交谈时得知，《儒林外史》中那个范进的原型就是芜湖的陶镛，小说中的背景就在弋江桥附近，书中语言也多为苏皖沿江一带方言。查《芜湖县志》记载，陶镛出道于芜湖县学，即芜湖第十二中学的大成殿，前面有一条小街叫儒林街，吴敬梓取书名为《儒林外史》的灵感即源于此。陶镛是雍正十三年（1735年）举人，乾隆四年（1739年）进士，是个有名的书痴，还经常发羊痫风。他的丈人是一个杀猪的屠夫……这些都与书中的“范进”不谋而合。此外，书中写的“牛布衣客死芜湖关”，也是以他的好友朱草衣为原型的；那个在甘露寺边摆摊刻图章的老实人郭铁笔，其原型也是当时芜湖有名的篆刻家诸葛祚……真没想到，一部《儒林外史》中有这么多的“芜湖元素”，作为芜湖人我自然也感到非常荣幸。

然而，并不是所有的芜湖人都愿意将吴敬梓与芜湖联系在一起。一次与一陶姓文友谈起时，他也只是一笑了之，不愿多谈，大概与范进是个被人嘲笑讽刺的形象有关吧。其实，我觉得也没有什么不好意思的，比起那些以“刘文才臭豆腐”“潘金莲内衣”为荣的人来，还是要好得多，毕竟范进只是个书痴，况且陶镛做官的口碑还是不错的。文学源于生活，但又高于生活，《儒林外史》就是一部源于生活而又高于生活的批判现实主义力作。

行文至此，忽然想起了潘小平女士在此次文学创作座谈会上的发言，她说：“安徽的诗歌、散文创作都很优秀，但安徽仍然不能算‘文学大省’，只有小说创作特别是中长篇小说创作成果丰硕了才算是一个真正的文学大省。”于是，我突然就明白省作协将会议安排在全椒召开的初衷，作为省作协副主席兼秘书长，作为安徽文学杂志的主编，潘小平当然希望有更多的人投身于小说创作，创作出更多更好像《儒林外史》一样能享誉全国的优秀小说，重振文学皖军的雄风！这是一种责任，更是一种担当。

当然，文化的发展，文学的繁荣，离不开地方领导的重视和经济的发展。全椒县就先后获得过“全国先进县”“中国浙商最佳投资城市”“浙商投资最佳服务县”等荣誉称号。如今，当年的柴油机厂已更名为“安徽省全柴动力股份有限公司”，是皖东第一家上市公司，主营单、多缸系列车用柴油机，并与北汽福田、上柴股份强强合作，为多家整车企业配套，产品覆盖全国，并出口东南亚、非洲、南美等地。其主导产业已拓宽至机械加工、汽车及零部件、服装玩具、粮油加工、建材生产、医药化工、电子电器等许多领域，成为长三角腹地的重要的制造工业加工基地、农副产品配送基地、旅游休闲观光基地。近年来，全椒县更是加大了文化建设力度，充分利用吴敬梓及其《儒林外史》的人文资源优势，提炼城市文化，提升城市品位，促进经济发展。漫步全椒街头，无论是城市建筑，还是公园景区，处处尽显“儒林风韵”。全椒人几乎将吴敬梓的作用发挥到了极致，不知当年一直辗转漂泊在苏皖沿江一带的吴敬梓，要是知道百余年后自己仍能给家乡人创造这么多的福祉，他的笔下会不会多一些爽朗喜庆的笑声！

【原载 2018 年第 1 期《醉翁亭文学》，获全椒文学奖】

结缘濉溪

接到参加“安徽作家看濉溪”文学采风活动的邀请，我很兴奋：因为参加省级文学活动，有机会见到许多文学大家，结识各地的文友，既开阔眼界，又可以借此交流学习，放松心情；再者濉溪是口子酒原产地，能顺便品尝一下久负盛名的口子美酒，也是一大快事。于是，我们立即订购车票，打点行装，提前一天踏上北去的列车。

火车是慢车，要7个多小时才能到达淮北，再去濉溪县城只有十几公里，打车也很方便。据淮北文友邱晓鸣介绍，濉溪县是淮北市唯一辖县，地处安徽省北部，苏、鲁、豫、皖四省交界处，总面积1987平方千米，人口110多万，市县相连，算是同城了。他问明了我乘坐火车的时间和车次，早早地就等候在火车站门口。

夜色浓郁，灯火璀璨，邱晓鸣开着小车载着我们穿行于城市年轻的街道上，在一家乡土风味十足的饭店前停下，好几个文友都在等候，大家边开吃边交流，桌上当然少不了素有“隔壁千家醉，开坛十里香”之称的口子美酒。第一次在原产地喝到口子酒，让我们非常兴奋，酒酣耳热之际，关于口子酒的记忆也在头脑中渐渐复活起来。

和许多同龄人一样，我对濉溪的记忆多是因为口子酒。20世纪80年代，我走上工作岗位时，濉溪大曲正在芜湖城乡大流行，接着又有了稍微高档点的濉溪佳酿，这些口子美酒不仅出现在大小宴会上，更是居家待客常备之物，可谓上得厅堂，下得厨房，一时风光无限。不久，就有了“两口子”之争，濉溪牌口子酒与口子牌口子酒对簿公堂，弄得我们这些好酒之徒也掺和进去，争论不休，结果好像是产自

“三堤口”的口子酒比较正宗的观点渐渐占了上风。然而我们争来争去并没有多大意义，人家毕竟是“两口子”，在有关部门的协调下，双方握手言和，融为一体。于是，口子窖、口子坊、老口子等都归入“口子集团”的麾下，纷纷登上我们的餐桌，融入了我们的生活。

在濉溪，在淮北，待客首选当然是口子酒。说起口子美酒，他们个个都很自豪，谁都能如数家珍。譬如早在春秋战国时期，濉溪就开始酿造口子酒，宋元时期更是大量生产，素有“名驰冀北三千里，味占江南第一家”之美誉。古往今来，商贾行旅，文人墨客莫不“闻香下马，知味停车”。唐代诗人白居易在诗中写道：“秋灯夜写联句诗，春雪朝倾暖寒酒。陴湖绿爱白鸥飞，濉水清怜红鲤肥……”宋代词人苏轼在《南乡子 · 宿州上元》中写道：“千骑试春游，小雨如酥落便收，能使江东归老客，迟留。白酒无声滑泻油。”词中白酒即为口子酒。清乾隆皇帝下江南途经徐州时，极为赞赏濉溪地方官进献的口子酒……其实，口子酒出在濉溪并非偶然。濉溪地处中原大地，依山傍水，气候温润，土地肥沃，物产丰富，自古就有天下粮仓的美誉，这为酿酒提供了丰富的原料；境内河道纵横，井水清冽，酿造历史悠久，酿造工艺不断提升，所产美酒酒质清醇馥郁，有溢香远、留香长、透瓶飘香、隔宿不断等特点，文人赞它“清澈似玉露，浓馨胜芝兰，甘美沁心脾，入口味绵延”，南京百姓的夸曰“濉溪名酒到浦口，南京全城皆飘香”，真既直截了当又形象生动！

在濉溪县文联的精心安排下，第二天，我们与省作协主席许辉一道参观了濉溪的部分人文景点。在濉溪县柳孜大运河遗址，濉溪县文联主席王明文不无自豪地告诉我们：柳孜运河遗址已经于2014年随中国大运河一道成功入选《世界遗产名录》。柳孜运河遗址属于隋唐运河通济渠的一段，1999年被评为全国十大考古新发现，2001年公布为第五批全国重点文物保护单位。虽然整个运河古道已经被埋入厚厚的泥土，上面是生机勃勃的庄稼或整齐有序的村庄，从外表已很难寻觅当年运河的英姿，但在柳孜运河遗址发掘处，围起个大圈保护起来，路边竖起块巨大的石头：上书“中国大运河”几个大字，还有世界遗产的标识，东面开阔处，分别插上了北岸、南岸、河道的标牌，虽然已是草木葳蕤，但依然能隐约看见中间低两边高的河道走势。进入运河码头发掘处，整个古河道已被挖了出来，河底铺上了一条供参观的木制栈道，四周是陡立的断层，看得出是河道废弃后泥土一次次堆积的痕迹。在南北两岸，各有一片石墩，整齐的石块垒上去的，有好几米高，石块很杂乱，大小不等，石磨、石磙、门槛石、墓碑石等，看得出当地石材的紧缺，开始大家都以为是运河的码头，但专家看后认为这不是码头，而是桥墩，因为两三米高的陡壁上没有一个台阶，显然不符合码头的特征。特别是北岸，只是面上有一层石块，应该是运河废弃后，被泥土淤塞，人们为便于往来，在上面垫了层石块。虽然是桥墩，但人们还是习惯称柳孜运河码头。被发掘出来的3艘唐代沉船静静地躺在河底，可以想见当时运河内舟楫摇曳、水运发达的情形。岁月流逝，沧海桑田，大运河故道被当地民间艺人编成故事，世代相传，经淮北大鼓的非遗传人曹廷虎的精彩演绎，那激越的鼓点，粗犷的演唱，赢得在场文朋诗友的阵阵喝彩。

临涣土城是安徽省目前唯一保存完好、规模最大的先秦古遗址。历史悠久、人文荟萃、民风淳朴，留下许多珍贵的历史文化遗产，临涣文昌宫和小李庄因作为淮海战役总前委驻址而闻名遐迩。淮海战役，国共两党两军逐鹿中原的生死决战在此展开，共产党人在数百万民众的支持下，创造了60万战胜80万的奇迹。淮海战役的胜利，为渡江战役的发起扫清了障碍，也加速了全国解放的步伐。如今文昌宫、小李庄、双堆集等已成为红色旅游的胜地，展出了地图、图片、雕塑、战场实物等许多珍贵资料，而现代光电技术的支持更是将那场波浪壮阔的战争画面清晰地再现在我们的眼前，让我们的心灵受到一次次强烈的震撼！

濉溪县矿产资源丰富，非金属矿产以煤为主，储量60亿吨以上，是全国煤炭储量最丰富的县份之一，已形成煤电及矿产采选、煤化工及精细化工、食品加工、装备制造、有色金属加工、纺织服装六大主导产业。特别是“濉溪芜湖现代产业园”，于2012年由濉溪县政府和芜湖县政府合建，双方共同建设管理。目前，这个以现代高端装备制造业和服务业为主导产业的园区，已签约项目30余个，合同投资金额150亿元，16个项目已开工建设，累计完成招商固定资产投资10亿元，园区企业实现产值2亿元，可谓运营红火，作为芜湖县人，我自然感到亲切和自豪。值得一提的是，园区曾拒绝了20余个总投资达60多亿元的“带污”项目。园区以绿色廊道为纽带，把生态河系、公园、人文景观、休闲场所等串联起来，自然生态、产业生态、人文生态、社会生态融会贯通，打造出一个两水环抱、泽被新区、七星伴月、绿映新城的美丽形象。

3天濉溪之行，来去匆匆，只能是走马观花，但濉溪留给我的印象却鲜活了许多，这里不仅仅有美酒、煤炭和古城、古运河遗址，有秦相蹇叔、竹林七贤之首的嵇康、东晋著名的军事家桓伊等众多的名人雅士，还有逐鹿中原问鼎天下弥漫的硝烟。当然，还有此次文学研讨会上，安师大文学院博士生导师杨四平教授作了专题讲座及与大家的热烈互动，濉溪非遗传承人表演的淮北大鼓和唢呐独奏，更是让现场高潮迭起。濉溪人的热情，濉溪人的勤劳，濉溪人的敬业，给我们每一位与会的文朋诗友都留下了美好而深刻的印象。

【原载2015年第1期《濉溪文艺》】

蒙城的“文学启蒙”

2018年10月，接到去蒙城参加“安徽文学大讲堂”活动的通知，我就上网百度了一下，才明白：蒙城，殷称北冢，周曰漆园，唐天宝元年（742年）更名为蒙城，有被称为“中国原始第一村”尉迟寺遗址等，可谓历史悠久；蒙城是先哲庄子故里、巾帼英雄刘金定的家乡，可谓人杰地灵；尤其是著名相声表演艺术家牛群曾在此挂职担任副县长，更是让蒙城名声大噪！

带着渐渐萌生的好奇与敬畏，我如约踏进了这片古老而充满神奇的土地。眼前是一望无际的淮北平原，淮河之水散成许多细小的支流、沟渠灌溉着向四周尽情铺展的麦田，让这片土地变得格外丰饶。俗话说：一方水土养一方人，淮北平原上生活的人民拥有着大平原一样宽阔的胸怀。我认识的几位蒙城籍朋友，无论是领导、名人，还是普通百姓，大多心胸坦荡、宽厚善良，不计较个人的得失。这大概与他们饱受庄子文化的熏陶有关吧。

说到庄子，中国人都不陌生，以老庄为始祖的道教是我国土生土长的宗教，老庄哲学是中国的哲学思想中唯一能与儒家和后来的佛家学说分庭抗礼的古代最伟大的学说，对后世影响很大。但我对庄子学术的最初印象还是早年间听老师说的一个故事：庄子和惠子一道游玩，看到桥下水中游鱼，庄子说：“鱼游得很快活。”惠子说：“你不是鱼，你怎么知道鱼游得很快活？”庄子说：“你不是我，你怎么知道我不知道鱼游得快活呢？”辩论的结果我忘记了，但我感觉庄子就是个聪慧善辩之人。后来，陆续读了一些关于老庄哲学的书，才渐渐明

贵池往事

在2019年的小雪节气之前，我从没有踏上过贵池的土地，最多是乘车从贵池境内的高速公路上一闪而过罢了，但这并不妨碍我与贵池有些许的交集，也不妨碍提起贵池时我心里泛起的淡淡涟漪，当然，这些都并不影响我对贵池的好感和向往。

知道贵池还是在20世纪80年代初期，我初中毕业那年，与二伯家的红姐一道考取了中专。我在芜湖读师范，她在贵池上卫校，好在我们都在长江的南岸。听红姐说，那时去贵池要坐轮船，在长江上航行好几个小时。去学校时很慢，因为船要逆流而上，有“蜀道之难”的感觉，暗合了她舍不得离开家的心理；回家时很快，毕竟是顺流而下，有“朝辞白帝彩云间”般的快感，也适合她回家时急迫的心情。平时，我们间更多的是书信联系，大约每月一封，说说学校的事，谈谈当地的景，说说家里的事。寒暑假，她回家路过芜湖，所以对芜湖并不陌生，而对她就读的贵池，我只能听她的介绍罢了。我知道了贵池有个杏花村，一个叫杜牧的诗人在那里写过一首妇孺皆知的诗。记得当年，二伯第一次送红姐去贵池上学后，回来就跟我提起过这首诗，虽然他识字不多，但还是能背诵出来：“清明时节雨纷纷，路上行人欲断魂。借问酒家何处有？牧童遥指杏花村。”当年的杏花村纯粹是一个荒凉的农村，荒山野水，杂草杂树茂盛，有耕牛，有牧童，还有辛勤劳作的农民，当然也有杏花村酒和孤独的旅人。杏花村酒红姐曾带回来几瓶，我也陪她的同学尝过一回，除了感觉酒的香辣之外，再没有太深的印象。池州有个九华山，佛教圣地，我在工作的第了宝贵的旅游时间。如果导游非常重利，安排购物的场所过多、时间过长，或者诱导旅行者产生了购物冲动，一掷千金，买下了让自己后悔的产品，轻则造成旅行者心情不好，重则引起与导游的争执，那么再美的风景也都显得索然无味。

印象最差的一次是到西北某城，热情的地陪安排的第一站是参观某某古寺。说是古寺，其实更像是一个崭新的建筑工地，许多地方还在施工，建筑材料堆得到处都是，我东张西望地拍了几张照片，就不见了同伴们的身影，正寻找着，就被地陪语气生硬地说了一句："快点进去，不要走丢了！"我赶紧冲进寺门，过了两个大殿，进了一个长廊，一直向里面走。地陪说："里面有个大师，法力无边，大家可以请他看个相，很准的。"于是，我们一个个依次走进神秘的内室。我对看相算命的事兴趣不大，趁地陪不注意就溜到了外面，上了我们的旅游车。随团导游说："这么快？捐了多少钱？"我说："没进去。"导游不置可否地笑了。又过了半个多小时，大家都上了车，都说捐了几十元几百元的，大有上当的感觉……由于第一印象不好，到了下一个购物中心，我们许多人都只是进去转一圈就出来，有人干脆不下车，地陪眼看拿不到回扣，脸色也越来越难看，该解说的不解说，问她的话也不耐烦答。当晚我们通过全陪交涉，第二天才给我们换了个地陪。

更多的地陪也会和全陪一样先告诉我们：哪些地方是购物中心，是旅行社安排的规定景点，必须要去的，如果不去就会扣他的工资，希望大家能配合一下。也有一些地陪是希望大家尽量多去购物中心，还要多消费一些，否则他会不高兴的，上了车还会说一些诸如"你们都是吝啬鬼"之类的风凉话。当然，也有一些地陪很不错，他会告诉大家哪些地方可去可不去，去了，店里会给他点额外的奖金，不去，对他也没有处罚。一般看时间和大家的兴趣。如果大家很支持他，弄得他高兴了，他也会在休息的时间里义务陪大家去一些想去的地方逛逛，买点实惠的土特产。那样的旅途多半是一次“和谐之旅”。

印象最好的一次是到云南的西双版纳，虽然时间过去快两年了，我至今想起还是记忆犹新。去之前，我们都希望有一位像电视上那样漂亮的少数民族姑娘当我们的导游。可当我们走出西双版纳机场时，来接我们的当地导游却是一位相貌平平的女性，让我们大失所望。她的身材虽然高挑些，但面容看起来很老气，估计是那里紫外线太强的结果吧。她的穿着和我们一样，说话是夹杂着当地方言的普通话，根本没有电视里那些少数民族女性的美丽风采。但她确实是少数民族，他的父亲是苗族人，她母亲是傣族人，她也是在傣族村寨长大的，住在西双版纳市区楼房里。

和许多旅游者一样，我们首先去了野象谷。野象谷因野象经常出没而得名，景区内河谷纵横，森林茂密，一片热带雨林风光。我们或步行穿越，或坐缆车观看，第一次看到了那些只在电视中才看到过的亚洲野象、野牛、绿孔雀、猕猴等珍奇动物。看过大象表演节目后，又游览蟒蛇园、百鸟园、蝴蝶园、猴园等，还欣赏到植物绞杀、植物板根、老茎生花及许多珍稀植物，让我们对热带雨林有了深刻的印象。第二天，我们又在地陪的带领下，参观傣族生态旅游村和原始森林公园，看到了孔雀繁殖基地、猴子驯养基地、爱伲山寨等。因为是深夜12点的飞机，地陪建议我们晚上去参加勐巴拉娜西歌舞晚会，吃有民族风味的烧烤。当然，这是计划外的，需要我们费用自理。去了，她能拿点回扣，每人10元。大家讨论了一下，有的人想去，说来一次不容易，应该多看一些；更多的人不愿去，出门七八天了，人很疲劳，归乡心切。大家商量来商量去，由于绝大多数的人不愿去，大家只好放弃去这个景点。考虑到这个导游很实在，两天也很认真尽力，除了旅行社规定必须去的景点外，她从没有怂恿、勉强我们参加任何自费的项目，大家觉得有些过意不去，就决定每人拿10元钱补上她的损失。可当我们的负责人把钱悄悄交给她时，她坚定地拒绝了。

在送我们去机场的路上，她非常感谢大家对她的支持和信任，虽然和我们发达地区相比，她的收入不高，但已经足够了。她只想通过自己的劳动获得报酬，那样她才心安、才快乐。

后来，每次听到导游坑害旅行者的事情时，我总会想起那位普通的少数民族导游，我真的希望有更多的人像她一样，诚实、敬业、善良。她尊重旅行者，旅行者更尊重她，这样的旅途才是真正的和谐之旅、快乐之旅！

【原载2012年12月3日《肥东报》】

第三辑

尘世写真

农民的胸襟

农民，曾被像我一样刚跳出“农门”的人不了解，但随着岁月的流逝，我越来越觉得农民的纯朴可爱，为了国家经济的发展，他们总是在默默地奉献着。特别是每次想起我劝老马家三次拆房让地的事，都让我对这些胸有大局的普通农民深怀敬意！

1979年，我在大队当民兵营长，负责社会治安及民事纠纷的处理。当时，县人武部要在我们大队的一个小山头上建靶场，让我们将那儿的几户居民搬迁走。应该说，那儿三面环山，中间空旷，附近居民很少，建靶场比较合适，真正需要拆迁的也只有5户人家，拆迁量不大，而且，其中有两户早已在大村庄里建新房，正准备搬迁。马家的老母亲虽然不愿离开祖上住了几辈子的地方，但为了大局还是劝三个儿子按期搬迁。这次征地搬迁，几乎没有花公家的一分钱。

光阴似箭，日月如梭。1999年，我在镇上当司法所长时又遇到芜（湖）宣（城）高速公路开始筹建，路线确定后恰巧经过马家三兄弟居住的地方，此时马家三兄弟都住上了别致的小洋楼，生活富裕、安宁。四周绿树成荫，花香弥漫，前后有院，还打了口水井，电机一开，水哗哗流淌。如何让他们放弃这样一个安逸优美的生活环境，再次搬迁，村干部都感到束手无策，我再次被推到了第一线。虽然马家老母80岁了，但对我还是熟悉的，对于当初劝她搬家的事也并没有半点不满。我天天陪马家老母聊天，帮她做农活。她剥黄豆角，撕山芋梗皮，我帮着她做，连指甲都弄肿了，赢得了老人的好感。于是，我就从她在外打工的孙子孙女说起，问他们是否经常回来看她？都给他买些啥好吃的？她想不想孩子们？老人渐渐高兴起来，说："他们都在外地，来回要好多天，不方便。"我便半开玩笑半认真地说："那就在你家门口修条高速公路啊，下次你的孙子、孙女们回来看你就方便多了。"老人一听说："那感情好啊，什么时候修啊？"我便说："你要是同意，现在就修啊！不过高速公路一般不拐弯，要是让你家再次搬家……"老人一听突然沉默起来。马老大见状赶紧替我打起了圆场说："妈，你别当真，所长和你开玩笑的。"没想到老人脸一沉，正色道："别瞒我了！你们这几天老在一边嘀咕，以为我不知道？我知道高速公路要从这儿过，又要让我们搬家，搬就搬呗！国家搞建设，我们应该支持啊！"马家老母亲一表态，后面的事就简单多了，马家三兄弟很快便搬进了乡里移民建镇点。

高速公路通车了，在县城附近留了出入口，县里抓住机遇建起了工业开发区。内迁、外引，开发区里的企业越来越多，影响越来越大。原先规划的15平方千米已远远不能满足发展的需要，县里决定将园区向东部丘陵地区扩展到45平方千米。这样，马家所在的移民建镇点及山地再次被规划征用，他们不但要拆房搬家，而且要失去土地，成为企业的工人、城市居民。

巧的是，2008年我再次被抽调到拆迁工作组时，又进驻了马屋基村。此时，马家老母刚刚谢世。常言道，事不过三，这次我也只有硬着头皮上了。让我想不到的是，一向识大体顾大局的马老大此次居然拒不拆迁，还扬言说谁要强拆，他就要到北京上访。而他家不拆，马家另两个兄弟都不会拆，村里的其他几户当然也不愿拆。原来，他们家拆迁前丈量登记时，他母亲还活着，安置时也计算在内，但现在真正要拆房时，他母亲突然死了，村干部就将他母亲的搬家安置等400元费用全取消了，他认为是村干部有意刁难他，他想不通。情况弄清楚了，是乡村干部工作没深入，我就和乡、村干部进行了沟通。当我和乡干部将补充的400元钱送给马老大，并向他们一家人表示道歉时，马老大的脸上终于有了笑容。他说："其实，我母亲临死前就交代好我们，一定要主动搬家，不要耽误园区东扩，耽误县域经济的发展啊！"第二天，马家三兄弟就租好房将家搬走，房子交给了拆迁办处理。

虽然像马家这样连续三次遭遇拆迁的事并不多见，但在经济迅猛发展的今天，修路、办厂、开河、架桥、城市扩展等不断发生，类似的事情我们还是会经常碰到的。从马家人的身上，我看到了群众善良的心地，感受到他们舍小家为大家的开阔胸襟。其实，只要多为他们想一点，做一点，我们的工作就会顺利许多。

【原载2011年第9期《江淮》杂志副刊】

农民的精神家园

“书籍是人类进步的阶梯。”很小的时候，爷爷就常这样告诫着我，然后把被我撕裂、扔掉的《童年》《红日》等捡起来，细心地修补好。但那时的我不知道书的珍贵，更不知道当年为了买这几本书，在乡里读初中的爷爷整整一个学期没有吃过一顿早餐。因为，对于爷爷来说，读书简直就是一种奢望！

“读一本好书，等于和许多高尚的人在交谈。”读中学时，爸爸也曾这样告诫着我，然后把《高考总复习》《我的大学》等一大摞书轻轻地放在我的书桌上，目光中满是希望和关切。妈妈告诉我，这是你爸爸在工地上抬了三个多月混凝土挣得的工资买的啊。对于爸爸来说，读书人是有文化、有素质、最值得尊敬的人！

或许有人会问：想读书去买呀！是的，但在爷爷读书那时，食不果腹，哪有钱买啊？而到了爸爸读书时，条件也不是很好。于是，似懂非懂的我开始了漫长的求学之路。好好读书，认真读书，在爷爷和父亲关切的目光里，我不但完成了学业，考上了大学，而且成为一名传播文化的人……

这几年，随着改革开放的不断深入，经济社会等各项事业都取得了明显的发展。我们广大农村也得以共享改革开放的成果，掀起了建设社会主义新农村的高潮：生产发展、生活宽裕、乡风文明……新农村建设的内涵不断丰富，新农村建设的成就不断彰显，物质生活宽裕起来的农民开始了精神生活的新追求。

记得大年初二回家拜年时，爷爷高兴地对我说：“我带你去村农家书屋看看吧，那儿有报纸和书刊。”我听了立即赞成。

农家书屋就在村部的院子里，从外面看显得有些冷清。一进院子，虽然还是静悄悄的，但院子里却停满了电瓶车、自行车等，再进到书屋里，更是让我大吃一惊：六大间的书屋四周摆满了书架，近百张座位上坐满了人，有些人没凳子坐就干脆站着看书、看报，虽然外面寒流滚滚，冰天雪地，但室内却暖意融融，温暖如春。农民们爱看养鱼、蟹和种稻、麦、油菜等农业科技方面的书籍，农妇们爱看烹饪、持家理财等方面的书籍；青年人爱看婚恋情感美文，孩子们爱看名著和动漫；小伙子在看汽车、摩托车维修，大姑娘在看服装设计、美容美发……像爷爷一样的老人，多找了本“养生之道”之类的书，戴上老花镜慢慢翻阅，我则和农家书屋的管理员轻声地聊起来。

据同学介绍，村里的农家书屋是去年刚建成的，省里送来了上万套图书，县里送来了电脑，还接通了“信息共享工程”书库，读者需要什么资料，查起来非常方便。每到星期天，都会有许多学生来借阅、查看，村里张小小同学五年级了，常来看书、上网查资料，现在都在外面发表好多篇作文了；李村李二娃养奶牛，也是在这儿看了书后搞起来的，效益很好；王村的王国培种水稻年年都被病虫害弄得大减产，在这儿找了本书看了，还和书作者取得了联系，去年就成功地预防了病虫害，获得了大丰收……现在，村里赌博的人少多了，打架斗殴、无事生非的人没有了，来这儿看书的人却多了，特别是农闲时节，我们书屋天天开放，晚上也开放。高屋基村的几位老人通过回忆和查资料，把我们这失传60多年的龙灯恢复起来，不但在本地演出，还上县城表演，所到之处很受欢迎，许多人给他们喝彩、捐款。他们用别人捐的钱，邀请了远近闻名的剧团演出传统黄梅戏，每场观众都不少于一万人呢。许多老年人都说，好像传统浓郁的年味又回来了！

现在，农家书屋、信息中心等进村入户了，读书、看报、上网等已不再是城里人捷足先登的专利；运动、健身等体育设施装备了新农村居民小区，休闲、娱乐、锻炼等已成为农民们提高生活质量新的潮流。农家书屋逐渐成为村民学习的场所，成为他们交流技术、寻求各种帮助和获得快乐的理想之所，成为我们农民真正的精神家园！

【原载2020年1月12日《江淮时报》】

想当农民

写下这个题目的时候，我被自己这种近乎荒唐的新奇想法吓了一跳，因为几乎从一出生时，我们就被灌输着将来至少也要有当将军、科学家、工程师、白衣天使等伟大理想，而且即使是在5年前，我也绝不敢有这种“异想天开”的想法。

也难怪，当初为了跳出“农门”，我和许多农村青年一样，废寝忘食，挑灯夜战，夜以继日地进行着“艰苦卓绝”的读书活动，好不容易获得“非农”户口，拥有了一只在乡村中学教书的“铁饭碗”。当年考取中专时办喜酒、放爆竹全家欢庆的场景仍历历在目，现在，突然让我放弃城市回归农村，确实有些转不过弯来。因为，城市对我们的吸引力更多的是物质上的富有和条件上的优越。

就在30年前吧，对于我们农村长大的人来说，“楼上楼下、电灯电话”“逛马路、看电影”等就是最美好的生活了。为了进趟城，我们甚至可以凌晨起床、步行好几个小时，而对于当时热爱文学创作的我来说，能找到一个有邮政分局（网点）的地方居住，每天能按时听到邮递员的铃声，就是最大的快乐了。但就是这个小小的愿望，都很难实现。难怪有人感叹道：虽然从我家到县城不足20公里，但我却走了整整20年。于是，我们许多人都在努力寻找着离开农村的捷径。但我的一位好朋友却率先卖了自己县城的“豪宅”，并用那笔钱在乡下老家买了套面积更大的房子，还买了辆十多万元的汽车，过起了和许多进城务工人员一样早出晚归的生活。当时，我很不理解，后来，随着对农村了解的加深，我才渐渐明白了：原来现在的农村已和城市没有太多的差别了。特别是这几年，新农村建设如火如荼，土地置换、整村推进有条不紊，农民们渐渐向新农村示范点集中，一幢幢楼房鳞次栉比，一条条道路纵横交错，一根根电线连缀成网，自来水连通万家，公共汽车开进乡下……就说我最需要的邮局吧，现在也并不显得十分重要，因为报刊上的信息我可以通过因特网获得，需要投稿时可由宽带帮我迅速完成，固定电话、手机可以即时通话，视频还可以让我看到对方的面容……更重要的是，由于农民居住相对集中，当初为城市人所骄傲的“公共设施”农民已能享受：农贸市场有了，农民们也能挎着篮子去买菜；自来水、下水道都有了，农家里都有了太阳能和抽水马桶；社区卫生室建起来了，小病可以得到及时医治；文化室、农家书屋内不断充实，老人们在这里看书、下棋、锻炼、练习书画，青年人或吹拉弹唱或寻找致富信息……农民们更高兴了：种田不但可以不交各种赋税，还有涉农补贴发到手中；田也可以自己不种了，都交给种田大户打理，还可获得一定的经济补偿；生病特别是生大病不用愁了，新农村合作医疗保险农民就可以享用……农民真正享受到了政策的实惠。双休日，成群结队的城里人开着车来到乡下休闲：钓鱼、野炊、采摘瓜果蔬菜，好不逍遥；平日里，更多被从土地上解放出来的年轻人，纷纷到开发区企业务工，不出远门就能有可观的收入。吃喝都是自己种的粮食和蔬菜，出行有公交和私家车辆，万一缺个啥，一个电话，不需20分钟，就有人将货物送到指定的地方。所以，在别人都一窝蜂似的往大城市挤时，逆流而动，到相对宽松的农村去，应该是我们获取幸福的最佳选择。

虽然我已经离开农村多年，也许再也回不了农村，但我仍然想说：“我想当个幸福的农民！”

【原载2010年12月8日《芜湖日报》】

雪的记忆 雪的行程

南方的雪一般都不大，几天就融化了。譬如2012年的雪，刚飘了两天就停了，迅速不见了踪影，让人总感觉意犹未尽。于是，便常常想起曾经历过的几场大雪，那纷纷扬扬、飘飘洒洒的鹅毛大雪总会给人们留下鲜明深刻的记忆。

孩童时代，冬天似乎都很冷，房前屋后的池塘里总结着厚厚的冰，我们可以在冰面上行走。有时若去得早，还能看到被冻在冰里的鱼，敲开冰块，捉回家去，自然是一顿不错的美味。下雪的日子似乎也多些，田野里、圩堤上，到处都是白茫茫的一片，我们就去堆雪人、打雪仗，或者在农家稻草堆、草屋檐下掏鸟窝。那几年，雪下得最大是1969年初，由于受寒潮影响，普降大雪，圩堤避风的侧面、小水沟等积雪厚达30厘米。《芜湖县志》上说："雪压断电线杆，电信、输电线路中断，交通受阻。"对此，四五岁的我"少年不识愁滋味"，自然没有多少记忆。也难怪，那时乡村的供电本身就不太正常，一年要停半年多的电，除了农忙时节外，人们对电的依赖不像现在这么严重；公路也很少，大多步行，除了出远门外，根本不用坐车；家里有粮有油，地里有菜有柴草，弄点盐就能支撑一两个月。雪除了给我们的童年生活增添乐趣外，实在找不出什么厌恶的理由。

如果说1969年的大雪带给我许多童年的乐趣，并至今还能让我津津乐道的话，那么，1984年初的那场大雪却让我初尝了它的冷酷。虽然雪情和1969年时相差无几，电信、输电线路中断，城乡间交通受阻，我还是清楚记得的。当时，我正在芜湖师范学校读书，学校的供电、供水并没有受到多大影响，食堂饭菜也能及时供应，只是学期已临近结束，我们也打点好行装准备回家过年。但突然间的大雪阻断了去县城的交通，回家的水道也因水浅雪大而停航，更重要的是口袋里除了回家必需的路费外，其余都买了书籍或回家过年的礼物，饭菜票也只能维持一两天了。去汽车站的人回来一班又去一班，谁也没有走成，坐火车的同学也不敢上路，怕下火车后找不到回家的汽车。眼看着就要弹尽粮绝，加上早就归心似箭了，我们几个同学一商量：反正学校离家也就30公里左右，干脆走回家！我立刻轻装行囊，背着几件换洗衣物、寒假作业和借来的课外书籍，踏上了回家的路。几位同学也被我的精神所鼓舞，和我一道步行回家。

我们相互搀扶着，鼓励着，唱着歌前进，寒冷和冰雪动摇不了我们回家的决心。夜幕降临时，我们5个同学走到清水河大桥就要分手了，各自成为回家之路上孤独的旅人。摔了多少跤，已记不清了，所幸的是我们谁也没有摔伤；流了多少汗，也记不清了，只记得雪润湿了外衣，汗湿透内衣，冰冷的双脚也走得发热。路上几乎没有遇到几个行人，雪地里也没有几盏昏暗的灯，当满身雪白的我敲响家门时，看到了昏黄煤油灯光下母亲灿烂的笑容。我知道我回家了，只有家才是我们最温暖的地方啊！

如果说这1984年的大雪使我懂得了自尊、学会了坚强的话，那么，1992年的那场大雪，则给我留下了甜蜜的回忆。

1992年的雪并不算大，甚至连县志里也不愿提及。伴着新年钟声的敲响，雪花纷扬而下，飘舞的雪花激发了我的灵感，迸发出浓郁的诗情，也给我们这些当年的乡村青年教师们带来了快乐。虽然薄薄的积雪曾使公路交通一度中断，使乡村的道路异常泥泞，但我们谁也不愿放弃和意中人相聚的良机，给对方一个意想不到的惊喜。记得当时我和女友相识不久，她根本不会想到我会在这样恶劣的天气里出现在她的视野。当我走完第999条狭窄蜿蜒的田间小径，来到她家的门口时，却被告知她已于前一天让嫁进城里的姐妹请去了当伴娘。失望、羞涩、恼火……说不清自己当时到底是什么样的感觉！“难道我们真的没有缘分？”一个人漫无目的地在空旷的雪野上踉跄时，我这样想着。雪落在我的头发上，迅即融化了。“雨水淋湿了我的头发，别以为我是在为你哭泣。”想起这首诗时，我的心更加忧郁起来。干脆到附近的同学那儿玩吧，喝喝酒，聊聊天，排遣一下郁闷的情绪。但，同学不在，邻居告诉我他去了女朋友的家。

忽然间，我也有了去城里接女友的冲动，可惜又不知道女友姐妹婆家的地址，况且进城的公共汽车已经停运了。而且即使找到了她，也显得我这个男子汉有些太儿女情长，多不好意思？那时手机、BB机、电话等还很少见到，举目无亲的我唯一能做的就是回到自己学校的单身宿舍，在那儿默默磨平我的忧伤。夜幕降临，身心疲惫的我走到单身宿舍门口时，却见里面亮着灯光，似乎还嗅到了米饭和腊肉的清香，陡然间，我热血沸腾，心潮澎湃，因为只有她才有打开我房门的钥匙。原来，她总惦记着我放假会去看她，午后时，她固执地走到了车站，没有公共汽车，就和农民工一起挤三轮车赶回家中，听说我果然去了，又马不停蹄地赶到了我的身边。我一贯不相信所谓的“命运”，但这一次的相逢却成就了我们一世的情缘。

如果说这场大雪使我理解了情感、收获了爱情的话，那么，2008年初的这几场暴雪，则是对我们国家保障能力、政府应急机制和市民参与意识的一次大的检阅。

2008年暴雪的进攻是从元月下旬开始的，地点是风和日丽、享受暖冬的南方。大雪、暴雪、连绵雪，在南方的天空、山川、田野肆虐，公路、铁路、民航、供电、电信部分中断，成千上万回家过年的民工被滞留在车站、空港和路上，黑暗、寒冷、饥饿等在不断威胁着人们的生命。这时，我的大姨妈——一位普通的村民突发脑出血，急需送到县城医院才能救治。可当时冰雪封路，雪花满天，焦急万分而又走投无路的大姨妈家人抱着试试看的心情，打电话向村支部书记求救，同样被困家里的村支书一边招呼村干部赶到大姨妈家中，一边打电话向镇政府领导求救。值班干部一边指挥村民将大姨妈抬到圩堤外的青弋江边，一边向县海事部门求救，让巡逻艇驰援，一边通知县城医院做好急救的准备。十几里的厚雪村路，村干部、村民交替接力，将患者抬到了河边；30多公里水路，巡逻艇飞速往返。为了挽救大姨妈这位普通村民的生命，村干部、海事职工、医生、警察……大家联手上演了一场惊心动魄的生死大急救！

面对这突如其来的灾难，全党、全军都积极行动起来了，你、我、他，乃至每一个市民也都积极行动起来了！我们冲上一线，用铁锹和扫帚抗击暴雪；我们众志成城，用双手和肩膀迎战暴雪；我们勇往直前，用坦克和军车扫荡暴雪！我们付出的辛勤汗水融化了坚硬的冰雪，我们付出的鲜血和生命最终赢得了抗击冰雪的伟大胜利！

如果说小雪能美丽山川、滋润我们生活的话，那么大到暴雪则能磨砺我们意志、彰显人间真情。收藏雪的记忆，体会雪的魅力，走好有雪的行程。

【原载2009年第12期《芜湖工运》】

当北方的雪来到南方时

我不知道北方的人每年都是如何应对冰雪的？但我知道北方的天气比南方寒冷得多，雪比南方落得大，冰比南方结得厚；我不知道北方的“千里冰封，万里雪飘”是何等的壮丽？也没有机会体验“数九严寒，冰冻三尺”的滋味，但我知道，北方的雪对北方人的生产和生活没有太大的影响，飞机照样在天空翱翔，火车照样在铁路奔驰，汽车照样在冰雪中前进，人们照样在各自的城乡安定地工作和生活。

南方就不一样了。这里的雪既不干冷刺骨，也从无“大如席”之势，更多的时候如天女散花，轻舞飞扬，再大的雪，三两天也没了踪影，“水光潋滟，山色空蒙”“阳光明媚，鸟语花香”又成为江南的主流。南方人对雪的热爱、对雪的歌咏远远超过了对雪的嗔怨。

当北方的大雪到南方“作客”时，尽管南方人也早听到了“大到暴雪”的天气预报，作了准备，有了应急预案，但南方人经验的缺失，还是让他们猝不及防。春雪一把刀！它割断了飞机起降的跑道，割断了高速公路上汽车的洪流，更要命的是，它割断了我们赖以生存的输电线路。于是，铁路、电信、民航等被迫中断，供水、供气、加油站等失去了动力，工厂、医院的机器设备等停止了运转，许多人陷入了黑暗、寒冷和饥饿之中……在湖南郴州，这座曾被喻为“孤岛”的城市，医院里新生儿因停电导致保温箱温度急剧下降，婴儿生命垂危；化工厂因停电而导致冷库温度上升，最多6个小时后就将发生爆炸，方圆5公里以内将被夷为废墟；许多超市因断电而被迫关闭，许多银行因断电无法兑付现金……在仅有的几家靠自备电源供电的超市、银行前，市民排起了许多条长龙，一直绵延到大街上。方便面、植物油、液化气、大米乃至平日少人问津的煤炭炉等也被市民抢购一空，人们不知道眼前的这种状况将持续多久？

在突然袭来的大雪面前，我们的党员干部、军警和每一个普通市民都迅速行动起来，开始了一场声势浩大的抗冰斗雪、保卫家园的人民战争。抢修电路是抗冰斗雪战斗的当务之急！因为我们的生活已经与电密切相关，没有电我们将举步维艰！但进出郴州的7条供电线路全中断了，而且抢修的速度根本撵不上电杆、电塔倒塌的速度，就连郴州市戴市长在后来接受央视记者采访时也不得不承认，当时他们根本没有全城停电的预案，华湘化工厂这个供电重点保障单位居然也没有准备好一台发电机……显然，大家对自然灾害可能造成的停电危害估计不足，故而有些措手不及，手忙脚乱。

这时，党和国家的领导人来了，带来了党中央和国务院的关心、慰问和支持；人民军队来了，擎起了抗冰斗雪的大旗；13名“唐山兄弟”自费来了，树起了一个又一个供电塔杆；下岗职工也来了，在大年三十那天，奉献了一位普通市民的爱心……他们不怕苦累，不为名利，只为郴州人民早通电，灾区人民暖如春。当大年三十晚上六点刚过，郴州部分城地恢复供电时，全城一片欢腾；当春晚的欢声笑语在郴州的上空盘旋、飘荡时，似乎也在向全国乃至全世界人民宣告：郴州已不再是“孤岛”城市！

现在，虽然南方的大雪已销声匿迹，抗冰斗雪的故事也渐渐沉入我们的记忆，但雪灾留给我们的经验和教训却是久远而深刻的，它无时无刻不在警告着我们：在暖风微醺、莺歌燕舞声中，要始终保持清醒的头脑，制定好五十年一遇乃至百年一遇的切实可行的应急预案。让我们无论在面对战争或自然灾害的突然袭击时，都能够沉着应对，化险为夷；就像北方人那样，无论遭遇多么大的暴风雪，都能安然无恙。

【原载2008年3月12日《芜湖日报》】

瑞雪转身

好和坏，多和少，都是相对的，关键是要把握好度。就像雪虽然是美好而美丽的，但一旦下多了，也会泛滥成灾。比如，2008年初南方的那几场雪，就下得太多、太大、太久，以至于酿成了极大的灾难，造成了极大的损失。民航、公路、铁路等交通中断，大批回家过年的旅客滞留在车站和机场；电力、暖气、食物等供应不上，滞留旅客、闭塞山村的居民等倍受寒冷和饥饿的煎熬。美丽的大雪悄然“转身”，演变成了空前的大雪灾，显示出雪残酷无情的另一面，以至让许多人都谈雪色变。

这是一种特殊的气候——拉尼娜现象。与高温多雨的厄尔尼诺现象正好相反，低温寒冷和充沛的降雪成为南方的主流。而对于我们这些生活在南方的人来说，所见到的雪是很少的，即使有也不大，即使大也不会太久，像今年这样泛滥成灾的雪几乎五十年一遇，我们许多人不要说见，恐怕都没有听说过。记忆中，我们经历的大多是暖冬，听到的也是关于暖冬的宣传。即使有几场雪，也多是雨夹雪，入土即化，根本搓不成雪球。因此，我们之前根本不可能有任何有效的防护。

当大雪铺天盖地般席卷而来时，当一场又一场大雪接踵而至不断叠加时，当寒冷的天气使地面的积雪冻成20多厘米厚的冰层时，当高速公路被迫关闭、民航机场被迫关闭、城际城乡间交通被迫中断时，我们似乎意识到事态的严重。可汽车在雪地上行驶时已找不准方向，车轮在原地打着转已寸步难行；行人在风雪地艰难地行进着，一个又一个摔跤者大有前赴后继之势。扫雪，我们找不到大竹扫帚；铲雪，我们买不到铁锹；步行，我们没有防滑鞋；行车，我们没有防滑链……为了抢救危重病人，我们只能靠人力抬着，交替接力；为了母子平安，产妇硬是在家人的搀扶下小心翼翼地步行20多公里，亲自走进了产房……

然而，更多更严峻的问题又摆在了我们面前：我们用来发电的煤不够了，甚至只能维持几天的供电；我们的输电线路出现了故障，一座又一座输送电塔架因不堪冰雪的重压轰然倒塌，让我们的电力维修职工血染荒野；我们的通信基站因断电而信号全无，数百万手机用户与外界失去了联系；我们的交通大动脉——最先进的电气化铁路也因停电而被迫中断……成千上万的旅客和市民陷入了寒冷和饥饿之中，只有昔日被我们冷落的船运还在艰难地继续着，但已是船少河浅，根本无法改变当前的窘境。

在这场前所未有的雪灾中，我们彻底清醒过来，我们启动了应急预案，我们调动了一切能够调动的力量，积极应对着当前的雪灾。可喜的是，党中央国务院始终关注着南方的雪情、灾情，从全国一盘棋的角度来统一领导着当前这场声势浩大的抗雪救灾运动。煤矿日夜不停地生产着，电煤、食物、防寒物资等被放在优先运输的地位；干部职工上路铲雪，一位合肥市民还将自家的铲车开上街头义务铲雪，13位唐山村民也自费来到湖南抗雪一线；部队和警察走上了破冰抗雪的前线，坦克上路破冰，补给军车则为滞留路上的旅客提供热饭热菜。党和国家领导人早已亲临了一线：在山野农家，向群众问寒问暖；在高山密林，向抢修人员表达敬意；在滞留了数万旅客的广州火车站，抚慰民心，给大家拜年……一台台发电机被送到了南方，一辆辆满载救灾物资的汽车开往南方，一支支抢险救灾的队伍日夜兼程地奔赴南方……到南方去，到抗冰斗雪的最前线去，一时成了许多人最热切的向往。

大雪无情人有情。在这场空前的雪灾中，我们终于以自己的勇气和力量融化了坚厚的冰雪，让南方大地生意盎然，鸟语花香。

【原载2008年3月11日《江淮晨报》】

逛　街

我是一个喜欢安静的人，白天大多待在办公室里，上下班又在家和单位之间来去匆匆，有时还真有“城里不知季节已变化”的感觉。随着年龄的增长，身体也渐渐臃肿起来。所以，每天晚饭后，妻子总是喜欢拖着我陪她逛街。

县城不大，只有一条南北走向的主街道，也是全城最繁华的街道，商场、超市、机关办公等大都围绕着主街道向两边依次展开，像一块椭圆形的帆船，人们晚饭后出门走走也多在主街道上徘徊，所以，我更喜欢说是逛街而不是散步。

一出门就是熟人，往往走不到二三十米就会遇到一个熟人，所以虽然脚不停地慢慢向前走着，嘴里却忙着打招呼了。有次出门逛街，老婆给我统计了一下，10分钟内我竟然和27个熟人打了招呼。想换一个偏僻安静的地方吗？暂时还没有，不知等东湖公园建起来后会不会好些。

其实，打招呼也是很烦人的事。遇到一般的熟人，大多是点头微笑一下即可；遇到老朋友、老同学便需握个手，或向对方肩膀轻轻地一拳，开两句轻松的玩笑，然后各自开路。这些一般不会影响逛街的心情。影响逛街心情的大多是以下的情况。比如遇到喜欢恶作剧的朋友时，那可得提防点了，因为他或者指着你身边的老婆说：“这是你第几任太太了？”或者把你拖到一边故作神秘（实际上却故意大声）地说：“你今天带的夫人和上次不是一个人吧？老兄，都老大不小的人了，你可别胡来啊！”看到你夫人的脸上由晴转阴时，他才大摇大摆地扬长而去。这时如果你还不识时务，目光在美女们的身上飘来荡去，或者不时有时尚漂亮的美女对你嫣然一笑，老婆大人的脸色肯定是很不好看的，脾气暴的没准当场就给一个响亮的耳光，性情温和的则回家和你算总账，盘来问去，没十天半月都不会轻易罢休。有时遇到酒喝多了的朋友，那是一时半会走不开的。他才不管你陪老婆孩子散什么步呢，紧紧地抓住你的手，仿佛久别重逢的老友似的，或者拉你再去喝两盅，或者要请你全家去卡拉OK，热情知心的话儿说不完。一旁的老婆实在等不及了，就到附近的服装店里转转，没准转半个小时出来，朋友还紧紧地拉着你的手呢。这么“热情”的朋友下次再遇到时就不得不远远地就躲开了。再就是遇到领导，不打招呼说明你不尊重上级，说得严重点叫目无领导；点头微笑会被认作是敷衍了事，那就只好大声、热情地打着招呼。领导开明，心情好时，也多半能热情地回应；遇到领导三两个人正说着事，只简单地“哼”一下，让你大有马屁没有拍上的感觉；或者领导本身就对你印象不好，装作没听见，让你很下不了台。当然，也有些平时很有亲和力的领导，见到你主动打招呼，嘘寒问暖的，让你整个夜晚都十分感动。

更多的时候是老婆自去逛服装店、超市，我自去附近的书店、报刊亭、旧书摊翻阅，买几份时新的报纸杂志，看哪些文友又有了哪些新作。谁先结束了就去找对方，如此也竟相安无事。有时，妻子要给我们买衣服、鞋袜等生活必需品，我就只得跟着了付账、拎包。女人们大多很细心，或者说挑剔也行。特别是买衣服，挑三家选四家，好不容易在一家相中了一款，还要试大中小三种型号。虽然营业员从不敢嫌烦，但有时我却嫌烦了，巴不得看好了颜色、式样，一试大小合适就付款走人。但妻子不行，有次我实在试烦了，说就这款吧，营业员也说这款穿着得体，但妻子坚持要换，理由是她觉得不好看就不准买！颇有点说一不二的威风。好在我始终牢记着阿Q“好男不和女斗”的教诲，也没发生局部冲突，何况是和自己的老婆呢?!

每次出门逛街前的心情都是开心平静的，但每次逛街时的心情几乎都不一样，就像大街上明暗闪烁、五彩缤纷的霓虹和歌厅里优美舒缓、酣畅淋漓的音乐，任何喜怒哀乐，在推开家门时便云消雾散了。沐浴着温暖柔和的灯光，应和着阑珊的夜晚，心渐渐归于平静。

【原载 2008 年 3 月 14 日《皖江晚报》】

步行上班

每天开着小汽车悠闲自在地上下班，是颇令人羡慕的；偶尔出门办事、旅游来去自由，也十分方便。因此，尽管石油价格不断飙升，但学驾驶、想拥有私家汽车的人却有增无减。这时，我却不识时务地提出什么步行上班，多少有些“酸葡萄”之嫌了。

然而酸就酸一回吧！买不起汽车还不允许我当一次阿Q啊？

我居住的老城区，道路狭窄，摊点林立，商家的货物、雨棚几乎挡住了大半条道路，白天不要说汽车进来，就是骑自行车也要小心翼翼，半推半骑的。有时人步行快了，稍不留意就可能和人或物发生碰撞。好在当时单位和家之间不远，快走5分钟，慢走8分钟，也并不觉出多少不便来。后来，单位搬到了新城区，离家远了些，快走25分钟，慢走30分钟。我就弄了辆破自行车代步，有时出门办事也快捷些，毕竟比“打的”实惠。

小城里的公共汽车通了，但班线不多，很难满足家住四面八方人们的乘车需要。一时间小城里的电动车、自行车“洛阳纸贵”起来，买私家汽车的也蠢蠢欲动。我住的小区还没有形成规模，没有车棚，更没有物业，电动车、摩托车是不能买的，买了也没地方存放，扔在楼下无异于白送给小偷。买汽车的愿望也曾有过几秒钟，一般的人家三、五万元也能拿得出来，一般的汽车也能开回家，但用不起，维修保养费用多。更何况在世俗的眼睛里，有车一族至少应是“老总、经理”一级的，小汽车与一个小办事员无论如何也不般配。再说了，小城路窄，停车场又少，那汽车虽小，但和自行车、摩托车比较起来还是属于“庞然大物”，居民楼下是根本放不下的。万一被小偷惦记上了，或是一不小心碰了个老人小孩，那麻烦可就惹大了，甚至以后的几十年心里都不痛快。你说我还花钱整那玩意干啥？

更重要的是老街商品丰富多彩，大到时新家电，小到针头线脑，全部能采购到，虽然进出不便，但生活很方便，也没了换房的想法。更何况现在房价涨得像钱塘江潮水似的，我等工薪阶层早就没了那份奢望了。

开车也好，骑车也罢，每天来去匆匆，精神高度紧张，碰到熟人想打个招呼都难，无形中拉开了和朋友的距离。而每天步行上下班，想快就快，想慢就慢，遇到熟人还可以站着聊几句，叙叙旧情。走大路也好，走小路也行，小城的道路我熟悉了许多，小城的旧友我遇到过多位，小城居民的生活我熟悉了许多，市民的大事小事我知道了不少，这些都为我提供了许多写作的素材。更重要的是步行上班，穿行于大街小巷，呼吸着清新的空气，感觉体健心舒，精力充沛，不知不觉间已成为小城里真正的一员了。

【原载2008年4月9日《蚌埠日报》】

回家吃饭

写下这个题目的时候，我先自笑了：居家过日子的，谁还能不回家吃饭？开门七件事，一日有三餐，流水账似的，还能写出多少新意来？

然而对于我们这些经历过“文革”，早过了不惑之年的大多数人来说，关于吃饭的记忆还是比较深刻的。那时凡事“以阶级斗争为纲”，干活大呼隆、抓生产却被作为“唯生产力论”进行批判，所以社会物质财富极端贫乏，家境好的每天吃一餐大米饭，其余两餐则多为稀粥；大多数家境不好的人家，比如我家，就只能靠荞麦糊、野菜羹等五谷杂粮对付着把肚皮哄个半饱。俗话说“半大小子，吃赛老子”。每年春三月青黄不接时，村子里几乎家家户户都闹起了粮荒，有时连荠菜、紫云英、芦苇根等都挖不到，至于说荤菜，那是很少能见到的。猪肉0.73元一斤，而一个男劳动力干一天农活挣不到0.2元，谁还能买得起肉吃？虽然家家都养了几只鸡鸭等，但每样一超过三五只就要被当作资本主义尾巴割掉。家禽下的蛋是舍不得吃的，都被送到大队部的代销店里换了火柴及油盐酱醋等生活必需品。因此，营养不良，面黄肌瘦，个头矮小等，是那个时代最显著的特征，饥饿更是我们脑子里最深刻的记忆。我们需要营养，我们需要能量，我们需要生长，但那时我们只能忍饥挨饿。以至于现在我的海拔没有突破1.70米，也一直固执地认为是那时挨饿的结果。

后来分田到户了，家家户户告别了饥饿的日子；改革开放了，市场经济空前繁荣起来。我们有了丰富的食物来源，我们也有了足以养活并滋润我们的金钱，但我们早已过了生长发育的旺盛时期。于是，我们开始不失时机地进补，要把童年对身体的亏欠弥补回来。鸡鸭鱼肉等荤菜是每餐都有，生猛海鲜等隔三岔五地也能打个牙祭，身体好，胃口也好，放量吃，餐餐酒足菜饱，总希望能抓住第二次发育的尾巴，让自己的海拔再提高点。结果，几年下来，海拔没升高，体积扩大了。加上平日里忙忙碌碌的，很少参加体育活动，身上的赘肉越来越多，体重不断增加，走起路来摇摇晃晃。群众免不了指指点点道：瞧他，官没升上去，将军肚却先挺起来了。一体检，果然高血压、高血脂、高血糖……生物指标一大批下不来。难怪健康专家说现在亚健康的人要占70%呢，原来都是吃的啊！再看到满桌美味佳肴，虽然依然食欲旺盛，但却久久不敢下箸。

然而，生活还在一天天地好起来，餐桌上的品种也格外地丰盛。大棚蔬菜打破了季节的封锁，人工饲养让山珍海味物美价廉。吃腻了的人们便开始了新的猎奇：吃果子狸，喝猴脑浆，还有毒蛇、蝎子、蜈蚣等等，凡是人们能想到的就有人敢吃！然而，油荤过重和摄入激素过多使得肥胖人群猛增，孩子过早发育；一场苏丹红风波让“红心”鸭蛋无处藏身，“非典”的肆虐给我们敲响了警钟，厄尔尼诺、拉尼娜现象交替出现，泥石流、飓风、海啸等灾难接踵而至，让全世界的人们都看到了破坏环境的恶果。于是，回家吃饭被提上了议事日程，野菜杂粮等重新回到了人们的餐桌，成为人们追逐的新宠，且价格不菲。

回家吃饭，弄三两个可口的菜，边吃边聊，安静、干净、卫生、节约、省时、健康，而且还能有一份美好的心情。

【原载2008年4月9日《江淮晨报》】

同学聚会

早在入学20周年前，就有同学提出搞纪念同学相识20周年聚会，后因响应者寥寥而不了了之。所以，等到毕业20周年时，同学聚会已成弦上之箭，不得不发了。

其实，那确实是一个值得纪念的日子。在毕业联欢的那个不眠之夜里，许多同学都有说不完的话语，甚至伤感地流下泪来。于是，我们共同许下了“再过20年，我们来相会”诺言，我们39位同学唱着歌豪情满怀地离开了学校，奔赴城乡的广阔天地。今天，在这“花儿香，鸟儿鸣，春光惹人醉”的日子里，我们开始兑现自己的承诺。

因为都是师范学校毕业，所以我们除了有几个人中途改了行外，大多数是城乡一线教师，社会层面并不复杂，地位、贫富悬殊也不大。而且，除了极个别人另有发展离家稍远外，其他人都在本地区。原本以为这样的聚会肯定不会有人缺席，但没想到聚会时一下子少了10个人，几乎占了全班人数的1/4，组织者赶紧给几个还没到的同学打电话催，只催来了1个同学，其他的同学都处于联系不上的状态，这让我们始料不及。原先我们还担心一些年龄大的和在外地的老师可能不会来，但没想到他们最积极，来得最早。时间一到，虽然还有好几个同学没来，但并未影响大家聚会的热情，一切都按程序有条不紊地进行着。师生轮流发言，或回忆往事，或畅谈未来，或朗诵即兴诗作，或唱歌说笑话逗大家开心，气氛相当热烈。同学们汇报着各自的工作业绩，老师们关注着大家的生活状况，将一件件往事和现实对接。大家还共同唱起了当年流行的歌曲。并相约再过5年、10年时聚会，到时大家子女都上了大学或走上了工作岗位，聚会的心情会更加轻松。

晚宴是聚会的高潮，酒酣耳热之际，许多当年不敢说的话说了出来，许多隐藏心底的秘密都浮出了水面。好在大家都很理智，只是说说而已，没有人会真的当真，因为他们都有各自幸福的家庭，都懂得如何尊重别人特别是尊重自己。喝到尽情处，想到往事时，便会想起没有来的某位同学，于是立马将电话打过去，大家轮流将那位同学批评一通，还让老师做个总结。当然也有酒喝多了的，改不了当年的脾气，闹腾个没完没了。两天的相聚很快就结束了，尽管大家都有些意犹未尽、恋恋不舍的样子，但因为人到中年，工作、生活的压力都很大，不得不回家了。其实，就在聚会的当天晚上，有几个同学就因单位或家庭有事提前走了。作为组委会的一员，我们送走了老师，送别了同学，盘点经费时早已超支了许多，而通讯录、聚会光盘等还没有制作。因为大家没有料到会有这么多人不来，而来的人也有不愿交费或只交了少量的钱，那么谁来为老师们的开支埋单呢？倒是班主任爽快，坚持以同学的身份缴纳了一份集资。

通讯录、光盘等陆续送到了每个参加聚会同学的手中，同学会的余波也渐渐消散了，有的原先熟悉的同学反而让我陌生了，而有的平时疏于来往的人却让我更敬佩了。“再过20年，我们来相会，荡起小船儿，暖风轻轻吹，花儿香，鸟儿鸣，春光惹人醉……”期待下一次的20年，我们再聚会……

【原载2008年5月3日《芜湖日报》】

心存感激

随着电脑的普及和数码相机的出现，我们拍的照片多了、美了，但真正洗印出来存在相册里的机会则反而少多了。一般情况下，我们总是端起数码相机一阵狂拍，回家将照片存入电脑，将形象不佳者删去，将得意之作或做成电脑桌面，或通过网络发给需要的人，或者放在摄影论坛里供大家欣赏、交流，自得其乐。

偶尔也会有人索要照片，比如还没有电脑的老家亲戚，上网不方便的乡村朋友，或者还是偏爱传统照片的老年人等。这样，我就不得不偶尔到照相馆去给他们冲洗。然而，毕竟这样的机会不多，冲印照片的数量更不多，都几元、十几元的小生意，照相馆老板兴趣不大也是情理之中的事。

有一次，几位老同志聚会，久别重逢，兴致勃勃，我恰巧遇见，就帮他们照了几张合影。他们非常高兴，嘱我一定要冲洗出来给他们留个纪念。我因工作忙，竟将此事忘了。大约过了一个月吧，其中一位老同志打电话询问，我才猛然想起，赶紧整理了一下，用U盘拷了，准备下班路过那家大影楼时进去冲洗。虽然平时常听人说过这家影楼的老板财大气粗，有些店大欺客，对我等这些小生意很看不上眼，说话也不会十分和气。但因为顺路，也就拐进去了，把U盘交给工作人员拷下照片，又去柜台交了7.2元冲洗费，再拿了单子转身就走，并不多说话。两天后，我下班路过时去取，服务员也并不说话，只是按单子找到了照片袋递给我。我从袋口一看，照片没错，也什么没说就走了。快到家时，忽然感觉捏在手里的照片袋底部凹凸不平，像以前冲洗时放着胶片一样，就好奇地打开来，竟然发现是一个很眼熟的U盘：难道是我的？我吓得倒出一身冷汗：这U盘虽然只值100多元，但我存在里面的许多个人资料比这重要得多啊！赶紧打开电脑查看，还好，U盘的资料完好无损。我这才松了口气：一定是我洗照片时，把U盘给他拷完照片，忘记拿回来就先走了。好在那工作人员也非常细心，居然记得将U盘放在照片袋里，等我取照片时，不但顺利地归还了我，而且还得默默无闻，还得顺其自然，还得我居然没有半点感觉，甚至连一句感谢的话我都没说。

其实，有时候，人们并不在乎你说得是否好听，关键是看你做得是否让人感动。就像我，虽然我至今都没有对这家影楼说过一句“谢谢”，但并不妨碍我对他们的尊敬和感谢！也不管别人对这家影楼如何议论，但我每次看到他们时都感到一种舒心的亲切！

【原载2009年9月4日《黄山日报》】

一把小刀

记得刚入学时，每次削铅笔都得用菜刀、剪刀、斧头之类，笨拙不说，也削得丑陋；到学校时，有时铅笔头突然断了，就只能向同学借小刀削。记得有位同学有把卷笔刀，卷出的铅笔头光洁匀称漂亮，让全班同学都羡慕不已，但他从来不愿借给别人用。因此，想拥有一把属于自己的小刀一直是我的奢望。

其实，这种能削铅笔的折叠型小刀随处可见，不仅大队代销店里有，就连走村串户的货郎担上也有；价格也不贵，每把仅需几分钱，一个大点的鸡蛋就能换到两把。但不知为什么，父母亲就是一直没给我买，直到我读小学四年级时，父亲才破例给我买了一把小刀，让我高兴了好久好久。

小刀很锋利，不用时可以折叠，将刀口藏在刀鞘里，随身携带也安全方便。我不但用它削铅笔，还用它削过甘蔗、山芋、荸荠等食物，当然，也用它削过小木棍、在树上刻字、在课桌上划男女分界线等。这把小刀给我带来了许多方便和快乐。但就是这样一把对我来说非常重要的小刀，没过多久却突然失踪了！

那是初春里的一个星期天。父母亲都在生产队干活，把六七岁的妹妹交给我照管。当时，她正过天花，我的任务是看住她别往外跑，别接触冷风凉水，别吃生冷的食物，另外将中午饭煮熟。为了让我们能安心待在家里，母亲不知从哪儿弄了些荸荠，煮熟了给我们吃。荸荠很甜，生的、熟的都很好吃。我们先是用牙齿啃荸荠外皮，但发现啃下的皮很厚，还带着许多果肉，很是浪费。于是，我将小刀拿出来削皮。

临近中午，我要去做饭，就把妹妹放进摇篮里，摇她睡觉。但她就是睡不着，摇篮一停她就会哭，我把削好的几个荸荠都给了她也不行，她就是要玩我心爱的小刀。我没办法，便将刀口折叠好给了她。可还没等我将饭煮好，忽然听到妹妹的大哭声，我赶紧过去哄她。原来是小刀不见了，我在摇篮里外、四周地上也没找到。问她，她指着嘴巴一个劲地哭。我不知怎么就认为一定是她将小刀吞进了肚子里。母亲回家时也吓得不轻，先帮着里里外外找了一遍，就连摇篮的被子、垫的稻草等也梳理了好几遍，母亲还把家里彻底打扫了一遍，将垃圾倒在门口平地上仔细检查，就是没有找到我那把小刀。母亲便将妹妹抱到了大队赤脚医生那儿。医生检查了一下说："不会的！这么大的小刀吞进肚子里，她现在还有这么安静？"虽然妹妹之后果然没有多少异常反应，但母亲还是给她吃了许多韭菜等粗纤维食物，并且检查她每次解出的大便，结果也没有发现我的小刀。为了安慰我，母亲给我买了把卷笔刀，让我高兴了许久。

春去秋来，斗转星移。转眼间，妹妹也到了上学的年龄，母亲用旧衣服给她缝了个书包，我因为要上中学了，老师要求学写钢笔字，母亲就用鸡蛋给我换了只新农村钢笔。我一狠心，就将那把转笔刀送给了妹妹，让她高兴得把"哥哥"都喊站起来了。

随着国家开始恢复高考，改春季招生为秋季招生，学习的任务重了，学习氛围也浓厚起来，我也埋头于课本想先考个中专，像小刀那样的事便渐渐忘到了脑后。

转眼间几十年过去了，我们都已成家立业，养儿育女了。去年春节，回母亲家团聚时，免不了觥筹交错，回忆往事，不知怎么母亲忽然就提起那把失踪的小刀。

我便故意问妹妹道："你后来结婚、生小孩时都体检过，有没有发现身上有把小刀？"

“我有那么傻吗？那把小刀是我故意藏起来的，谁让你老是在我面前炫耀呢？”妹妹捂着嘴笑了好半天才抬起头来说，“后来，看你们找得那么狠，我怕说出来会挨打，就把小刀藏了起来，没人时自己偷偷用。”

小妹的话，让全家人都大跌眼镜，母亲也忍不住笑起来：“想不到看起来文文静静的小妹竟然也有这样的心机啊！”

“哈哈哈……”大家都为小妹的当年的调皮和算计大笑起来。

等大家都笑累了时，我突然问道：“小妹，你是用旧报纸包着那把小刀，藏在你睡觉的床下面那个墙缝里的吧？”

“是啊！”小妹脱口而出，诧异地问，“你怎么知道的？什么时候发现的？”

“我也是偶然发现的。”我笑了，接着说，“那年我要上初中了，在家里翻箱倒柜地收拾东西，妈妈就让我把床铺拆了，搬出去晒霉，我在房间里打扫卫生时发现的。”

“那你当时为什么没有说？”小妹疑惑地问。

“怕伤你自尊心啊！”我解释道，“因为你一直都认为妈妈不喜欢女儿，处处偏袒儿子，所以我不但没有戳穿你，还把小刀原样放了回去，后来又将我的卷笔刀送给了你。”

“哦！怪不得你后来处处让着我，有了好东西都先给我吃，考取了中专当了老师也不在我面前炫耀呢……”说着说着，小妹渐渐明白了过来，她深情地凝望我一眼，“哥！”一声轻唤，便有晶莹的泪花在她的眼里打转，我知道那是幸福的泪花。

【2009年第12期《作文大世界》】

一个父亲的勇气

前几日去参加朋友儿子的婚礼，遇到几个熟悉的朋友，便招呼着坐在了一桌，人熟话题多，聊得兴奋，酒喝得也开心。

和我们参加过的许多场婚礼程序大致相同，婚礼仪式一结束，司仪则和大家互动起来，唱歌、做游戏、说祝福的话，然后发小礼物。很显然，这些小猫小狗的玩具对成年人并没多大吸引力，但对现场的孩子们就很有吸引力了。同桌朋友阿凡4岁的女儿立即兴奋起来，看着司仪挥舞着手中的礼物，急得大喊大叫。无奈现场人太多，我们的桌子又离主席台最远，司仪根本发现不了这个淹没人群中的小女孩。阿凡便将女儿抱起来放在凳子上站着，我们也帮着一个劲地冲司仪招手、呼喊，但不知怎的，司仪手中的小白兔就是不往我们这边扔。小女孩急得眼泪都下来了。很快，司仪手中的小礼物发完了，开始发最后几个大玩具。司仪挥舞着手中海豚娃娃，叫大家主动上台表演节目，谁赢得的观众掌声最多，大玩具就给谁。没办法，阿凡只好亲自跑到了台上，但已经去了四个人了，给谁呢？司仪让他们表演一个节目：跳广场舞小苹果或骑马舞，然后根据观众的掌声多少来确定谁是优胜者。我知道阿凡是个性格有点内向的人，平时话不多，在大众场合也很少说话，但这次为了女儿，我感觉他简直是豁出去了一样。第一轮之后，两个年轻人虽然跳得不错，但还是被司仪淘汰了，剩下阿凡和另外一个年龄相仿的人竞争。那人跳骑马舞，虽没有鸟叔的范，但也像那么回事；阿凡跳时，看得出非常生涩，表情严肃，动作也放不开，有点赶鸭子上架的味道。双方表演过后，我们这边的男方亲朋一起为阿凡大声喝彩，女方亲朋则为他们那边的那个人喝彩，一时难分伯仲。司仪又让大家再重复喝彩表达一下，结果还是势均力敌。司仪就准备让他俩再展示一下别的才艺，但阿凡跟对方嘀咕了几句，就主动放弃了，把最大的海豚娃娃让给了对方，拿了个小猴子玩具回来了。

能拿个小礼物回来，阿凡已经很“拼”的了，但女儿根本不买账，坚决不要小猴子，哭着闹着要大海豚、要小白兔，阿凡怎么哄也不行。我们就问阿凡为什么不争那个大海豚呢？阿凡说他问了一下对方，他是女方的亲戚，也是一位父亲，今天带两个孩子来到了现场，也是一个玩具都没弄到，阿凡心一软就让了。但孩子太小，不懂得谦让，更不能理解父亲为了这个小猴子玩具已经是拿出最大的勇气上台表演的。热心的朋友就给她找别人去协调，但还是没有找到拿小白兔的孩子，阿凡便答应回家再给她买一个小白兔，她这才让慢慢止住了哭。

本来大家喝酒的兴致都很高，被孩子这一搅和，阿凡也没了兴致，我们也失了激情，待新郎新娘来敬了酒之后，我们便纷纷散了。

孩子还小，不懂事，一会儿就忘了小白兔的事，又和旁边的孩子玩起来。我也没再往心里去，但今天阿凡的表现却让我有些感动：一个父亲，为了给孩子争一个玩具，能主动地上台表演，该是下了多大的决心，拿出了多么大的勇气啊。他也知道拿到这个大海豚娃娃，也许可以满足女儿没有拿到小白兔的不快，但他却主动让给了对方，因为对方是两个孩子，又是女方亲戚。他也知道女儿会吵闹哭泣，但相信孩子长大之后，提起此事，一定会理解她的父亲，并且敬佩她父亲当时的勇气和选择。

【原载2017年2月24日《新安晚报》】

有多少爱可以重来

“有多少爱可以重来，有多少人值得等待……”每次听到迪克牛仔这雄浑沧桑的歌声，我都会非常感动。那种对爱的追求，对情的渴望，常令我感慨万千：到底谁才是我们真正要等待的那个人呢？

2009年劳动节，我应邀参加了一位朋友的婚礼，在这个普通、俭朴的婚礼上，我如同经历了一次圣洁的情感洗礼，内心受到了极大的震撼。虽然新郎阿董和新娘阿陶都已人到中年，子女成人，虽然他们早就各自下岗，靠打工为生，虽然他们都曾失去过各自的“亲密爱人”，但由于好心人的撮合，由于各自子女的理解和支持，他们走到了一起，并且开始组建新的家庭。

如果仅此而已，也许就是个普通的故事，根本不能令我们感动，我自然也没有必要写下这个故事。但接下来的事就有些不同了：新郎刚刚参加工作不久的儿子来到了婚礼现场，新娘大学毕业在企业打工的女儿也来到了婚礼现场。他们自告奋勇地为父母再婚典礼当起了司仪，共同主持了这场别开生面的婚礼。

音乐飞扬，喜气洋溢。男孩饱含深情地向来宾们介绍着新郎也就是父亲阿董那令人动容的故事。阿董的前妻曾是个工人，因企业倒闭下岗在家，不久，阿董也下了岗。更为不幸的是，不久妻子又被检查出患了肝豆病，渐渐失去了生活自理能力，瘫痪在床十几年。阿董一面打零工挣钱给妻子治病，送儿子读书，维持一家人的生活，一面还要料理家务、照顾妻儿，里里外外“一把手”，吃尽了苦头。虽然经济十分贫困，但他还是供儿子读完了大学；虽然生活充满着苦难，但他还是以自己乐观的情绪感染着妻子，让妻子在快乐中走完自己生命的最后旅程。他的吃苦耐劳、呵护病妻十几年如一日的感人故事在整个县城几乎家喻户晓，《大江晚报》《百姓故事》等媒体还曾以较大的篇幅刊登过他的感人事迹呢。因此，当三年前，他的妻子悄然离世后不久，虽然明知道他没有固定工作，没有多少财产，还是有许多人争着要给他介绍“老婆”，原因很简单：阿董是一个懂得爱、珍惜爱的好男人。但对妻子的怀念始终让他无法释怀，直到三年后的今天，他遇到了阿陶时，才渐渐走出心里的阴影，鼓起了重新生活下去的勇气。

儿子说：“父亲是一个值得尊敬的人，他有权利开始自己新的生活，我理解他、支持他！”

掌声响起，笑语飞扬。女孩满怀深情地讲述起新娘，也就是她母亲阿陶的故事。阿陶也是一位饱受生活磨难、历尽人生艰辛的女人。她曾有过两次不幸的婚姻。第一次是因为男人的粗暴、野蛮和不负责任，在结婚两三年后她毅然地决定离婚，独自带着女儿边打工边艰难地生活着。后来，她又遇到了一个外乡人，成了家。这个男人待她们母女俩都很好，甚至都没有提出再要一个自己的孩子。一家人虽然生活不富裕，但日子还是过得很和谐。但四年多前，这个男人因病突然去世，家庭的重担再次落到了她的身上。她不得不到上海打工，艰难地供女儿完成了大学学业。现在，女儿就在县里的开发区一家企业工作。当她得知母亲和阿董走到了一起，在共同的苦难生活、相似的人生经历等基础上，产生了情感上的共鸣，准备再次步入婚姻殿堂时，她首先表示出赞成。

女儿说：“母亲已经为我付出了许多许多，我一定要让她拥有自己的幸福生活！”

其实，阿董和阿陶的担心和犹豫是可以理解的。因为自古以来，上为下，都是真心实意；而下为上，则多是表表心意。父母可以为了孩子的读书、工作、成家等竭尽全力，但又能有多少子女会考虑到父母的生活和情感呢？在日常生活和报刊电视里，我们经常看到成年子女野蛮干涉父母再婚的新闻，有的甚至闹上了法庭、闹出了人命。但值得庆幸的是，阿董和阿陶对子女的教育是成功的，为子女的付出和牺牲也是值得的，因为这两个年轻人都很开明，他们不但理解了自己的父母，并且主动地站了出来，要为父母主持婚礼，以实际行动表达对父母再婚的支持。在物欲横流，自私盛行的今天，他们不但懂得爱、理解爱、接受了爱，更愿意为亲人付出爱、回报爱。

于是，新郎新娘的最后一丝的担心和疑虑被消除了，社会上的长舌妇们的闲言碎语也销声匿迹了。两个年轻人颇有创意的举动更是引起了亲朋好友们的一片喝彩，连当地的一家新闻媒体也赶来采访他们的故事……

当两个孩子分别向他们新的父母献上鲜花时，我看到了这对中年新人眼里的感动和泪水；当新郎新娘互赠爱情信物时，我听到了两个年轻人对父母真诚的祝福；当新郎新娘相互牵手，两个孩子紧依左右，共同完成这张全新的“全家福”合影时，我们在场的每一个人都见证了一段崭新、美好爱情的开始……

爆竹齐鸣，鲜花飞舞，酒香四溢，《有多少爱可以重来》的优美旋律在空气中流淌，我们共同举起了酒杯，为这对饱经生活磨难的新郎新娘祝福。许多年后，当我再次邂逅阿董和阿陶时，看到他们默契恩爱的样子，我的耳边又回响起他们当初最纯最真的告白：“你就是我要等的那个人！”

【原载2020年5月25日《安徽工人日报》】

生活像花儿一样

记得在省首届中青年文艺家高级研修班学习时，安徽省社会科学院文学研究所钱念孙所长在授课前问我们："你们觉得改革开放30年来最大的变化是什么?"在大家纷纷回答是"人的思想观念""民主化进程""市场经济的发展"等之后，他连连点头说："大家说的都对！而我个人认为最大的变化还是解决了温饱问题。"

是啊！对于我们这些出生于20世纪六七十年代以前的农村人来说，记忆中，整个青少年时代都几乎是在寒冷和饥饿中度过的。那时，大人们每天起早贪黑地在生产队挣工分，老人、小孩们则割野草、拾粪交生产队换工分，最辛苦的是女人们，除了要下田挣工分外，晚上回家还要烧饭洗衣、照顾老人小孩等。

我们住在圩区，春末夏初，梅雨连绵，江河汤汤，沟渠满溢，青壮年汉子们都被抽调到圩堤上防汛，老人和妇女们则留在家给低洼处的田地排涝。若是遇到水大的年份，所有的成年男女都得上堤抢险了，村庄便只有年迈的老人和小孩守护。这时，田里的庄稼一天天成熟起来，外河的洪峰却一个刚过一个又来，真让人忧心如焚。好不容易等洪水稳稳而退了，"双抢"已经迫在眉睫：金灿灿的早稻要抢收，绿油油的秧苗要抢栽，中间还要将硬邦邦的土地翻个身。每天头顶着炎炎烈日，脚踏着滚烫大地，刚才还热得气喘吁吁、汗流浃背，转眼又暴雨倾盆、冷雨扑面。更难过的是晚上，家家户户连电风扇都没有，躲在帐子里热，睡在外面蚊子又咬，吃又没半点胃口，有的人干脆还是穿上长袖衣裤到田里摸黑割稻、拔秧苗……等到旷日持久的"双抢"

（一般要25天左右）一结束，个个都要脱几层皮，人瘦、毛长、皮肤黢黑，手脚丫也泡烂了，人也熬生病了，就像从鬼门关里过了一遭似的。秋风吹过，天气转凉，生产队卖完了公粮，也给农民们分点新粮，农事稍闲，家家户户开始“吃新”——请亲戚吃饭。白天的农活并不太累，晚上休息时大家都聚在一起谈天说地。天高云淡，月光如水，孩子们便在老人们口耳相传的民间故事中放飞思绪，畅想未来……

北风萧瑟，大雁南飞。田里的农活也渐渐少起来，忙碌了一年的农人们家家户户都分到了数量不等的粮食，心绪安定下来。虽说是进入了冬闲时节，但大人们依旧有许多事做：挑圩堤、捞塘泥、填湖造田……只有大雪飘飞、冬雨连绵的日子，大人们才能真正闲下来，或围着火炉暖着身子，说着闲话，或编着草席，女人们则手不停地给家人们补衣服、纳鞋底、织毛衣，共同谋划即将到来的年关。只是苦了我们这些上学的孩子，晴天还能蹦蹦跳跳着取暖，雨雪天连一双胶靴都没有，往往是将布鞋往书包里一放，赤脚在泥泞中滑行，双脚都冻得麻木了，经过回家必走的独木桥时，许多人都只能爬着过去……

新年喜庆的对联还没有开始褪色，辞旧迎新的爆竹硝烟也没有完全消散，大人们又开始谋划新年的农事了。转眼就是春二三月，青黄不接的日子，村子里大多数人家粮仓空了，田里还小麦青青，五谷杂粮、野菜芦根等也开始端上农家的饭桌。好在天气渐渐暖和起来，我们这些孩子们虽饿但脸上也有了少年不识愁滋味的笑容，大人们成天都待在田里翻地、播种、施肥、除草、间苗、浇灌等，眼巴巴地盼着庄稼快点成熟。

这样的日子一直维持到包产单干那年。当时感受最深的是“双抢”的时间大大缩短了，劳动强度也小多了！虽然地还是那块地，田还是那片田，人还是那些人，但家家户户起早摸黑的人少了，许多人家要等太阳升老高了才下田干活，晚上太阳还没落山就回家了：洗澡、吃饭、乘凉。就连家里缺少壮劳动力的人家不到10天也都能完成

“双抢”任务。也就是从这一年开始，“双抢”过得越来越轻松起来，“年”过得越来越殷实起来。特别是现在，超级稻、杂交油菜等新品种不断翻新，产量质量也不断攀升；收割机、脱粒机、耕田拖拉机、插秧机等逐渐代替了人的高强度劳动，有的地方甚至已不用插秧了——抛秧或者直接将种子撒下去就行。如果说是科学的进步将人们从繁重的体力劳动中解放出来，不如说是包产单干将人的潜能发挥到了极致。人们再也用不着拼光阴混工分了，发家致富成为家家户户的主旋律。

农家别墅雨后春笋般冒了出来，电风扇、空调、电视机、摩托车等不断改善着百姓生活，道路修到了家门口，男男女女、老老少少一个比一个穿着光鲜，一个比一个面色红润。田里的农活越来越少了，收成却越来越高；年轻人种田的越来越少了，家里的存款却越来越多。楼上楼下、电灯电话、网络遨游等许多当年连想也不敢想的事，如今早已成为了现实！新农村合作医疗覆盖了农村，种田不再缴纳公粮却发种粮补贴，义务教育也不收学杂费、书本费了……农村的条件越来越好，社会保障越来越完备，生态环境越来越美，城乡差别越来越小，我们这些当初拼命跳出农门的人，现在却常怀念起农村了……

古人说：“民以食为天！”吃饱了，穿暖了，才有体力和精力去干大事业，而改革开放30年来的实践也充分证明这一点。伟大的中国共产党人不但使十几亿人民过上了像花儿一样的幸福生活，而且使中国这头当年“沉睡的雄狮”悄然醒来，意气风发，斗志昂扬，不断迈向美好的明天！

【原载2008年11月17日《江淮晨报》】

以平常的心态博彩

彩票的发行是改革开放以后的事，现在已不知不觉地深入到我们的生活。大街小巷，到处都是彩票销售点和渴望发财的彩民，报纸、电视上每天都公布着彩票的中奖号码及与彩票有关的信息。大千世界，芸芸众生，虽然博彩者心态各异，方式不同，但相当一部分的人目的大致相同：希望能登上财富的顶端，纵享人间荣华。

《爱拼才会赢》，这首歌很受彩民们欢迎。买彩票也要有冲天的豪气和拼搏的勇气。当打工者连续数月没找到工作，口袋里只剩下几十元钱时；当普通百姓突然间遭遇灾难，面临经济绝境时；当弱者的自尊心倍受蹂躏，想一举成名洗雪耻辱时；当赌徒输得倾家荡产，急红了眼时……博彩往往是他们最后的选择，这种多少带有一些悲凉、自残色彩的壮举，虽然成功的希望很渺茫，但因为他们已别无选择，所以只能勇敢地走下去。

坦诚地说，我不喜欢（也许许多人都不喜欢）这种博彩的方式，因为这更像一个赌徒在作最后的挣扎。应该说，更多的人只是把博彩当作一种爱好，一种对成功的追求和向往。他们中的许多人中奖后都把奖金全部或部分捐献出来：给希望工程，给受灾群众，给贫困人群……给一切需要帮助的人们。博彩本身是对公益事业、弱势群体的关心和支持，是我们每个人体现爱心的另一种体现。

我认识这样一位彩民，他是一名中学教师，工作优秀，收入稳定，子女也很有出息。按说他家里并不缺钱，他的生活早已达到了小康的水平。但他坚持买福利彩票已有多年，每天一注，从未间歇过，也绝不多买。有时出差到外地，他就打电话让家人、朋友替他去买。虽然至今从没有中过30元以上的奖，但像肥皂粉、洗发精、文化衫之类的小奖还是中过几回的。但最近一次，他一下中了几十万元，刷新了小城彩票销售以来的最高纪录。而他却把其中的绝大多数钱悄悄地捐献给家乡的山村小学。当我遇到还在买彩票的他时，便问道："钱都捐了，还买彩票干嘛？"他淡淡地笑了说："我只是想每天给自己一点希望，每天向社会奉献一份爱心。"我听了不由得肃然起敬起来，难怪他买得那么冷静、理性，原来他是有一颗平常心啊！如果无论做什么事，比如炒股、博彩、做生意等，都有了这颗平常心，那么，我们就能处事冷静，宠辱不惊，并最终走向成功。

【原载2009年2月17日《江淮晨报》】

从舂米到粮食银行

我老家的门前有块青黑色的方石，方石中有个半圆形石坑，很长时间里我都一直以为这是专供我们吃饭聊天时坐的。后来，父亲告诉我说：这是祖上传下来的石臼，舂米用的。用时，先将稻谷放进石坑中，用榔头不停地砸着，直到将稻谷分裂成米粒和糠皮，再用筛子滤净，留下的就是白花花的大米。父亲说，这舂米也很有讲究，砸轻了，稻谷砸不开；重了，米粒会被砸碎，夹进糠中白白浪费。从早舂到晚甚至都舂不到一担米，而且这米很糙，吃起来磨口，残存的小石子还磕牙。

后来，乡村通电，每个大队都在变电站边办了个粮食加工厂，有一台小碾米机，家家户户才告别了舂米的历史。将稻谷挑到加工厂，倒进碾米机的小斗中，随着隆隆的机器声，雪白的米粒和金灿灿的糠皮自然分离。一般只要碾两遍，大米中就看不到几粒稻谷了，碾一担谷也仅十余分钟，比舂米方便多了，而且出米率高，米粒光滑。那时，全大队几千人也仅有这一台小碾米机，有时要排大半天的队。遇有停电（那时常停电），还得耽搁三四天。有次碾米机坏了，十几天没修好，性急的父亲忍不住又重操石臼舂起米来应急。农忙时，父母忙于农活，十三四岁的我便挑着四五十斤稻谷到大队加工厂碾米。家和加工厂间有三里多地，全是小路，一担稻路上至少要歇三四次。遇有连绵阴雨，穿着胶靴在烂泥里走更是举步维艰。父亲便叹息道：“什么时候家门口能有台碾米机就好了。”

20世纪80年代中期，粮食小加工厂悄悄地出现在临水、临路的要道口，差不多每个大队都有四五家，散落在人口密集的村庄，而且大多改用大功率的碾米机，效率比大队的那台小碾米机高出了一倍多，更重要的是离家更近更方便了。

21世纪前后，乡村发展更是日新月异，电话、有线电视、网络、水泥路、砂石路等都通到各村各户，信息发达，交通便捷，碾米时用船运或板车、拖拉机载，省了许多力气。随着乡村青壮劳力在外打工的人数增多，留守在家里的老老少少碾米时仍有困难，于是就出现了流动加工厂：将碾米机装上拖拉机，用柴油机作备用动力，上门服务，颇受农民欢迎。

党的十八大之后，美丽乡村建设如火如荼地开展起来，许多偏远村、空白村被调整，建起整齐美丽的农民居住集中区，公共设施不断完善，三轮车、电瓶车、小货车、小轿车等进入了寻常百姓家。而早已取消的农业税让我们家多年未满的粮仓年年都堆得满满的。我建议道："卖掉一些稻子吧，堆久了会霉变，老鼠也会偷吃。"但母亲总是舍不得多卖："手中有粮，心里不慌啊！毕竟生活刚富裕起来，要预防灾年啊。"

这几年工业经济发展迅速，农民们也不甘落后，纷纷探索农业产业化之路，许多能人就办起大型粮食加工厂——我们俗称为沙砻厂。沙砻厂一般规模比较大，有的一天能加工十几吨稻谷，出米率比小碾米机高许多，很适合粮食企业的大规模生产。有一次，我随政协委员到一家粮食加工企业采访，看到现代化的粮食加工生产流水线时，简直惊呆了：稻谷进厂后，先晒干或烘干，再用吹风机清理粉尘等杂质，进机器碾压脱壳分出米和糠。糠加工成饲料，米则通过长长的传送带，让色选机把小石子、变质的有色米粒和混杂的谷粒分拣出来，剩下洁净的大米装袋。整个流程有条不紊，所生产的大米整齐、干净，没有任何杂质，不用水淘洗就可以煮饭吃，也称为"免淘米"。在对这种先进的生产加工技术赞不绝口时，我也表达了我的担忧：农民平时家里吃的口粮，每次最多加工百来斤稻子，根本喂不饱大沙砻，怎能享受到这种优质的“免淘米”呢？“那你就out啦！”那位身为政协委员的粮食企业负责人告诉我道，“农民在田里收割稻子时，我们粮食企业就上门将其全部收购进来，大部分稻谷卖给了我们企业，少部分的群众口粮也存放在了我们加工厂里，记好账目。群众家里吃完了，可以随时来取米，几十斤米用电瓶车、自行车就拖回家了。我们企业大规模生产，标准化管理，损耗少并全由企业承担，老百姓根本没有任何风险。”我听了一乐，脱口而出道：“那你们粮食加工企业就是农民的粮食银行啊！”

从家门口古老的舂米石臼，到大队固定的小加工厂和服务到家的个体流动加工厂，再到今天生产“免淘米”的群众的“粮食银行”，它是新中国农村发展70年来的一个缩影，在这一扇小小的窗口，我们能感受到中国经济的腾飞脉搏和英姿。

【原载2019年8月23日《安徽日报》】

大院里的车棚

机关车改之后，我突然发现：好多机关干部上下班都改了步行，路远点的人就骑上了自行车或电动车。这样一来，却让原本稀稀拉拉的非机动车停车棚一下子涨满了，上班稍微来迟了点，电瓶车根本停不进车棚。因此，我每天上班都要比平时提前15分钟到。等我在办公室喝茶时，再看着那些踩着上班点儿来的机关干部推着电瓶车四处张望，寻找停车间隙时，我很为自己的小聪明暗自得意。也有性子急的人，干脆把电瓶车往车棚旁边一支，转身刚要走，就听看车的保安立马大喊起来："哎！哎！那位领导请把电瓶车停入位啊！领导干部更要讲文明守秩序啊。"说得那人脸一红，只能像塞小黄鱼似的，乖乖地转回来把电瓶车往车棚里硬挤。有几次，我中途外出办事回来时，连塞电瓶车的车缝隙也没有了，这让我既愤懑也很无奈。

于是，我就给机关后勤中心领导提出建议：增建非机动车棚，并让新旧车棚都能通上电，方便机关干部电动车充电。这个建议得到了他们的重视和响应。其实，我也知道，这些年城市化进程速度加快，小县城的规模几乎扩大了三倍，许多居民小区多是高层、小高层楼房，居民电动车充电大多是从楼上拖根电线下来，既不方便，也很不安全。再说了，现在骑非机动车的人多了，说明车改也有了效果，是件好事啊！好在机关后勤中心立刻展开调查摸底，统计出整个大院骑非机动车的人数；再将原车棚里的"僵尸车"（停了多年未动的几十辆旧车）清理出来……最后决定：在大院的一角增建一个车棚，容量是原车棚的三分之一，足够满足机关人员非机动车停车需要了。预算、招标、施工……三个月不到，新车棚建设成功，旧车棚也改建好了，都通上了电，上班时间都可以充电。这种人性化的服务很受机关干部的欢迎，我也因自己的建议能给大家带来优质的服务而欣慰。

然而，好景不长，没过多久，我又发现：非机动车棚又不够用了。我好几次提前半个小时到办公室，车棚里依然是满的。可我知道：大楼里的办公人数并没有增加啊！我一边喝着茶一边思考着出现这种状况的原因。我很快又敏锐地发现：非机动车棚里进出的许多人面孔陌生，并非是大院里上班的机关干部。有几次，我故意在车棚里和这些陌生人搭讪时，才知道他们都是住在附近的干部家属或小区居民，因为政府大院里停车安全，还可以免费充电……

原来都在揩政府的油啊！作为一名普通党员，我不能放任他们损公肥私的行为，更不能让少数人影响机关干部的工作生活。但我也清楚：要硬堵，电动车没有车牌，保安无法识别，只能增加保安和来占便宜的少数群众之间的冲突。怎么办才能两全其美呢？我在网上查询后勤管理的方法，特别是非机动车棚的管理。我突然发现外地许多高档小区虽然也都建有非机动车棚，但都安装了智能充电器，必须投币或扫码支付钱款后才能充电。于是，我向领导报告了我的想法并得到了批准，引进了这种智能充电设备，给机关干部发充电卡，给每辆电瓶车都贴上了统一标志。同时，又向房管部门建议，通过物业在小区推广安装这套系统，解决高层住户的充电之忧。

很快，车棚里的电瓶车又稀松下来，进出的陌生面孔也少了许多，只有智能充电计时器的红灯此起彼伏地闪烁着。我的心里也渐渐宽松起来，我再也不用担心中途外出办事回来无处停车的尴尬了！

【原载2019年第11—12期合刊《精短小说》】

幸运的电瓶车

电瓶车刚流行时，我就想买一部代步，但总有朋友劝我别买，理由是“电瓶车容易被盗”。特别是我居住在老旧小区，没有车棚，没有围墙，甚至没有物业，买了就等于是给小偷送礼。弄得我心里慌慌的，一直没买，但随着时间的推移，出门办事、购物等确实很不方便，于是还是下定决心买了辆电瓶车。

电瓶车刚骑出去，就有朋友善意地提醒说：“你要注意防盗啊，现在新电瓶车容易被小偷惦记。”弄得我非常紧张，出门办事总是把电瓶车锁在人多车多的地方，还用链条锁把一个车轮锁在附近的铁栏杆上，再打开电瓶车的报警装置。如果有人触碰，我的车就“呜呜”地响。而我只要一听见报警器响，不管是在朋友家串门，还是在银行办事，都会立即跑出去看看，我的车还在不在。有时办事地点在高层楼上，也会不时地从窗口往下探看。就这样小心翼翼地熬过了两年，总算安然无事，加之电瓶车也旧了，外面磕磕碰碰地瘪了好几处，掉了许多漆，心里渐渐放松了警惕。再有朋友提起电瓶车防盗的事，我总是付之一笑说：“现在满大街都是小轿车，谁还会惦记我的破电瓶车？”

电瓶车充电的时间越来越长，骑行的速度却越来越慢，行驶的路程也越来越短，朋友提醒我道：“你的电瓶车要换电瓶了！”去维修店换电瓶时，看到有几个人正在以旧车换新车，旧车折价能抵个300元左右，新车要补2000—3000元不等，我总觉得这样的兑换有些不划算，就花600多元换了电瓶。维修师傅善意地提醒我说：“新换的电瓶要注意防盗啊，现在有一些小偷专门偷新电瓶卖！”说得我刚刚轻松下来的心又揪了起来。

一天早晨上班，正准备找同事商量事情，却见他匆匆忙忙地往外走，说：“手机忘在家里了，回去取。”我知道，大家办公、办事、联系等全靠手机，就连单位、朋友、家人的电话号码都存在手机里面，似乎都有了手机依赖症。同事也骑电瓶车，估计来回也就20分钟的事，可我等了两个多小时，同事才姗姗来迟，且一脸的不高兴。原来，他将电瓶车停在小区单元楼门下，蹬蹬地上了五楼，开门，取手机，忽然就听见楼下传来电瓶车“呜呜”的报警声，赶紧从窗户往下面望：发现有人已撬开他电瓶车座位盖，将里面的蓄电池拎出来，放在自己的电瓶车上，一溜烟地走了。他一边大喊“抓小偷”，一边飞奔而下，可哪里还有小偷的踪影？气得他干瞪眼没办法，跑到派出所报案，干警说：“你住的那个小区没有监控，等我们破了其他案子带出来时再通知你吧。”同事的遭遇让我本来放松的心情又紧张起来：骑个破电瓶车也这么不安生？

好在用电瓶车的人实在太多了，被盗的事也时有发生，引起群众的不满，许多人大代表、政协委员纷纷给政府提意见，引起公安机关的重视，在全县城乡开展打击偷盗电瓶车的专项斗争：加强小区和公共场所的监控和巡逻，减少发案机会；在县界路口设立检查站，堵住电瓶车外流渠道；严查电瓶车维修点，重罚销赃之人……公安部门一认真，很快就破获了一大批盗窃电瓶车案件，追回了几百辆被盗电瓶车，并举办了集中发还失主仪式。

尔后，很少听说有人再丢失电瓶车了，但每次出门我还是将电瓶车停在比较安全的地方。偶尔下乡，见农村许多车站路口都停了许多电瓶车、摩托车、自行车，整整齐齐的，有的地方政府还建了专门的车棚。农民工打工早出晚归，白天车辆就停放在那儿，居然也很少有车被盗，就连街头巷尾停放的宝马、奔驰、奥迪之类的豪华轿车都安然无恙。看来，是我们群众生活富裕了，素质提高了，社会风气也更加文明了的缘故吧！

【原载2020年1月6日《大江晚报》】

想起口罩

那天，我准备去单位上班，不料刚走到小区门口就被保安拦住了：“疫情这么严重，你怎么不戴口罩?”我这才想起临出门时把口罩忘在家里了，赶紧回家去取。

印象中，口罩多半是为了御寒的，冬天戴的人比较多；也有平时喜欢戴的人，多半是电影中的地下党或特务，怕被人认出来，戴着口罩遮掩。而我很少戴口罩，主要因为我是近视眼，不能不戴眼镜，可一戴上口罩镜片就模糊不清，我请教过近视眼的医生如何解决这一矛盾？他们也没有更好的办法，所以我只能忍痛将口罩摘下。

我不喜欢戴口罩还有另外一个原因。那年，我回乡教书，母亲陪我给族中长辈拜年，长辈说我戴着口罩有嫌弃他的意思，母亲听到了就拽下我的口罩，还打了我一个嘴巴，让我给长辈赔礼。从此，我再也没有戴过口罩。天再冷，顶多用围巾捂住下半个脸御寒。

有道是日子越来越好，环境似乎越来越差。天空中整天雾蒙蒙的，空气中弥漫着呛人的气味，许多人都戴起了口罩，特别是女同志，夏天太阳毒辣辣的，还将自己包裹得严严实实，确实让人不可理解。我现在的妻子就很喜欢戴口罩，无论春夏秋冬、阴晴雨雪，都将自己包裹得严严实实，还戴着帽子、口罩、墨镜，站在身边我也不敢轻易叫她的名字，怕认错了人尴尬。有时，我和朋友在一起吃饭，她来了，口罩墨镜都不摘，别人看了不爽，我也有些不爽，就提醒她要和大家打成一片，不要太孤高自傲，要是在我老家，长辈早就骂她了。她说：“我有慢性鼻炎呢，医生让我戴口罩的。”依然我行我素，我也就只好视而不见了。

今年新冠肺炎流行时，要求出门必须戴口罩，我才想起去药店买，但跑遍了全城所有的药店也没有买到，网上也断了货，找朋友最多答应匀一两个口罩给我，还欠了多大人情似的，心里十分郁闷：明天上班怎么办？没想到妻子说："我上次买了100个口罩，还没用呢。"想不到她平时喜欢戴口罩，这次还真解了我的燃眉之急呢！

【原载2020年3月2日《新安晚报》】

初为房东

搬进新房子之后，住了十几年的老房子就空了出来，本打算租出去的，但妻子总有些不舍。因为新房子地处县城新区边缘，虽然环境优雅，道路宽畅，空气清新，但出门打车、上街购物、去菜市场买菜等颇不方便，不如地处老城区的老房子，下了楼，彩电冰箱、碗碟瓢盆、流行服装、纽扣针线等生活品都能买到，菜市场更是不足百米远，早餐店、大排档比比皆是。大白天人来车往，非常热闹；傍晚店铺打烊后，又非常安静。只是房型不太理想，面积也有点小，所以才换了新房。

几个月之后，新房子那边渐渐住适应了，我们还是决定把老房子租出去。老房子离九年制实验学校不远，步行到学校后门也就10分钟路程。当我们把租房信息挂在58同城的网站上后，很快就有了租房的电话：一个是在打工的，只租一个月，我没有考虑；另一个是做化妆品推销的，好几个女孩，一个个浓妆艳抹，妻子看不顺眼，也没租；还有一个奶奶陪小孙子读书的，妻子见那小孩太活跃，会损坏房内家具之类的，也婉言推托了。后来还是租给一家陪读的母子，那女的姓吴，能说会道，还喜欢读点书，应该是个有文化有修养的人。孩子也上初一了，个子很大，也懂事了，总不会随意损坏屋子里的东西吧？于是，就签了3年的租房合同，约定每半年支付一次房租。我便写了交接清单，给了她2把钥匙，收了她2000元押金。第一次当上了房东！

交钥匙给房客时，妻子更是左叮嘱，右嘱咐，十分不舍的样子。

谁也不会想到，一个月之后，妻子被查出癌症晚期，我们一家人都承受着巨大的精神和经济压力，去医院成了那3年生活的常态。直到她去世前，妻子也再没有去过老房子。

老房子租出去了，但有些平时不大用的东西还堆在角落里，有时需要用了，便过去取，顺便也看看老房子有没有变化。还好，墙上也没被涂鸦，屋子里也干净整洁，渐渐也就放心了。毕竟是老房子，装饰的老化是正常的。譬如太阳能放不出水了，我找朋友去修，换了根太阳能热水管；厨房水池的木柜子坏了，我找人去换成人造大理石的；液化气罐子强制年检要100元等，我都毫不犹豫地自己支付了。有一次夜里接到房客的电话，说钥匙忘在房间里了，找我拿备用钥匙，我准备去老房子替他们开门时，他们却赶过来要走了我的备用钥匙，等我索要钥匙时，他们才不得不实话实说：他们把钥匙弄丢了。这让我心里多少有些不爽，提醒他们换锁，要注意安全！还有一次，接到自来水公司电话，说我家欠水费？弄得我一头雾水，还以为是新房子欠水费，赶紧去补交，才发现是老房子欠费，赶紧打电话催房客补交，别影响了我的信誉……

一次，听楼下的老邻居们说，吴房客以前一直在外地打工，因为儿子上初中了回来陪读。有次我去时看到一个陌生的男子，顺便问了小孩一句："你爸在家啊！"孩子立刻否定道："他不是我爸！是我妈的男朋友。"我"哦"了声，便与那男子简单地交流了几句。那男子与我同姓，湖南人，喜欢炒股，整天宅在屋里，女房客则在县城找了份临时工。

一年半后，吴房客突然提出不再租房了，理由是他们要到市区打工，小孩也要随他们转学（后来听楼下的邻居说那孩子其实一直在实验学校上学）。虽然合同订的是三年，但妻子表示理解，我也没再说什么了。等他们东西搬光后，我如约一早赶到老房子，吴房客不在，只有她男友一个人在等我，门口放了几个装满东西的袋子，地上、桌上、床上、沙发上散落着一些被遗弃的小物件，客厅的几把椅子上还放着广告扇、报纸等，基本与我交给她时差不多，我便将押金全数退给了他，还主动帮他把几袋杂物送到楼下，看他在电动车上绑好，像送别老朋友似的与他挥手告别。

因为要上班，我匆匆去了单位。直到那个周末，我才有空去把房子收拾打扫一下，准备继续对外出租。等我将客厅椅子上的广告扇拿起来时，突然发现椅子面板上有个碗口大的洞，再看其他几把椅子，掀开垫子或广告扇、报纸，4把椅子的面板都被打穿了，那么厚的面板，普通的拳头是打不穿的，显然是有人故意用锤子击打造成的，怕我发现扣他押金，所以刻意做了伪装。我真搞不懂他们为什么会这么做？是对我们有意见，还是与椅子有仇？我气得立即拨打男女房客的电话，对方均显示停机或无法接通。我只能怪自己检查房子不细心，太相信别人了。回家和妻子一说，病重的妻子虽然也很愤怒，但还是说："算了，花钱买个教训吧！"

后来，妻子病重及去世，我都一直在单位、家庭、医院间奔波，租房的事也耽搁下来。接着老城区改造，将四周的房子全拆了，只有我们那栋楼孤零零地还站在那儿，说是开发商建的商品房，不在"棚改"之列。

租，租金不高，更怕找不到好品行的房客；卖，又舍不得，也卖不上价。所以，老房子就一直空在那儿，有人问起来，我便呵呵一笑说："等着以后拆迁吧，毕竟周围都拆了。"

【原载2019年7月22日《大江晚报》】

年俗之变

年年岁岁花相似，岁岁年年人不同。作为中国民间最隆重盛大的传统节日——过年，已在传承发展中形成了一些较为固定的习俗：如办年货、扫尘、贴春联、团圆年夜饭、守岁、压岁钱、拜年、舞龙舞狮、拜神祭祖、祈福禳灾、放爆竹、庙会、赏花灯等，承载了丰厚的历史文化底蕴，也让中华民族的“年”与别的民族特别是西方的“年”大不相同。虽然现在许多习俗已发生了改变，有的又增添了新的内涵，但除旧迎新、祈求丰年的内容始终没有变，热热闹闹、欢天喜地的氛围始终没有变，过年依然是一次饮食和娱乐活动的狂欢！

办年货是必不可少的。无论是在家过年，还是在饭店吃年夜饭，家里都要准备好充足的食物。因为过年那些天，许多中小饭店都关门歇业，员工一年忙到头也要回家过年。只有那些大酒店，譬如四星五星之类的酒店，虽然还在继续营业，但去的客人多，临时去是没有包厢和座位的，而且价格也比平时高许多。所以，来了亲戚好友，一般还是在家里比较方便。再说，过年大家天天吃美食，肚子也不饿，简单弄几个菜就能让大家吃得热热乎乎，虽然家人要辛苦一点，但劳动一下也好消食嘛。我老家在农村，过年我都乐意回去。老家房子宽敞，父母在家早将房子打扫干净了，年货也备足了，像圆子、年糕、豆腐、炒米糖、香菜等应有尽有，而且都是请村里手艺最好的人手工制作的，味道独特。蔬菜是自家种的，家禽家畜是自家养的，鱼是门口塘捕的，都是绿色食品。在外奋斗多年的子女给长辈和孩子的新衣服、金银首饰等是必备的。当然，还有更贵重的年货，家乡的路修好了，能买辆小汽车开回家过年，觉得特有面子。

过年前后的娱乐活动特别多。先是地方政府的引导，年前办年货节，再是开展文化、科技、卫生“三下乡”活动。其实已经不只是三个内容了，文明创建、医疗保障、司法民政等内容都加入进来，还有送春联的、剪窗花的、唱歌的、演戏的、打太极的等，也都借着这一台文化盛宴各展才艺。老人们整整齐齐地坐着，欣赏着难得一见的戏剧；孩子们台前台后地转着，眼睛却始终盯着主持人手上赠送的各类小玩具；在家种田看孩子的女性赶紧去要几副对联、两对窗花，了解有哪些惠民新政……两三个小时的活动结束后，许多人都眼巴巴地望着问：下次啥时再来？这样大型的综合活动每个镇每年只有一次，下次还要等到来年，也许还不在同一个村。但毕竟要过年了，年前年后的各种文化活动也纷至沓来：龙灯、马灯、采茶灯、罗汉灯在我们家乡非常普遍，我老家的八社神灯就是省级非遗，能连玩十天半个月，村里家家户户像办喜事一样，把外地的亲戚朋友都请来观灯。

有着三十几年历史的春晚已成为新的年俗。除夕之夜，外面是漆黑的夜，家里却灯火通明、暖意融融，全家人围坐在一起，看着春晚，谈着家事，似乎是春节里一道必不可少的大餐。记得当初家里没有电视机，只有小叔家有台黑白的电视机，等晚会结束时，小叔家已经关了大门（财门），我们只能从后门悄悄回家。现在，家家都有了彩电、网络和手机，总觉得各级的“春晚”看了都不过瘾。于是，有人便自发搞起了“村晚”。我老家所在的村去年就搞了个村晚，村两委牵头，几个有文艺天赋的热心人支持，唱歌的、演戏的、玩魔术的、说相声、演小品的，节目还很丰富，村里跳广场舞的大妈、打太极拳的大爷都自愿统一服装，登台亮相，还真有点明星大腕的派头，他们在给群众带来笑声的同时，也让村里的文化氛围更加浓郁。听说这台村晚还受到省文化旅游厅的表彰，给了5万元奖励。这不，今年他们又在积极筹备村晚了。而且全县各镇都有好几个村搞“村晚”。是我们的“村晚”比央视、省、市电视台晚会水平还高？显然不是。只是我们自己参与其中了，大家自编自演自己欣赏，在创作的过程中享受快乐。

象征全家团圆的年夜饭是必须回家吃的。这一点在农村、在老人的眼里尤其重要。我们那个年龄段的人，兄弟姐妹多，但我还是坚持每年都回老家过年。这个习惯在女儿出嫁之后也没有改变，只是多了项新的内容：女儿一家先在她婆家吃年夜饭，结束后再和我们一道回乡下的奶奶家吃年夜饭。好在两家不远，现在有车交通也方便，只是有点委屈了孩子们，连吃两餐年夜饭。要不就轮流到两家过年，这是他们这一代独生子女的无奈啊。

正月初一就开始拜年了：一般是初一先拜家里长辈和舅舅，初二拜岳父母，初三四朋友间可以随意走动，互相拜年。现在颂春唱门歌的人少了，上门贴财神的小孩也很少见。偶尔能见到一个颂春人立刻惊喜不已，争着给钱，好让他们在门前能多唱一会。这些民歌很接地气，调子古老，方言流畅，都是人们爱听的吉利话。成年人在外面务工的时间多，一年里也难得回来几次，许多人家都借着过年的契机，给孩子做十岁、给成年子女办婚事、给老人做寿等，好让亲朋好友都能最大程度到场。再是各类同学会、老乡会接踵而至，大家也都借着回老家过年的机会见见面，亲人团聚谈谈心，老友相逢叙叙旧，就连孩子们也能远离手机电脑，重温我们小时候常玩的各种游戏，在泥地里疯玩。我自己也暂时远离了平日的工作圈、生活圈，应酬少了，人会变得十分清醒，精神上也有极大的放松。所以，我每年春节都要回家，不到上班前一天晚上是不会回城的。

快乐的时光总是那么短暂，我们与亲戚朋友还没有聚尽兴，各地的企业用工招聘会也没来得及逛完，几天的年假就结束了。成年人为了前程纷纷背起行囊外出打工，我们也回到了工作岗位，孩子们陆续回到了学校，只有老人们还在独自守望着土地和老屋，期待下一年的相聚。

【原载2020年1月21日《池州日报》】

防汛一日

今年的梅雨似乎比往年来得要稍晚一些，直到七月初才铺天盖地地下起来。江河池塘水很快爆满，江河上游的水库又开始泄洪，身处下游的我们立刻进入了防汛模式，县直机关的工作人员纷纷被派往防汛抗洪的第一线。7月6日，我们单位第一批人到达联系点时，恰逢西河社区防汛段的一处圩堤出现渗漏，干部、民工正在抢险，他们立即投入了战斗：装沙石、背沙袋。虽然大家平时很少干重体力活，现场道路泥泞，但大家都踊跃地将好几十斤的沙袋一袋一袋背往出险处。几个小时下来，人人精疲力尽，好在险情得到了有效的控制。

我是24小时之后去接班的，被安排到老街西边的防汛段巡埂查险。这一段临资福河，大堤宽厚、坚固，对岸是南陵县弋江镇。资福河河道不宽，水流湍急，且相当浑浊。当地的社区干部告诉我，河中水位标尺的印记显示洪水24小时内已经退了80多厘米，两岸坡地临水的绿草都有很深的泥水痕迹，大家的心里都松了口气。当地群众却提醒我们：退水时要防止大堤滑坡、渗漏。

临近中午，雨停了，太阳刚露了会脸，就晒得人头上冒汗。圩堤上空荡荡的，没有任何遮挡，那个绿色的防汛帐篷里连个凳子也没有，站在里面不透风，反而更热。我们便在老街的屋檐下坐着，却不经意的发现头顶隐藏了一个大的马蜂窝，吓得我们赶紧跑开。马蜂窝很快就被社区工作人员清除了，我们的心思却被大河里的洪水牢牢地牵着，不时去看一下河里的水位标尺。水退得很快，差不多一个小时要退1厘米，到傍晚的时候，外河的滩地已经露出了水面，几个农民还在水凼里捉鱼。

我们这段的社区负责干部是当地人，有多年的防汛工作经验，对地情和水情都非常熟悉，我们戴着防汛标志袖章跟在他后面巡埂查险，也学到了许多知识。譬如圩堤渗漏，冒出的是清水，水流又不大，可以开沟沥水，注意观察，一般没有大问题；如果流出的水流大，或者是浑水，就有危险了，可能会出现管涌、塌方，需要及时除险加固。我们巡查中自然没有发现什么隐患和危险，但他还是不放心，除了安排我们定时轮流巡查外，还专门安排了几位有经验的本地老农夜间巡查，努力做到万无一失。

傍晚的时候，防汛指挥部送来了方便面、矿泉水、蚊烟、除蚊剂等，还有两张躺椅，供我们这个点值班的人休息。我们4个人分成两组，轮流休息或巡查。行走在宽厚的大堤上，晚风携带着浓烈的水腥味扑面而来，蚊子和昆虫在我耳边嗡嗡地鸣叫，让我想起人类与洪水之间漫长而悲壮的战争，结果如何？恐怕只有夜空中闪烁的星星最清楚。

夜色深沉，星星不知何时也闭上了眼睛，而防汛群里依然热闹，不时就有人上传着工作的照片，领导检查、慰问的消息也时有更新。防汛大堤上，临时路灯和夜巡人的手电光还在闪烁着，似乎在告诉人们：防汛人员依然在警惕地守护着自己的家园。

突然，一个炸雷将我们惊得睡意全无，紧接着瓢泼大雨倾泻而下，我们赶紧躲进防汛棚里，穿好雨衣胶鞋，拿起铁锹和手电继续巡查。雷在我们头顶上滚来滚去，雨下得连了片。雨点太大了，打在人脸上生疼；雨水很凉，我们裹着厚厚的雨衣还能感觉到一丝寒意。大家的心又拎了起来：这么大的雨，明天会不会涨水，会不会有新的山洪下泄？

天渐渐亮了，雨也渐渐停了，群里发来的水情消息居然是洪水还在慢慢消退，新的山洪还没有形成。河边水退出的树木、草地都被雨水冲刷得干干净净，几只牛羊也在堤坡上啃起草来，几户农家的屋顶冒出了缕缕炊烟，我们的心情也轻松愉悦起来。

早晨8点，同事准时到达，接过了我的防汛袖章。我回去休整，准备再次出发。

【原载2020年7月24日《安徽日报》副刊】

一捆甘蔗

星期天回乡下老家看望父母，顺便到田地里转转，发现有一块田里的甘蔗长得非常茂盛，高秆、粗壮，露出来的节干外皮呈青黛色。凭感觉，这样的甘蔗吃起来一定清脆甘甜。看着想着，不觉间就有些口舌生津了，便忍不住冲甘蔗地里大喊了几声："有人在吗？买甘蔗啊！"

连喊了好几声，都没人回应。我便沿着甘蔗地转一圈，没见到有人看甘蔗，也没发现看甘蔗人的窝棚，我暗暗有些诧异：难道就不怕有人来偷？记得小时候，村里的许爷爷喜欢种瓜果桃李，而且看得很严，但还是会被我和小伙伴们摘了许多，白天不好摘，晚上也要来偷点解馋的。也难怪，那时候大家肚子都填不饱，哪还有多少零食可吃？更多的是折了高粱和玉米的嫩秸秆在嘴里嚼嚼解馋。若是有这么一大片甘蔗林，而且还没人看守，小伙伴们早就冲进去大快朵颐了。但我毕竟已人到中年，即使想买根甘蔗解馋，主人不在我也只能放弃。

转回家时，父母的饭菜已经做好了。虽然不是十分丰盛，但说丰富还是可以的，而且食材都很新鲜：蔬菜都是父母自己种的，新鲜、无污染，鱼是早晨从门口鱼塘主手里买的，母亲还杀了只家养的土鸡，一家人边吃边聊，不免聊到田里的那片甘蔗地。母亲说："那是村里你许叔种的，就是以前你喊许爷爷的儿子，他比许爷爷还要聪明，什么都会种，而且种什么都来钱。"我"哦"声说："那甘蔗就不怕人偷吗？"母亲说："现在好吃的东西那么多，村里又没有闲人，谁会去偷？你许叔还经常挨家挨户地送呢。”我听了很是感慨：现在人们的生活富裕之后，素质也提高了！再一想：现在的孩子们连零食都花样百出，味道鲜美，水果都榨汁喝，谁还愿意弄根甘蔗在嘴里嚼上半天？虽有点新鲜感，但慢慢就会觉得嚼着很累。

午后，我要回城时，许叔却扛来一小捆甘蔗，斩头去尾，去掉了叶子和外壳，打理得干干净净、清清爽爽的，要让我带到城里给孩子们尝鲜。我要推辞，他不高兴；给钱，他更不高兴。弄得我左右为难，母亲就劝我说：“你许叔实诚，你不收他以为你看不起他。”没办法，我只好收下来。看我将甘蔗放进车子的后备厢，许叔憨厚的脸上流露出满意的笑容。

回家的途中，我就有点犯难：我血糖高，一般从不吃甜食，这么多甘蔗，孩子们也吃不完。就准备给城里的亲戚朋友分送一点，毕竟是许叔辛辛苦苦种出来的优质甘蔗，浪费了可惜。到小区门口时，我将甘蔗搬下来，看到三四个六七岁的小朋友在玩，就热心地抽出几根甘蔗冲他们说：“小朋友们，过来，给你们甘蔗吃。”孩子们一见甘蔗，觉得好奇，都围了上来，有的已接在手中。突然有个稍大的小女孩说：“我们不要你的甘蔗。”我问：“为什么？”她说：“老师说不能吃陌生人的东西。”其他几个小孩也将拿在手里甘蔗退给了我。有个小男孩舍不得放下，小女孩便在小男孩耳边轻轻地说：“要是甘蔗有毒怎么办？吃了会被坏人拐走！”听到了小女孩说的话，我不再解释，也无法解释，就沮丧地抱着甘蔗往单元门走。打开门禁，没想到孩子们也跟着进来了，原来这几个孩子和我都是一个单元楼的。我便反问道：“你们看我像坏人吗？”那个小男孩点点头又摇摇头说：“我能带回家吃吗？”我说：“当然可以啊。”“我拿两根，”小男孩子说，“等我妈妈回来削了皮我再吃。”那个稍大的小女孩也觉得这个办法好，就和其他几个孩子一道都各拿了一根。我不得不佩服小男孩的机敏和睿智。

甘蔗陆陆续续地送给了城里朋友，朋友们都说清脆甘甜，很好吃，有的还问我在哪里能买到？后来回家见了许叔，便夸他种的甘蔗味道鲜美，许叔听了总是一脸的憨笑：喜欢就好。

单元楼的人一天天熟悉起来，即使不知道对方姓名，但也都知道对方所在的楼层，有时在电梯间也有意无意地聊几句。有一次，在电梯里又遇到那个担心我甘蔗有毒的小女孩和她的家人，便笑着问她："我的甘蔗有毒吗？"那个身材又长高了些的女孩腼腆地笑了："没有。"

城市化进程的加快，让农村日渐冷落，农村人口不断向城市集聚，人与人之间的距离在不断靠近，但心与心之间的距离却在不断拉大。真希望我们都能走出钢筋水泥的桎梏，增加心的交流，让人与人之间多一些信任和关爱。

【原载2020年9月29日《北京晚报》】

两篮玉米

星期天去菜市场，看到门口有个老人在卖玉米棒，我就驻了脚问：“这玉米怎么卖的？”老人指着面前放着的两大篮子玉米棒热情地介绍道：“两块钱一只，我的玉米是自己家里种的，老品种，不是转基因的。”说着，老人又剥开玉米棒外面厚厚的叶皮，露出金光灿灿、排列整齐的玉米粒。果然是我喜欢的传统玉米，颗粒饱满，吃起来口感硬硬的，很香。我不喜欢现在流行的杂交玉米、水果玉米之类，虽然吃起来脆甜，但含糖量高，有的还可能是转基因的，吃起来总有点不放心。

我蹲下来挑了几个玉米棒，却没有发现一处有虫咬的痕迹，心里便有些疑惑：“你这玉米打过农药吧？要不怎么没有虫印？”老汉一摆手说：“从种下去到收获，没有打过一次农药。我是给玉米地罩了防虫网的。”我“哦”了一声，听说农民为了种出绿色蔬菜，尽量不使用农药，都使用防虫网，我在乡下也见过多次。再看眼前的老人那诚实憨厚的模样，我便决定相信他一次，选了6支玉米棒。老人说：“你给10元钱吧，你是我今天做成的第一笔生意。”我习惯性地掏出手机，找老汉要二维码。“你给现金吧，我是老年手机，收不了款。”老汉一脸内疚地说。我说：“我没带现金啊！现在人都用手机买卖东西，听说连乞丐都用上二维码了。”老人便失望地叹了口气：“早上好几个人想买，都因为没有现金生意没做成。”难怪老汉面前满满两篮子的玉米基本上没动。看着老汉略带焦急无助的神情，我不忍心，就安慰他说：“你别急，玉米先放这儿，我肯定买。”

我转身进了菜市场，很快就买好了自己的菜，又在熟悉的摊主那儿换了几百元现金。转身来到老汉的身边，付了老人现金，然后就对老人说：“你要是相信我？我就用手机先帮你收钱，然后再兑换成现金给你。”老汉一听立刻高兴起来：“我相信你的，就是耽误你时间，有点不好意思。”

陆续又有人来到摊前，顾客挑好玉米，老人报价，我负责用手机收款。可能是老人的玉米真的卖相不错，或者大家都像我一样喜欢老品种，争着买，不到半个小时，两大篮玉米全卖光了，有的还问老人是不是天天来卖？老人脸上露出兴奋的笑容。玉米卖完了，我打开微信和支付宝，查看交易记录，统计了两次，老人认为没有差错时，我将老人两大篮子玉米卖的钱兑换成现金给了他，并且告诉老人，回家后就让有微信、支付宝的子女帮他做个二维码，他卖玉米，子女帮他代收钱。老人说：“回家就让孩子们教我学微信。”

老人千恩万谢地走了，我却想了许多：玉米很好，想买的人很多，但最终无法成交，原因是付款方式的转变，许多人特别是年轻人不喜欢使用现金。能怪老人吗？不能，货币还在正常流通；能怪年轻人吗？似乎也不能，年轻人紧跟时代，顺应社会潮流，值得表扬啊！社会在发展，时代在进步，无论是谁，只有不断学习，才能跟上时代的节奏！

【原载2020年10月20日《北京晚报》】

起　鱼

起鱼是我们水乡常见的场景。

江南水乡的水域多，有的水面还比较大，相当于附近群众的“菜园地”，一般都承包给大户集中养殖。平时吃鱼，大户都是用丝网捕、鱼钩钓、地笼诱、鱼鹰抓，产量不大，只够供应周边的市场，群众吃鱼也都去市场买。但每逢过年，村里家家户户都要吃鱼，市场需求量大了许多，塘主也要盘点收获，就会找来专业捕鱼队伍，用拖网捕捞。

拖网捕鱼是个热闹喜庆的日子，一般选择晴朗的天气。上午10点，30来个壮汉组成的临时捕鱼队就开始吃饭，许多人都要喝几两白酒御寒。然后，在队长——资深捕鱼人的指挥下，大家将一条约200米的拖网抬到沟边。鱼塘多是长条形的，从水面宽的一头下网，将人员分成两组，十几个人一组，分别从两岸向沟另一端拖。队长和几个年龄稍大、经验丰富的人划着小船，跟在拖网后面。拖网很深，网下端坠着石头，保证网擦着沟底走，不让鱼从网底漏出去；网纲上面有浮标，漂在水面，不让鱼从上面溜走。拉网人不急不躁，拉着纤绳缓缓前进，有时还吼几句民间小调，将整个拖网在沟塘里拖成一个扇面，坐在船上的队长等人跟着渔网前进，不时处理一下阻挡渔网前进的障碍物，将水面上漂浮物捞到网外。

水面开始很平静，只偶尔有一两条鱼触网时跳跃几下，运气好的鱼也能跳出网外。到下午两三点钟时，渔网快到池塘尽头时，纤绳慢慢地放到岸边，拖网人开始拉着网纲收网。捕鱼队长派几个身穿连体有时也会下雪，捉鱼人需要穿连体皮靴裤才能下塘。一手拿着竹篮，一手拖着木盆，向有水的地方艰难地行进。捉鱼手艺高的，看到鱼随手就能捡起来扔进盆子；手艺不好的，要用双手去捉，还经常落空，稍有不慎不但鱼跑了，还打了满身满脸的泥水，显得非常尴尬；有的还要借助网兜抄、竹篮捞、鱼叉戳。等一片水域里大部分的鱼被捉得差不多了，塘主人便会放弃这块水域，让捉鱼人继续到前面的另一块水域去捉，而他们捉过鱼的地方，就成了大家捉鱼的乐园。因为水未全干，烂泥又深，捉鱼人也根本弄不干净，许多小鱼根本来不及捉，就连黑鱼、龟鳖等也藏进了深深的烂泥里，而早就在岸边等候已久的村邻们再也忍不住了，一哄而下到了刚捉过的水域。有的穿着胶靴，有的干脆挽起裤脚赤脚下去。我也曾下塘捉过几次，但捉不住鱼，只弄了几条小鱼，好不容易发现了一条大鱼，大家立刻围过来争抢，大鱼也在我们的双手间不断易主，最后有一个泼辣勇敢的村人用身体将鱼压住，将整条鱼抱出了水面，算是捡了个大漏……尽管他全身湿透、成了泥人，但那乌黑的眼睛和洁白的牙齿还在张扬着他的喜悦……

对于这些下塘捉鱼的人，鱼塘主人并不干涉。因为这是鱼塘主人捉完鱼的地方，最多只剩点小鱼罢了，能捉到大鱼的机会微乎其微；再说大家都是乡里乡亲的，一家养鱼，大家跟着沾点光，也不算过分。等这片水域的小鱼被村邻们打扫干净时，前面一块水域的鱼又捉完了，大家又一窝蜂地冲过去……如此循环往复，直到夜色降临，池塘里最后一块水域的鱼被捉完，人们才纷纷回家，享受着自己的收获。塘主也将鱼分门别类地收拾好，卖给前来收购的鱼贩子。当然，晚餐是丰盛的，打塘人连续辛苦了好几天，捉鱼人大冷天的在泥水中折腾更是吃了大苦，更主要的是鱼塘主人盘算了一下几年来养鱼的丰厚收益，好酒好菜的盛情招待一下大家，那酒喝得十分热烈。

打干的鱼塘暂时没有人再去管理，有捕鱼经验的人第二天便拿着铁锹或草叉沿沟塘岸边巡查，发现有蛛丝马迹，立马下塘，将烂泥划拉几下，不是一只鳖就是一条大黑鱼，最差也能捡点河蚌、螺丝之类，有的妇女还将水草的白根挖出来，洗净冷拌，那可是一道爽口的好菜啊。而接手鱼塘的新主人也开始打理鱼塘：将坍塌的塘埂填补起来，将池塘边的路修补好，在塘底撒上生石灰之类给鱼塘消毒，等春节一过，塘里的水又涨满时，再投放新的鱼苗……

【原载2021年1月1日《芜湖日报》(节选)】

文人书事

第四辑

我的文学启蒙老师崔之建

2018年5月28日上午，忽然接到崔敢同学的电话，让我帮他找一下殡仪馆的电话，我就意识到我的语文老师崔之建可能已经进入生命垂危之际。果然不出所料，到下午4:30，就传出了崔老师去世的消息，顿时泪水不禁模糊了我的双眼：给我文学启蒙的恩师走了。

早在半个多月前，我就获悉崔老师突发脑出血、住进了医院重症监护室的消息，我们几个同学准备去看望，但崔老师的家人说："崔老师在重症监护室里，我们家属只能有一个人在下午见十几分钟，你们去了也见不到人。"于是，我们便寄希望于发达的医学能挽救老师的生命，希望老师也能像去年师母发病一样，平稳地度过危险期，并且恢复了健康。至少，我们可以等崔老师脱离了危险期，回到普通病房康复时，再去探望，那时大家更能好好地交流。之后，我到外地参加培训，回来后又忙于工作，没承想这一拖，竟然是与老师的永别。

初遇恩师

崔之建老师是我的小学语文老师。当时我在紫竹小学读书，那是"文革"末期，学习成绩是次要的，主要的是帮农民割稻、割草、拾粪，到各个生产队演出样板戏，有时也参加学校组织的大游行，高呼"批林批孔"的口号，读书和在家玩并没有多大区别。五年级时，新来一位满脸络腮胡须、戴着厚厚眼镜片的老师——崔之建，教我们语文课，他经常给我们讲革命故事，什么狼牙山五壮士、抗联英雄杨靖宇、黄继光堵住机枪眼等，让我们听得非常兴奋。但讲过之后，崔老师就要我们写作文，谈感想，表达向英雄学习的决心，让我们很是苦恼。那时，我们都不喜欢写作文，有一次，我给高年级的一个同学做了一上午家务后，他才传授给我一个写作文的高招：开头戴个帽——写点套话、大话，中间抄段报——党报社论之类，结尾呼口号——表决心。按照这样的方式写成的作文，老师不敢批评，还不得不给高分，因为这关系到阶级立场的问题。但崔老师来了之后，就要求我们不要写套话，更不要抄报纸、喊口号，心里怎么想就怎么写。有个同学写了他“实在馋不过，就偷了隔壁农民家的一个西瓜，几个小伙伴分吃了”的事。崔老师没有批评他，反而表扬他写得好，特别是偷瓜前的心里顾虑、吃瓜时的快乐及之后的担忧等都描写得非常精彩、生动，要求他照这样的路子写下去。当然，崔老师也不忘提醒我们说：“偷东西是不对的，以后不能这么做了。”还有一个同学，写同学之间互相取外号，还给老师取外号的事。崔老师觉得有的外号取得非常确切、幽默，无伤大雅，人们容易接受；但有的外号很庸俗，甚至有侮辱人格的意思，应该摒弃。他还给我们推荐了《钢铁是怎样炼成的》《金光大道》《暴风骤雨》等书，并且把其中精彩的片段读给我们听。之前，我们经常逃学，到田里捉青蛙、逮黄鳝，还送给当老师的上海知青，知青老师也很高兴，就给我们糖吃。或者，以生产队为单位，七八个小伙伴结成一个团伙，互相打架斗殴。有一次，我们和邻村的几个同学打架，把对方一个人的头砸破了点皮，还流了点血，第二天早读课时，被打破头皮的那个人所在村的老师就把我们村几个人叫到教师办公室罚站，让我们面壁思过。我们站得腰酸背疼，还不敢动，因为一动那个老师的竹鞭就打了过来。直到上午最后一节课时，崔老师发现我不在班上，就跑进那个教师的办公室，狠狠地批评了我几句，骂道：“成天就知道淘气！课文背得怎么样了？还不滚回教室去，省得在这里丢人现眼。我马上到课堂上就提问你，答不出来加倍处罚。”我如同得到大赦似的赶紧一溜烟地跑进了教室。我知道崔老师是不想让我再耽误课程，又不好明了得罪那个老师，就找个借口撵我走。果然，上课之后，老师并没有提问任何人问题。渐渐地，我们开始喜欢上课了，特别喜欢上崔老师的语文课。

记得有一次，崔老师让我们抄写毛主席的诗词《七律·长征》：红军不怕远征难，万水千山只等闲。五岭逶迤腾细浪，乌蒙磅礴走泥丸。金沙水拍云崖暖，大渡桥横铁索寒。更喜岷山千里雪，三军过后尽开颜。因为第一遍字写得不好，我就将整个诗词划了个框，里面再画了大大的叉，后面写上“不要”两个字，然后，又在后面重新工工整整地抄写了一遍。本以为我这种精益求精的学习态度能得到老师的表扬，但还是挨了严肃的批评。崔老师很神秘地把我一个人叫到教室外面，低声而严厉地说：“你怎么能在毛主席的诗词上画叉呢？这是对领袖的不尊重，要是让红卫兵、专政队的人看到，你是要坐牢的。”我吓得目瞪口呆，不知所措。崔老师就把我划叉的那张作业本纸撕下来，用火柴点着烧了，然后对我说：“你把撕缺了的作业内容再补抄上去，这件事不要再跟任何人说了！”我按崔老师的要求做了，但心里还是有些疑惑，觉得崔老师是不是有点小题大作？字写得不好，划了重抄，说明我对自己要求严格啊，怎么还会坐牢？再想到我们的作业本、课本、报纸等经常被成人们拿去当擦屁股纸，我不敢想象下去了……直到许多年后，我知道崔老师是怎么被打成“右派”之后，我才深深地理解了老师的一片苦心：不光我们学生会挨批评，崔老师这个戴帽子的“右派”也要跟着挨整的。

1976年10月的一个上午，学校组织我们高年级学生到邻村的生产队大操场上开大会，说要传达重要指示。当时，操场上人很多，有公社和大队的干部，也有生产队长和普通群众，还有民兵背着枪、拿着专政棍在巡视，气氛十分严肃。原来，是传达中央粉碎“四人帮”的消息。崔老师带着我们一路高呼着口号回了学校，接着全校又召开欢庆大会。那是我们在毛主席逝世之后第一次的欢庆。

不久，就听崔老师说要恢复中高考制度，春季升学改成了秋季升学，我们还要延长半学期等。小学毕业那年，乡里要搞小学毕业班作文竞赛，我们紫竹小学派6个学生参加，我也有幸被崔老师选中。学校已经放暑假，崔老师要我们6个人每天上午去学校一次，接受辅导，他给我们讲作文写作技巧。比赛前，崔老师让我们搞了一次模拟作文竞赛，结果我和一个陈同学的作文没有写好，被崔老师批评了几句。当时我很郁闷，就和陈同学商量说不去参加比赛了。比赛那天，我俩到田里捉泥鳅、挖黄鳝，玩得不亦乐乎。后来，听说全乡6所小学毕业班学生作文竞赛，表扬了前6名，我们学校去的4个同学就是前4名。崔老师非常自豪地说："我还有两个学生今天没带来，要不然你们5个学校都要剃光头了。"

因为中学没有教室和老师，我们还要继续在各村小学上初一。这样，崔老师继续担任我们的语文老师。记得当时有一篇课文是方志敏的《清贫》，崔老师教得非常动情，之后要我们写一篇《清贫》的读后感，他自己也写了一篇下水作文《清贫赞》，并且当场读给我们听了。他希望我们不要抄语录、呼口号，更不能乱抄报纸，我们只好抓耳挠腮地冥思苦想，大胆发挥。结果，我的作文第一次被老师列入"好作文"的范围。不久，崔老师拿着一张《安徽日报》来到班级，指着副刊上面一篇文章兴奋地告诉我们说："我写的《清贫赞》发表了。"我们立刻围上去看，那时候，文章能变成铅字是多么神圣啊，我们开始对崔老师仰望起来。我至今仍清楚地记得，老师名字中的"建"字，还是用的刚公布不久的简化字——这个字后来被废弃了。更让我们惊讶的是，第二年春天，我在同村学长的高考总复习资料《语文》上，看到崔老师的这篇《清贫赞》被当作读后感的范文收录其中，让我感到既敬佩又自豪。

与恩师做了同行

我升入咸保中学读初二后，就听说崔老师被调到隔壁保丰乡初级中学担任语文教师。有说为了落实政策——崔老师的“右派”被平反了，有说是崔老师教书名气大了，究竟是什么原因？我想也许两者兼而有之吧。那几年，正是全国拨乱反正时期，所谓“地富反坏右”的子女也允许当兵、上大学了，各项事业纷纷走上正轨，我们又埋头于书本，做着跳出“农”门的美梦。

那几年，崔老师在保丰中学教书声名鹊起，周边几个学校的学生纷纷转到保丰中学读书。而我们初中的中考成绩并不好，1980年中专一个也没考取，许多人纷纷找关系开后门要进保丰中学读书、复读。实在进不了的，如果能弄到一张崔老师出的《语文》模拟试卷都觉得是件非常荣幸的事。我的两位小学同学就是从保丰中学考取了中专的。我虽然在本校复读后考取了中专，但因为分数不高，只能选择进了师范学校。

在师范学校读书相对于初三来说要轻松多了。学校的图书很多，报纸杂志也很多，而且全国文学创作也正处于井喷时期，藏在我心里的文学种子也开始萌发。我拼命地读书写作，办文学社，上文学创作刊授班，渐渐在学校有了点名气。1985年，第一个教师节，我写的作文被《安徽青年报》发表，给了我莫大的鼓舞，从此将文学创作作为我今后的主要爱好。

因为我们是首届四年制的中师生，毕业时被教育部门破例分配到家乡的初中教书；学校领导、老师知道我喜欢写作，还在报刊发表过文章，就安排我直接教初三语文。面对那些年龄与我相差不到三五岁的学生，我诚惶诚恐，如履薄冰。好在我的辛苦付出也得到了同学们的认可，听教务主任介绍说，他曾找几个复读生了解过，复读生都说

“朱老师的语文讲得好，有许多新东西”，让我在中学站稳了脚跟。第一学期期末考试时，全区5个初中联考，在保丰中学统一阅卷。卷子是崔老师出的，答案自然也是他做的。有个同事对其中的一个答案存在异议，向崔老师反映时，崔老师说：“你说的那个情况我知道，但我做的这个答案没有错。”同事不服气地说：“那我查一下字典。”崔老师很自信地说：“字典我办公室都有，《新华字典》在某某页，有两种用法；《现代汉语字典》在某某页，有五种用法。这里适用第2种用法。”工作人员从办公室取来两本字典，同事一翻果然如此。从此，大家对崔老师更是刮目相看。

崔老师语文教学的名气渐渐大起来，特别是作文教学，经常和学生一道写下水作文，极大地调动了学生的作文兴趣，他还应邀参编冰心题写书名的《中学作文审题》一书。崔老师的才能很快引起教育部门领导的关注，将他调入县二中教高中语文，从此他有了更加广阔的施展空间。他培养了许多优秀的学生，赢得语文界同行和单位同仁的尊敬。之后，我也因工作调整，改行到新闻单位做了记者，与老师教学业务上的联系少了，但毕竟都在县城，偶尔还能见面，老师总是很关心地问起我的创作情况，说最近看了我的某篇文章，写得不错；最近又看了我的某篇文章，写得很一般。他总是直言不讳，我也和他坦诚交流，感觉有这样一位始终关心自己的老师是一种幸运。特别是2017年我加入中国作家协会之后，老师非常高兴，同时也勉励我继续勤奋创作，千万不要“小富即安”，更不能骄傲自满。因为文学之路依然非常漫长。

老师的“文人轶事”

据崔老师的好友——我的另一位语文老师侯之庆先生介绍，崔老师年轻时也是个文学爱好者，业余喜欢写点诗文，给报纸杂志投稿。

时任《人民文学》主编的著名作家丁玲女士在给他退稿时，还提出了修改意见，这让他非常兴奋，拿给许多人看了。那时，丁玲是现代文学的大家，《莎菲女士的日记》《太阳照在桑干河上》更是享誉全国。但随着丁玲女士很快被错误地打成“右派”，崔老师也因为丁玲给他的这一封信受到牵连，也成了“右派”，被安排做教务工作，但这并没有影响他自学《论语》《孟子》等古代典籍的信心。他很喜欢《孟子》的这段话：“天将降大任于斯人也，必先苦其心志，劳其筋骨，饿其体肤，空乏其身，行拂乱其所为，所以动心忍性，增益其所不能。”他能坚守寂寞，忍受苦难，相信将来知识一定是有用的。

一个暴雨过后的午后，学校里静悄悄的，太阳从云层的罅隙里露出灿烂的笑脸，几只刚才被淋湿羽毛的鸡在阳光下晒着羽毛。有一只公鸡单腿独立在屋檐下假寐，西斜的夕阳给它的羽毛涂上一层金色。崔老师触景生情，随口吟诵了一句：“金鸡独立茅檐下，斜眉弄眼斗黄昏。”不料被学校里的造反派听到了，说他这个“右派”不老实，不但对太阳“斜眉弄眼”，而且还要“斗黄昏”，更是对社会主义怀有刻骨仇恨，立刻对他进行批斗。那时候，没有人会听他的解释，也没有人会理解诗歌的真正含义，大家只看表面的意思。结果，他连在中学做教务的权利也没有了，直接被“发配”到交通偏僻的紫竹小学。小学教师少，一个萝卜一个坑，不管他能不能上课，都要走上讲台，崔老师就教我们五年级语文。

老子曰：“祸兮福之所倚，福兮祸之所伏。”这次遭遇对崔老师来说非常不公平，但对于我们紫竹小学那两届的学生来说却又是非常幸运的，因为我们有幸遇到了最好的老师，他让我们的语文成绩有了很大的提升，而且让我们对作文有了很大的兴趣。我一直认为，我能走上文学创作的道路，是崔老师给了我最初的文学启蒙。我的几个同学杨咸贵、沈世发等均有同感，虽然后来他们有的学了理科，但业余都喜欢写点文学作品。

步行去，虽然有公交车，也顺路，但他却很少坐，他说走路更好。中午，老师喜欢在家喝点小酒，不多，也就二两白酒，即使陪客人，也绝对不超过三两。午后稍微休息一下，再起床读书。晚饭一般比较清淡，之后在小区周边散步，准时回家看新闻联播。之后，再陪师母打一个小时的麻将。儿女们给他们买了个麻将机，崔老师和师母两个人打，当然也要有点小刺激，基本上每次都是崔老师输。输少了就给现金，超过10块钱崔老师就要赖，说没有零钱，下次再给。第二天赢了就抵账，输了还是欠着。晚9点，老师就要休息，好第二天能够早起。师母是个很有爱心的人，在街道参加了学雷锋老年志愿服务队，组织爱心慰问活动，照顾留守儿童，带着老人跳广场舞、打腰鼓，做鞋子、包粽子，忙忙碌碌，人也精神焕发。也许是因为劳累过度吧，师母去年曾出现轻度脑梗，所幸抢救及时，恢复得很好。崔老师则成天陪在身边，照顾得非常周到。所以，崔老师突然发病时，师母已很有经验，送医抢救非常及时，还组织了省市著名的医疗专家会诊，曾让老师一度恢复了意识，出了重症监护室，师母不断地祈祷他能像自己去年那样渡过眼前的难关。但由于崔老师脑出血的部位是手术禁区，又出现了并发症，连现代医术也回天无力，只能在师母及其家人的遗憾和怀念中依依不舍地离去。

6月1日上午，在芜湖县殡仪馆，崔之建老师生前的亲朋好友、领导、同事、学生等近百人闻讯赶到，在六安的杨咸贵同学更是提前一天赶到，我们共同参加了崔老师的遗体告别仪式。在苍松翠柏之间，崔老师依然是面露慈祥的微笑……

崔之建老师，一路走好，天堂里一定会有您施展才华的广阔天地！

【原载2019年第1期《银杏风》】

我的文学引路人王兴国

2014年1月25日，傍晚。

我们几个文友正兴致勃勃地煮酒侃文学，我的手机突然响了一下，是收到信息的铃声。打开一看，是芜湖市文联的通知：著名作家王兴国因病医治无效于昨晚逝世，明天（26日）上午9:20在回然园告别厅举行“王兴国同志遗体告别仪式”，请你准时参加。

“王兴国走了？”我心里猛然一怔，不禁自言自语地说出声来，“王兴国走了！”

我的眼睛有些潮，印象中，王兴国穿着红夹克衫的高大身影和灿烂的笑容便清晰地浮现我的眼前。

“王兴国是谁啊？”有个年轻的文友疑惑地问。

“王兴国你都不知道？真是孤陋寡闻！”另一个年龄稍大的文友一边批评他，一边如数家珍似的介绍道，“王兴国是安徽著名的工人作家，长江海员出身，写过许多文学作品，《海员之歌》《啊，白色的鸽群》《大杂院轶事》等。他还培养了许多年轻的作者，现在芜湖文坛好多有名气的作家都是他培养的。”

我赶紧点点头：“是的是的，你说得很对，我就得到过他的许多关怀，我一直把他看成自己文学创作的引路人。但现在，将我领进文学圈的兴国老却走了……”

王兴国，1924年2月出生，安徽肥东人，长江海员出身，自学成才，自1953年开始发表文学作品……记忆中，有关兴国老的往事一点一点地涌现了出来。

作家王有任。当时县里参加笔会的人员名单已经确定，我是临时增加的，王有任老师担心旅社住不下，建议我在西河找个熟人家寄住。正好我同学的同学在西河中学教书，就介绍我去中学住。

西河笔会，是我参加的第一次文学笔会。那时的西河古镇还非常繁华，参加笔会的人都集中住在旅社回字形的阁楼里。我正准备去西河中学找同学的同学，兴国老知道后，和有任老商量了一下，说："我们大家挤一下吧，你一个人来回跑也麻烦。"后来，他们几位编辑老师将单间换成了双人间，安排了我和临时赶去的另外几个作者。白天，我们一起听作家、编辑老师们讲文学创作理论；晚上，作家、编辑们在房间里看我们提交的文学习作。然后，再将我们一个一个叫进去面谈，指出作品的结构、语言、主题、人物、情节等优劣，提出修改建议。如果作品顺利通过，就有可能在《大江》或《芜湖日报》副刊发表；如果通不过，我们就按照老师的建议在房间里修改、誊写，再次提交。吃饭、住宿费用全部由县文化馆统一安排，另外还给我们每人送了十几本文学名著，我看过的《百年孤独》《喧哗与骚动》等就是在那次笔会上发的，至今珍藏着。只是现在经济发展了，这样的文学笔会却少多了，社会上的文学创作培训也多变了味。也许因为当时我年龄很小吧，每次去饭店吃饭，兴国老总是喜欢叫我帮他拎着酒瓶，如果没有喝完，我还要负责再拎回旅社。这让许多人都很羡慕甚至有些嫉妒了，有的还拿我开玩笑打趣。晚饭后，我们常到沙滩上散步，听当时还在西河中学教书的谈正衡老师、西河文化站的方老师讲西河的风土人情。笔会结束后，《芜湖日报》副刊选发了"西河笔会文学作品专版"，《大江》杂志也发了笔会上选出的好几个作者的小说、散文。虽然我的小说最后没有能通过《大江》杂志的终审，但我还是有了很大的收获。不久，我写的散文《西河比茶》在《新民晚报》副刊发表，至今仍被大家时时提起；在笔会上修改完成的小说《飘尸》在《上海采风月刊》发表；我在笔会上听的某青年作家讲的一个故事，后来也被我创作成小说《甜蜜的老鼠》，在广东的《南叶》杂志发表……应该说，这两次文学活动让我变得逐渐成熟起来。不久，我的小说《太阳雨》在“芜湖新风采”征文中获奖，后又在《安徽日报》副刊发表；小说《黄昏》在全国著名小小说杂志《百花园》发表；接着，《中国青年报》《中国校园文学》《西湖》《微型小说选刊》等纷纷发表或转载了我的小说、散文，我的创作一发而不可收。1995年，经王兴国、朱希和两位前辈和市作协的推荐，我顺利地加入了安徽省作家协会。更让我感动的是，1997年，兴国老策划《皖江文化丛书》（10本约200万字）时，将我纳入了第一批出版的6个作者之中。他还专门给我的小说散文集《太阳雨》写了个序，以《勤奋出成果》为题在《大江晚报》发表，勉励我继续努力，写出更多更优秀的作品。接着，在芜湖市新华书店，兴国老又组织我们6个作者搞了集体签名售书活动……

在兴国老的引领下，我第一次参加了文学创作培训班，第一次参加了文学创作笔会，作品第一次入选他主编的《雷雨过后——芜湖作家小说选》《春归何处——芜湖作家散文选》《海边吟——芜湖作家诗歌选》等文集，第一次出版作品集《太阳雨》，第一次参加集体签名售书活动……在这许许多多的第一次之后，我渐渐走进了芜湖市的文学圈。

其实，兴国老不仅仅是引领培养我一个人走上了文学之路，他还培养造就了一大批年轻作者。他四处奔走，创办了内刊《明天》《作家与企业家》等报刊，培养文学青年；他筹划成立阿英文学基金会，策划出版了两套系列文化丛书共14部约300万字的文学专著，让许多文学青年的梦想一次又一次变成了现实。目前，活跃在芜湖文坛的许多作家都曾得到过他的关心和帮助，我更是得到过他许多的关爱。原《芜湖日报》副总编、芜湖市作家协会主席周祥鸿先生在总结芜湖市文学创作时，归纳了“三个现象”，其中就有“王兴国文学现象”。

王兴国是芜湖为数不多的中国作协会员之一，创作成果丰硕。出版有诗集《海员之歌》《春到长江》，散文哲理诗集《辣语心言话人生》，小说集《王兴国小说选》《航行之前》《爱情变奏曲》，散文集《绿叶集》《脚踏实地九条路》等。其短篇小说《啊，洁白的鸽群》《大杂院轶事》等曾获省、市文学奖。现在，我们也许忘记了他小说中的许多情节，但其中有一个“打酱油”的细节令人永远难忘，至今仍被文学圈内的人提及：船泊码头，已经出门一个多月的海员上岸了，匆匆忙忙地赶回家中，妻子、孩子都在家中，看到海员都非常高兴，但船只能在码头停泊3个小时就要启航。海员拿了个平底大碗，叫儿子到巷口去打酱油。儿子也想和爸爸团聚的时间多一点，就匆匆跑去，但买了酱油往回走时，只能慢慢地走，否则酱油会泼出来。儿子不明白父亲为什么不用瓶子给他去买酱油？等他小心翼翼地端着一碗酱油回到家时，看到爸妈的头发都凌乱了，大床上整齐的被褥也散乱着，他不知道家里到底发生了什么，是不是刚刚发生了一番争斗？许多年后，儿子长大了，成家了，想起那个下午的情景，他才恍然大悟，原来到底发生了什么……

试想，如果没有对生活的细心观察和深刻感悟，谁能写出这么精彩的细节？兴国老以自己扎实的功底和丰富的实践再次告诫我们：细节是小说的生命。而细节来源于生活，细节无法虚构！

王兴国先生走了，领我进文学圈的那个老人走了，他退休之后喜欢身穿红色夹克活跃在芜湖几乎所有文学活动现场的身影不停地在我的眼前闪现，直到他卧病在床，口不能言。我相信，他也一定在记挂着芜湖的文坛，就像我们心里时常在记挂着他老人家一样。

兴国老走了，永远地离开了我们，我万分悲痛，无论如何我都要去看他最后一眼。所以，26日清晨，我怀着非常崇敬的心情早早地来到位于弋江区的回然园，和市文联的领导、芜湖文学圈里的许多老师、朋友一道送别这位值得尊敬的文坛前辈，送别把我领进文学圈的这位老人。我将永远记住兴国老的教诲，努力学习，勤奋创作，写出更多优秀的作品；我将充分发挥作协主席、副刊编辑的作用，像兴国老一样培养更多的文学新人。

兴国老，您一路走好！

【原载 2014 年 4 月 16 日《芜湖日报》】

开掘民间的文化富矿

——写在《泥巴墙头腊味香》出版之际

时下，对于许多人来说，出一本书是件很轻松平常的事，并不值得拿出来炫耀，我就曾自费出了八九本文集。可当这本散发出新鲜油墨香味的书籍《泥巴墙头腊味香》摆在我的案头时，我还是掩饰不住自己的兴奋：因为这是我非自费出的第一本书，根本不需要自己推销，而且出版社是清华大学出版社，很有知名度；再者，本书写的都是我熟悉和喜爱的民间风情，还配了大量的图片，可谓图文并茂，是我目前比较有自信和满意的一本书。用出版人陈赋的话说：“对这本书我有点期待！”

当然，对于我来说，不仅是有点期待，而且是相当期待了。虽然这本书从签约到交稿只有半年时间，但其中的许多篇章我已思考过许多年，有的还反复写过多次，这次是按照编辑的要求对书稿进行集中改写和整理，并且按照风俗、风味、风情三个部分进行了编排。

我出生于农村，在农村长大，又在农村工作了十几年，后来虽然人进了城工作，但家还在农村，那儿有我的兄弟姐妹和父老乡亲，所以，我对乡村总有着一种特殊的情结：小时候，喜欢听老人们讲嫦娥奔月、隋唐英雄等神话传说和历史演义，随大人们一道去戏台下看《女驸马》《铡美案》等传统戏曲，跟着大孩子们一道疯跑，一路追着花鼓灯、龙灯、马灯、采茶灯看；或者和孩子们一起玩跳房子、斗鸡、老鹰抓小鸡的游戏，或者去结婚的大哥哥、大姐姐家吃喜酒、要喜糖、闹洞房，然后，再学着他们的样子做“结婚、过家家”之类的游戏……工作之后，我曾专门找过许多村里的老年人了解流传在民间的故事、习俗，记满了好几个笔记本，常常翻阅，有的整理出来，还被收入《芜湖县地名传奇》《中国民间故事集成芜湖资料本》等文集之中，有的则被写入我的小说散文之中。我曾做过一个尝试：把本地特殊的风俗写成小说和散文，譬如《活丧》《漂尸》《驱鬼》《造斗门》《闹洞房》《斗茶》等几十篇，这些小说散文分别在《上海采风月刊》《新民晚报》《安徽日报》《芜湖文艺》等报纸杂志发表，给了我很大鼓励。收入本书时，我将这些风俗一律改写成散文随笔，作为本书的第一部分“风俗”。

第二部分是“风味”的。风味，原指风格、特征与趣味、味道、事物的特色，这里则侧重于写“美味”了。当然，这里的美味并不是山珍海味，而是我们生活中常见的食物，譬如馒头、包子、油条、面条等面食，糍粑、稀饭、炒米等米食，龙虾、河蚌、黄鳝等水产品，还有咸菜、香菜、萝卜干等小菜，腊肉、香肠、咸鱼等腊味，写他们的制作过程、食用感受，都与作者、读者的生活紧密联系在一起写，其中的许多篇章陆续在报刊上发表时，常能引起读者的普遍共鸣，唤起人们许多美好的回忆。

第三部分是“风情”。一些童年的游戏，诸如放风筝、滚铁环、跳绳子、斗鸡、玩泥巴、学打仗等，将我们带进童年的时光中；再就是对箍桶匠、老裁缝、剃头佬、磨刀人等传统的老手艺人的采访，对铁画、马头墙、竹竿舞等地域文化的描述等，无不彰显出浓郁的地域文化色彩和岁月悠悠的深深印痕。

当然，如果仅仅是写我们芜湖一地的话，地域就狭窄了，内容也显得有些单薄。所以，我将视野拓展到更大的范围——江南。好在我对江南并不陌生，足迹也到过苏浙沪闽的一些地方，而且我每到一地，总是喜欢打听那儿的风土人情，还拍摄了许多照片。譬如在浙江民们被迫搬上了高楼，也困在了高楼，只能眼巴巴地望着窗外大片的农田日渐萎缩，常用的犁、耙、水耖、锹、锄等农具在小区里已无处藏身，有的干脆被弃在田间地头，任风吹日晒雨淋……

虽然我知道城市化是历史发展的必然，城市化的过程也必然是个痛苦的过程，要淘汰一批陈旧的东西，涌现一些新的东西，但像这样整村整村地消失总有些可惜，毕竟那儿有我们生活的印记，有我们祖先留下的许多传奇。记得几年前，我就有过老屋被拆经历。那天，母亲突然打电话给我，说家里的老房子要拆了，搞什么土地项目，让我想想办法，看能不能不拆？说着说着几乎要哭起来。我便安慰她先不要着急，等我问清了情况再说。原来，村里争取了一个土地复垦项目，项目区囊括了我老家所在的村庄。村干部说，之所以选择这块土地作为土地复垦项目区，主要是村里觉得这片土地上只有几个小村庄，住户也不多，拆迁安置任务不重，所需成本不高。其中有的人家已经在城市买房置业，好多年已没回村了；有的也在镇新农村小区给子女购了新房，只有一些老人还住在村里，譬如我的父母等。村干部最后说，这是村里主动争取来的项目，搞好了对大家有利。当然，如果有农户坚决不同意拆迁，也可以继续住在那儿，村里不会也不能采取任何强拆措施。弄清了这个情况，我心里便有了底，告诉母亲房子可以不拆，她也可以继续安心地住在那儿，也是政策允许的。母亲这才稍稍有些心安。也难怪，母亲从一嫁过来就住在这儿，已经40多年了，门前稻田，门后池塘，生产、生活都很方便。重要的是，老家的房子3次重造，从土墙草屋到土坯墙瓦屋、再到砖瓦房，一直都在这块宅基地上，其中凝聚了父母大半辈子的心血。况且砖瓦房建成的时间并不太长，3大间，还有一个大厨房，前有操场，后有大院，院内果树已经成林，春来鸟语花香，秋到硕果累累。沿院墙做了一排小房子，有厕所、柴屋、猪圈、农具杂物间等，分门别类，功能齐全，住家安静、舒畅。每逢节假日，我都要抽空带老婆孩子回老家住几天。

现在，突然说要拆了，母亲舍不得，我也舍不得。更何况，让母亲搬进小区的“鸽子笼”似的房子住，种田远了不说，生活也不习惯，还有那么多鸡、鸭、农具怎么办？因此，对于老屋，我没有劝母亲说过半个“拆”字。但没过多久，母亲还是主动将老房子拆了，将偌大的宅基地让了出来，转而在沟对面的大村庄里另买了一块小宅基地，做了两间小屋，虽然前面也有块小场地，后面也有个厨房和小院子，但比老屋小了许多倍，牲口、柴草、农具等早把小院挤得满满当当。看着母亲在小屋子里磨不开身的情形，我就有些疑惑：“你可以不拆啊，起码可以到最后一个拆的。”母亲叹了口气说：“我想通了，一个项目区如果只剩我一家的房子还在那儿立着，形象不好，也影响项目区的验收。再说，你在政府部门工作，我们也不能拖你的后腿啊。”我听了心里猛一震，没想到目不识丁的母亲心胸那么宽阔，那么能顾全大局！关键是母亲这一带头拆迁，还在观望的其他人家也都陆续拆了，项目顺利地实施。村干部非常高兴，打电话向我表示感谢。我说，你们更应该感谢我的母亲。与母亲相比，我还显得有些自私和世故。第二年清明节，我回乡上坟时，老宅基地所在的那片土地已经复垦平整，金黄的油菜花开得正旺。我站在老屋宅基的地边，试图找回当年老屋的影子，却什么也没有了，只有老屋基处残存的一棵梨树隐约唤起我舌尖上淡淡的甘甜……去年，老屋后面的排灌站扩建，将我家的老宅地全部占去，母亲常感叹说：现在连老屋基的影子也找不到了，甚至连一块当年的土坯、瓦片也难找了……

老屋、老家连同我童年生活的村庄一道消失了，许多像我老家一样的更大更古老的村庄就也在不知不觉中消失得无影无踪。许多年后，当我们重回故地，还能唤起多少当初美好的回忆？为了弥补这种缺憾，我就想：虽然这些村庄消亡了，但它的人文底蕴、历史文化不应该消亡啊。于是，在县人代会上我提出了一个补救建议：把这些消失或即将消失的村落的历史和文化底蕴挖掘出来，用文字和图片的形式保留下来，给我们的后人留下一些真实、直观、形象的记忆。我的建议得到了有关领导的高度重视，政府也拨出专款让我们作家协会来完成。虽然建议由我这个人大代表提出来的，办理又要我这个作协主席来具体落实，看起来似乎有些不妥，但我还是非常乐意地应承下来，带领一班人深入乡村走访调查，拍照、创作。

在有着600多年历史的“中国传统村落”西河老街，我们踏着街心残破的青石板寻觅老街昔日的荣华，万年台、文昌阁、吕祖庙等遗址和传说纷纷在我们的笔下鲜活起来；在东门渡官窑，我们依次深入到康王山、小山、营盘山等古窑址，寻找官窑的碎片；在陶辛水韵，我们再次聆听到香湖岛与小乔的凄婉悲壮的传说；在北陶官巷，我们共同见证当年13名在朝官员各自走过的独立巷道……我们共寻访了芜湖县30个古村落，写成30篇文章，然后对文章进行反复修改，编成了20多万字的《水乡记忆——邂逅芜湖县美丽的古村落》一书，于第二年春暖花开时节，给县人大、县政府交出了一份优秀的答卷。作为主编，我努力告诉大家：乡村的美丽在于村庄悠久的历史、丰厚的人文底蕴和原生态的环境。在书中，我们毫不隐瞒对于陶辛镇后沙村、六郎镇官巷村因地制宜改造原村庄所取得成功的赞美，说明这才是受群众欢迎的美好乡村建设之路；当然，我们也对大拆村庄建设城市小区，将农民逼上高楼的做法进行了善意的批评。书出来后得到了领导、群众的一致好评，《江淮法治》杂志还以《保护历史文化遗产》为题对此进行了报道，许多与“芜湖县”有关的人闻讯后纷纷求购此书。一位长期在外生活的老乡在读过这本书后告诉我：读这本书，我仿佛徜徉在家乡泥泞的小路上一样，想起了当年爬过的珩琅山，游过的青弋江，耳边响起湾沚街头“臭干子、花生米”那熟悉的吆喝声……这就是我们永远割不断的乡愁啊！

记住乡愁，对于长期生活在农村的我来说，就是要记住泥巴、杂草和羊肠小道上散落的牲畜粪便，记住门口塘里与伙伴们光屁股游泳的时光，记住村前老槐树下听束大爷讲楚王赶山与村民杀日本鬼子的故事；记住乡愁，就是提醒我们不要嫌弃乡村的落后和愚昧，羡慕都市的时尚和新潮，而要记住村庄的文化、历史、地理和风土人情，记住我们的根。好在中央城镇化工作会议已有了明确的指导思想，习近平总书记在云南调研时也再次强调：“农村要留得住青山绿水，记得住乡愁。”我们的美好乡村建设也不再以消灭村庄为目标，而是“注意保留村庄原始风貌，慎砍树、不填湖、少拆房”，对一些传统、古老的大村落进行因地制宜的改造。虽然山还是那些山，水还是那些水，路还是那条路，房子还是那些房子，居民还是那些居民，但山更青了，水更绿了，路更宽敞了，房子更漂亮了，更重要的是居民富裕了、素质提高了。村庄环境更加优美，文化底蕴更加丰厚。村中有城，城中有村，淳朴、自然而又不乏现代元素的城镇和乡村才是我们最美好的家园！

【原载 2015 年 4 月 16 日《大江晚报》】

我与《现代汉语》

写下“我与《现代汉语》”这个题目时，我也觉得这题目有点大啊！其实，这不是我的本意，我的本意是想说《现代汉语》这本书对我的影响，于是仍使用上面的题目。

记得那是我读初中的时候，中高考刚恢复不久，语文课本里出现了现代汉语语法，由于以前的基础没打好，词性、词组、单句、复句等老是学不好，什么主、谓、宾、定、状、补在我头脑中就是一锅粥，老师急了，干脆叫我们死记硬背：主语前面是定语，谓语前面是状语，但到宾语就纠结了：前面是定语还是补语呢？一到考试，全班语法题错误率总是比较高，我更是高得出奇。我的数学成绩很一般，中考时没有半点优势，如果语文不能尽可能多地拿分，上中专是毫无把握的，恐怕连进高中的希望也没有，心里干着急，却没办法。我一次又一次地去问老师，学校所有的语文老师我几乎都问遍了，老师讲了我当时也能懂，但句子一换我又发惑了。我去问同学，他们也说不出个所以然来，都说就这么做的，显而易见嘛！到头来我还是一头的雾水，考试也只能凭感觉猜。

有个周末，和村里一位高中毕业回乡的青年谈起此事，他说语法很简单啊，掌握了规律就懂了。我知道他的语文成绩很好，连续两年高考都是高分，但数学只能考十几分，所以只能与大学无缘了。他拿出一本厚厚的《现代汉语》书来，告诉我说，这是安徽师范大学张涤华主编的，大学教材，其中对语法有系统的论述，还举了好多实例。我翻了下觉得这书不错，借来看了几天，感觉有点开窍。但这时，他却找我索要书了，说他自己正在上文学创作刊授，也要看，我只好还给了他。我让母亲托人到县城的新华书店去买，但书店没有这本书，没办法，我就想把他手里那本书买下来。但他死活不愿意，说我这是夺人所爱。我就每天放学后去找他，连续磨了两个星期，最终感动了他，以原价转让给我。然而，我花了一个月的晚上时间，从字词开始自学，词组、句子、句群、段落……不停地练习、思考，寻找规律，感觉思路明晰，眼前豁然开朗起来。后来，连续几次测验、模拟考试，我的语法题目几乎很少失分，连语文老师也很诧异：你是不是抄其他同学的答案了？

那年中考，我因语文成绩的提高勉强达上中专录取分数线，进了师范学校，应该说是《现代汉语》助了我一臂之力。后来，虽然现代汉语语法体系很快作了调整，词组变成了短语，主语变成了定语加主语中心，谓语变成了状语加谓语中心……理论架构已面目一新，我在当语文教师时也用上全新的语法理论，但这本过时、破旧的《现代汉语》书我一直珍藏着。好几次搬家时，连女儿都要将这本旧《现代汉语》扔掉了，但每次都被我留了下来，因为是它帮我打牢了语文基础，让我通过考试改变了命运，并且影响到我此后的人生。

【原载2019年9月20日《江淮时报》】

下基层了。再就是报纸要办得有特色，新闻内容的千篇一律和形式的呆板会让纸媒失去最后的一群读者。

【原载2020年9月5日《宣城日报》】

我喜欢的报纸副刊

新安作伴

许多年来，我对《新安晚报》一直情有独钟。原因是她创刊至今，我已经在《新安晚报》上发表了小说、散文、新闻等各类短文近百篇，《党证》《农民的胸襟》等好多篇都发了副刊头条，这给了我许多鼓励，并且激励我走上了文学创作、新闻采编之路，成为一名党报采编、省作协会员。晚报创刊十周年文选《捡拾时光的零头》中还收了我的一篇人物散文，所以我至今对《新安晚报》怀有崇高的敬意！

记得《新安晚报》刚刚创刊时，我还在一所偏远的乡村学校教书，那儿交通闭塞，经济落后，学校订阅的书刊很少，还送不及时，日报变周报、半月报也是常有的事。但我无论在哪儿见到（譬如城市的书报亭、领导的办公室、朋友的家里等）都忍不住要翻阅一下，看看省内外有哪些重要新闻，读读副刊上那些贴近生活的文字，然后将自己的习作投给相应的版面编辑。也因此在晚报上频频露面，除在文学的圈子里混个脸熟之外，私下里也很得了些小钱，或买几本书，或沽几两酒，慰劳一下自己饥渴的身心，感觉日子过得滋润而惬意。

但这样惬意的日子很快就宣告结束了。学校决定不再订阅《新安晚报》，理由是学校经费有限，无法订阅这些与教学无关的报刊。我争辩说多读报刊对扩大教师特别是语文教师的阅读面、增加信息量很有好处，但听到的是一些人的讥讽：“怕是只对你个人有好处吧？”校长也善意地提醒我道："年轻人，要耐下心来好好教书，不要整天乱写乱画，浪费光阴不说，也会误了学生的前程。"言下之意是同事、学生家长对我提倡学生读课外书、重视学生作文有意见，是他一直替我担着。我这才明白是有人在校长面前进了谗言。

虽然学校不订《新安晚报》，但乡邮员告诉我乡政府订了好几份《新安晚报》，书记、乡长都喜欢看。正好乡政府与学校也只一墙之隔，秘书又和我很谈得来，我也乐得去他那儿读报刊。当然，多是在下班时间里钻进去看一番，遇到喜欢的文章也就"顺手牵羊"地剪下带回家中，贴好，装订起来，两年下来就有了好几本美文剪贴本。我还给这些剪贴本取了书名，编了目录，打上页码，文章也注明了出处，很显然，来自《新安晚报》上的文章也最多。

也许去得勤了，又有些乡干部不高兴了，在书记、乡长面前说我经常去蹭报纸看，有时还将报纸开了许多天窗，没想到反被书记批评了一顿："读书看报有什么不好？比你们那些人成天打麻将、喝酒、发牢骚要好得多!"说得那几个人脸一红，灰溜溜地闪人。事后，书记将我叫到办公室，首先表扬我爱学习是个优点，要保持下去，接着希望我利用业余时间给乡政府写点宣传报道。虽然我对新闻兴趣不大，但为了今后能名正言顺地去读报刊，我还是满口答应了下来。不久，我写的关于养蟹热、打工潮等新闻就在《安徽日报》《新安晚报》等发表，其中《加兴村三天完成公粮征收任务》的新闻赫然出现在当地的日报上，给全乡其他村的征收工作以极大的促进。书记高兴地在机关干部大会上说："我们政府订了那么多党报党刊，你们要多看啊！要像中学朱老师那样写点文章，宣传我们的工作成绩啊！"书记的话很快就传到了校长的耳朵里，下一年报刊征订时，《新安晚报》等报刊又进入了我们的校园阅览室。

后来，我成了学校校长，在完成党报党刊、教学书刊等订阅任务外，《新安晚报》就成了我的首选。再后来我调到县新闻单位工作，无论是单位还是个人的经济条件都好转了许多,《新安晚报》更是与我如影随形。

大江为伍

因为写稿、出差和旅游等，我有机会读到许多地方的晚报，但读来读去，还是最喜欢读《大江晚报》。

我喜欢《大江晚报》，因为它是我们家乡的晚报，读着亲切。家乡的大事、小事、稀奇事，好事、坏事、烦心事，公事、私事、有趣事等，都能在晚报上有及时和客观的叙述，使我真正能体会到“秀才不出门，能知天下事”的快乐。有时从外地出差、旅游回来，都要把没看到的那几天晚报找来，先浏览一遍，将自己喜欢的和对自己有用的文章抽出来，再细细阅读。当然，对它存在的缺点和不足，我等挑剔的读者还是喜欢提出些建议。好在晚报人都很大度，多半能在“凡夫沙龙”里“来稿照登”，而且还给你发点银子。

我喜欢《大江晚报》，因为晚报办得好，内容丰富，老少咸宜。从中东战火到南极科考，从印度洋海啸到达尔富尔危机，这里有倍受读者关注的国内外局势；从冰上芭蕾到海上冲浪，从世界杯足球大赛到奥运会圣火的点燃，这里有体育爱好者关注的焦点；从邻里纠纷到民生工程，从彩票中奖到拾金不昧，这里有人们茶余饭后丰厚的谈资……无论你关心的是国事、家事、天下事，还是大事、小事、烦心事，晚报都有你喜欢的新闻；无论你喜欢的是下里巴人，还是阳春白雪，晚报都有你需要的资讯。就连牛尾戏水、九桠桂树等稀奇事，也能拍出养眼的图片，一不小心就成了“有意思”的事，让市民们也跟着乐一回!

我喜欢《大江晚报》，因为它与我有着不解之缘。当《大江晚报》还是《芜湖晚报》的时候，我们就一直相伴，关系密切。特别是晚报创办初期，乡订户居住分散，送报员嫌路远辛苦，往往将晚报变成了周报、旧报，我们这些订户和读者都很不悦。后来，我干脆让妻子去送晚报，有时我也利用课余时间帮着送报。当我看到大家因能见到当天的晚报露出意外、欣喜的笑容时，便觉得十分愉悦，仿佛自己已和晚报融为了一体……

我喜欢《大江晚报》，因为晚报能给我们提供许多帮助。有位小学生，父母双亡，和年迈残疾的爷爷奶奶艰难度日。冬天来了，他告诉我他最大的愿望是“好想有件旧棉衣”。文章见报的当天，就有一位市民冒雪找来，很快，晚报又在头版头条登出了我写的《“芜湖阿姨”送来了新棉衣》。有位学生是全县高考状元，被录取在某重点大学，却因为家贫面临失学。我在晚报上替他呼吁了一下，应者云集，许多人将钱送到了他家。从此，他“背着麻袋上大学”的故事借助于晚报而家喻户晓，成为许多人学习的榜样。而我也是晚报众多受益者之一，比如我的许多小说、故事、散文等也多半先在晚报上首发。晚报老师的鼓励和鞭策，激起了我持续不断的创作热情，出版了好几本文集。更让我感动的是，前几日去报社做县报，顺便给几位朋友送了本我的新书，没想到第二天晚报上就有了篇《县报老朱的幸福生活》，让我也在晚报上露了个小脸，真不好意思！

“有困难，找晚报。”记不清是不是晚报的承诺？但如今已成为我们许多读者自觉的行动了。

晨报早读

在相当长的几年时间里的每个早晨，我都要提前十几分钟上班，为的是打开电脑，上网浏览一下当天的《江淮晨报》（而其他许多报纸的网络版都要到下午乃至第二天才能看到）——看当天有哪些好新闻及副刊上发表了哪些作者的好文章。遇有熟悉朋友的文章被选发了，我便在QQ或电话里告诉他一声；若是我自己的文章见了报，便赶紧用打印机打一份缩微版保存，抽空再去单位办公室找样报。

选择《江淮晨报》作为我每天晨读的开始已经有好几年了。我想，首先是因为我喜欢这张报纸吧！记得《江淮晨报》刚创办时，我还在偏僻的乡村中学教书。一次乘车回家，看到车子空座位上不知是谁遗留下一份窄窄的大报纸，我习惯地拿起来一看，是《江淮晨报》，副刊版面大，文章也有特色，便将报纸揣进口袋带回了家。细细读过之后，便喜欢上她浓郁的生活味和浅浅的哲思，于是便将自己的习作也投寄给了副刊编辑，期待着有一天能在《江淮晨报》上看到自己的大名。然而，大约过了一年，陆陆续续投去十几篇稿件，竟然都是泥牛入海，心也渐渐冷落下来，对上《江淮晨报》不抱多大的希望。大约到了2001年，有一天，突然收到了一个窄长的牛皮纸长信封，是《江淮晨报》寄来的，打开一看，见自己的散文《距离随想》在1月19日的副刊上醒目地刊登出来，心里好一阵激动。立即按报纸上的电话号码给副刊编辑打电话表示感谢。编辑老师很诧异地说："感谢什么？这篇文章写得不错嘛！比你以前投来的许多稿件都好。"放下电话，我颇有感慨，再看我以前的稿件，虽然也陆续投给了许多家报刊，但大多都没有发表，只有这篇《距离随想》先后投了6家报纸，居然都被采用了。看来，他们确实是只认稿件质量啊。

2002年秋，我辞了校长之职，改行到县报当了名编辑，当时许多人都不理解，我便写了篇《我动了自己的奶酪》分别投给了《江淮晨报》和省城的另一家报纸，没想到他们居然同时都发了。在收到那个熟悉的细长窄信封时，编辑老师在样报上留言婉转地批评我道："我不反对一稿多投，但你不能同时投给一个城市的两家报纸啊！"我打电话诚恳地向他们道歉时，他们大度地说："没关系，下次注意就是了。"

因为离开了自己熟悉的农村环境，开始进入全新的城市生活，视

信任与崇敬

许多年来，我一直固执地以为：《安徽文学》就是我们安徽人自己的文学，对我们安徽作者应该格外厚爱。所以，每次看到《安徽文学》杂志，或者见到杂志社的编辑，都感到很亲切；作品写好后，再修改几次，一般也会首先投给《安徽文学》。然后，就默默地期盼着有一天邮递员能给我带来好的消息。

20世纪80年代，文学创作和改革开放一样风起云涌，正读中师的我，学习再没有初中时挣饭碗的劲头了，便将兴趣爱好转移到文学创作上来。到校图书室和市图书馆读名著阅期刊，有了创作冲动并立即敷衍成文，贴上3分钱邮票就往外投稿，只要觉得喜欢的刊物，也不管自己水平与大刊名刊的距离，都会毫无畏惧地投出去，当然投得最多的还是我们安徽的《清明》《安徽文学》。这样盲目投稿的结果当然可想而知，好在当时的《安徽文学》和全国各地的许多文学报刊一样，大部分稿件都是退稿：一封铅印退稿信和原稿。偶尔，也有编辑会在铅印退稿信上面写几行字的意见。时间久了，就有了经验：如果杂志社的信封很薄，多半会有作品被留用；如果信封很厚，不用拆就知道是退稿。好在当时我创作热情很高，虽然屡投屡退，但还是屡退屡投。即使杂志社不退稿，过几天我还会重新誊写一遍，再投另外一家报刊。由于当时全靠手写，右手食指与中指之间都留下了厚厚的老茧，当然，有时也能打动某位编辑发我的些许文字。

那时候，文学是件非常时尚的事，能写文章的人都会被别人高看一眼。当地的芜湖市文联也搞起了笔会和文学创作辅导，我也有机会陆续听了一些本土作家的讲座，他们在列举自己成功的作品时，好多都发表在当时的《安徽文艺》（后改为《安徽文学》）上，譬如工人作家王兴国《大杂院轶事》、农民作家王有任《卖散工》，还有孙台、郎澜、焦群、凤群等许多芜湖作家作品，我至今依然记得。特别是王有任当时是个农民，他的《卖散工》写在作业本纸上，却被《安徽文艺》编辑慧眼识珠发掘出来，邀请他去合肥改稿，发表在当时的《安徽文艺》上，王有任也因此一举成名，与鲁彦周、陈登科等成了好朋友。他的许多短篇小说如《九爷出世》《拈阄》都陆续发表在《安徽文学》上，其中短篇小说《网网网》还上了《上海文学》。我毕业回县里工作之后，经常去拜访王有任老师，请他指导，他也非常热情，成为我尊重的文学前辈之一。他告诫我说：真正写得好的文章，编辑还是喜欢的。后来，我们县文联出版了一份文学期刊《荆山文艺》，他还选用了我短篇小说《活丧》。而工人作家王兴国先生则将发表了他作品的《安徽文学》样刊拿给我，让我熟悉刊物风格，鼓励我有针对性地投稿。虽然我暂时没有能上《安徽文学》，但在地市级文学期刊上还是发了许多篇。

工作之后，教学任务繁重，我创作的小小说、千字文较多。当时的报纸杂志非常兴旺，都很需要这些文字，学生们爱读，打工仔也特别喜欢。1990年起，我的小小说散文作品纷纷登上《中国校园文学》《百花园》《短篇小说》《小说界》《西湖》《芒种》等文学杂志和《中国青年报》《中国教育报》《文汇报》《新民晚报》《安徽日报》等报纸副刊等，有好几篇小小说还被《小小说选刊》《微型小说选刊》转载，这让我很是兴奋。1995年11月，我加入了安徽省作家协会，但那时我依然没有在《安徽文学》发表一篇文章。老实说，当时心里确实有些遗憾，对《安徽文学》编辑也有些埋怨，怪他们对本地作者“照顾不够”。现在想来还是觉得自己当时的水平不够，或者说所写的作品不适合杂志的风格和要求。

书香绵绵

小时候，我特别喜欢看书，但那时家里穷，连一本小人书也买不起；学校除了几本课本外，再没有任何课外书籍可看。更多的时间是开“批林批孔”会议，或者参加义务劳动。因此，我们的作文、周记等除了抄报纸以外，就只剩下几句空洞的口号了。小学毕业那年，来了位刚平反的“右派”崔之建老师教语文，虽然我们开始时很看不起他，有的同学还和他顶撞，但几个星期后，大家都不得不佩服起他来。他讲课精彩，知识渊博，许多东西是我们感兴趣却从未听说过的。

体育课时如果是下雨，或者自习课时，他就给我们讲故事，《铁道游击队》《青春之歌》《第二次握手》等就是我们最早听说的故事。让我们对他产生崇拜之情的是他教完方志敏的《清贫》一文后，和我们一道当堂写了篇读后感《清贫赞》，不久就在《安徽日报》副刊上发表了。这件事对我们影响很大，也点燃了我们的读书热情和写作激情。

有事没事，我们都会找几本书看看；有时间没时间，都要写点日记、周记类的短文。奇怪的是，打那以后，觉得社会上可看的书渐渐多起来，除小人书外，名著、期刊也多起来。初一时，我读过一本无头无尾的书，写许多英雄好汉相聚一处打家劫舍、杀富济贫的事，觉得很过瘾，后来才知道那就是我国古代四大名著之一的《水浒传》。

读初中时，班上有位女同学喜欢看长篇小说，她家境好，父母给她买了许多书，她连上课都偷着看。一到放假，我就找她借，到上中师前，像《三国演义》《红楼梦》等古典名著，像《安娜·卡列丽娜》《复活》等外国名著，像《被爱情遗忘的角落》《人生》《高山下的花环》等当代名著，我都曾匆匆地浏览过。上师范后，学习的压力小了，我就开始看课外书。那时，学校的藏书也对外开放了，许多所谓的“禁书”也都摆上了书架，对外出售或借阅。星期天，我则步行20多里到市图书馆看新的报纸期刊。

因为上中专后又上了两年大学，有机会在芜湖市生活了6年，所以接触报刊书籍的机会也多起来。大概从1979年起，每年在全国获奖的中、短篇小说我都是必读的，《小小说选刊》《微型小说选刊》等也是每期都买。我喜欢王蒙、刘心武、张承志等人的作品，张贤亮的《绿化树》《男人一半是女人》、莫言的《红高粱》系列等我也读了好几遍，像马原、苏童、余华、格非等先锋作家的作品也有涉猎，像王朔的《千万别把我当人》之类我也并不排斥……广泛的阅读让我大开眼界：小说还可以这么写啊！

书刊看多了，就有了舞文弄墨的冲动。因为文学很神圣啊！在20世纪90年代前后，如能在报刊上发表几篇文章，或是能获个省市级的文学奖、出本个人专集之类，就是农民、待业青年也可能被转为国家干部（或事业单位人员）而倍受尊敬，提拔也比别人容易。我所认识的人当中就有好多是这样的人。我始终认为自己能离开农村进城工作，也与写作密不可分，算是沾了点文学的“光”吧！这几年，文学不像以前那样神圣了，文化部门也被看作“弱势部门”，其社会地位大有江河日下之势。莫言获得了诺贝尔文学奖时，一度引发了华人世界读书创作的文学热潮，文学期刊、出版社也都希望能借此再掀起文学的新高潮，但现实并不像我们期待和想象的那样美好，文学界似乎很快又归于平静，文学回到360行，成为1/360。我却觉得也是很自然的事，360行，行行出状元嘛！

文化市场繁荣了，书刊也是浩如烟海，当然也免不了良莠不齐，子们最高兴的日子。大人们为了能高高兴兴地看戏，往往给点零花钱打发走我们，而我们本来就对看戏没兴趣，也乐得在那热闹的地方疯玩，累了可以买我们喜欢吃的甘蔗、糖果等零食。虽然现在看戏的机会少了，但偶尔在农村庙会搭台唱戏，或是送文化下乡演出时，来看的男男女女，尤其是老头、老太等还是热情高涨的。最近几年，保护传统文化的呼声很高，送戏下乡、戏剧进校园等活动被列入教育部门的重要议事日程，看着孩子们的那表演、那唱腔总让人非常怜爱。有次去县黄梅戏剧团采访，看到台下密密麻麻的观众站在露天下看戏，两三个小时不动，那场面真的让人感到震撼。

看电影则是我们孩子们最高兴的事了，像《地道战》《地雷战》《平原枪声》《奇袭白虎团》之类的黑白战争片，我们往往连着看了好几场，每场都要跑十几里、几十里的夜路，看完了就模仿电影里的样子玩打仗的游戏。有次学校外面放电影《大闹天宫》，是彩色的，我们硬是在那儿等着，晚饭没吃，直等看完了电影才回家。那年春节，彩色电影《红楼梦》在县城首映，刚刚分田到户吃饱肚子的农民们纷纷结队前往县城看电影。由于来去人多，公共汽车又少，许多人都挤不上车，大家并不泄气，少数几个有自行车的人就骑车去，没车的人就三五成群地结伴步行。到城里一看，电影院门前更是人山人海，白天的电影票是一张也买不到了，大家就拼命地在售票处窗口外挤，买深夜放映的电影票，然后就在大街上闲逛，看热闹。我们几个跟着大人跑来的小伙伴则在当晚最后一场开映后30分钟，被好心的电影院阿姨悄悄地放了进去，靠在后面的墙壁上看。看完电影后已是凌晨时分，无处住宿，也无钱住招待所，我们又甩开大腿向30公里外的家步行。由于没有手电筒，也没有路灯，我们只能借着微弱的星光摸索着前进，回到家时，天已大亮。这种状况很快便得到了改善，原因是城里的电影院多了，农村人群密集区也盖起了简陋的电影院，上午放港台录像，下午唱古装戏，晚上则放电影，内容丰富，形式多样，基本上能满足人民群众的文化需要。因为农村影院、剧团等条件差些，所以每次进城办事，我们总是要挤点时间，找个条件好的电影院，认认真真地看一场电影过过瘾。

电视的出现是一场革命，也是一次大的飞跃。现在早已超过户均一台的水平了。电影、电视连续剧、戏剧、歌舞等节目每天都有，种类多，品种全，任何人都能找到自己喜欢看的节目。人们再也不需要外出看电影、电视、戏剧了，只是偶尔远近闻名的剧团和演员来了，或外国大片来了，人们才会涌进城市影院先睹为快，但早已没有当年一票难求的盛况了！乡村舞台、剧院纷纷被改作他用，有的连半点痕迹也没有了；有线广播、收音机等也逐渐淡出了人们的视野；群众舞厅、桑拿浴室等也蔓延到了乡镇。进入新世纪后，电脑发了疯似的普及起来，中小学有专门的微机教室和授课老师，家家户户拥有电脑的比例也达到了30%以上（这一比例在城镇则要达到70%以上）；网吧、茶楼、咖啡店等也在你想象不到地方悄然现身，MP3、MP4、各种磁带和光碟等让你随时随地都能享受到最新的流行音乐和影视，网络电影电视更让你可以自由选择自己喜爱的影视；电视、网络的现场直播让我们在第一时间看到了北京奥运会的精彩竞技和五星红旗的高高飘扬，看到了神舟载人飞船一次又一次在宇宙的英姿，共同见证了中国人迈向太空的第一步；手机迅速在中国普及起来，普及之快之广让人很难想象，而3G、4G等智能手机的粉墨登场更让电视、电脑都羞涩地退到了幕后，手机可以看新闻、看电影、查资料，可以视频语音交流，可以购物付款、定位导航……当然，如果我们高兴，还可以用手机给自己来段视频，并且马上可以直播出去。美丽的农民小区和乡村别墅，通达的道路和便捷的交通，让城市和农村几乎联成一体。将来，有没有湛蓝的天空和清新的空气才是城市和乡村最显著的区别。

据有关部门粗略统计，仅2017年，全国生产电影故事片798部、动画电影32部、科教电影68部、纪录电影44部、特种电影28部，总计970部（1979年仅65部），电影总票房为559.11亿元，其中国产电影票房301.04亿元，占票房总额的53.84%。电视剧近十年平均每年都在500多部，最多达16540集（1979年仅19部）以上，增长速度惊人。再加上电视新闻、专题报道、文体节目等，用“浩如烟海”来形容我以为并不为过。你看，全国几乎每一个县都有一个电视台，至少有一个频道，每个地市级、省部（含直辖市、自治区）级每个台平均不会少于5个频道吧？再加上央视和各专业电视台等，每天大陆就有有线、无线和卫星电视频道3千多个播出，观众更是数以亿计。还有各类的演唱会、赛歌会、音乐会等，加上《激情广场》《星光大道》《中国诗词大会》《加油向未来》等群众自娱自乐的文艺舞台，可谓数不胜数，演出表演精彩纷呈，每天都会给我们送上一道道精美的文化大餐。《射雕英雄传》《士兵突击》《亮剑》《金婚》《甄嬛传》《花千骨》《战狼》《红海行动》等许多作品至今被人们津津乐道；李谷一、刘欢、张艺谋、吴京及众多的超男超女们也借助电视的宣传或一举成名、家喻户晓，或永葆青春、长盛不衰。根雕、剪纸、蛋彩画等传统艺术再度兴起，民歌、龙灯、庙会等传统民俗在中断了几十年后被重新拯救。虽然电脑可以绘画、写出的字更加规范漂亮，但依然挡不住人们对中国书法、绘画的热情，爱好者众多；葫芦丝、二胡、琵琶、古筝、埙等传统乐器与电子琴、钢琴、吉他、架子鼓等西洋乐器同台竞技，把个神州大地闹得格外欢乐祥和……

艺术让我们的生活流光溢彩，让我们的人生绚烂多姿！

【原载2018年9月12日《芜湖县周刊》】

信息通讯方便快捷

这些年，信息通讯的发展是我感受最深的。从邮递员送信到电话、短信、电子邮件、电视现场直播、视频语音通话等，一个比一个方便，一个比一个快捷。

记得小时候，我们获得信息多半依赖于有线广播，就是在改革开放的初期，谁要是拥有一台半导体收音机，那也是很令人羡慕的事。可以掌握最准确的“北京时间”，校对我们钟表的走时是否准确；可以获得国内外的最新消息，比如越军恩将仇报，时常骚扰我边境人民，我人民解放军奋起还击等；可以听港台的流行歌曲，如邓丽君的《美酒加咖啡》、费翔的《冬天里的一把火》等；还能欣赏到优美的配乐诗歌、散文朗诵，《四月的纪念》《风流歌》等我就是根据录音记录下文字的，并在全校传抄；夜深人静时，戴上耳机，独自欣赏着精彩的广播书场和广播剧……记得在师范读书时，四叔家买了一台带录音的收音机，原来的一部小半导体收音机听得少了，我便硬着头皮找四叔要了来。为了节省电池，我将手电筒用过的大号电池成倍地连接起来，用木盒装了，用电线外接进去，用尽最后一丝电力……2000年，我参加《故事会》的创作培训班时，发了台带天线、能收各种波段的收音机，我才忽然想起那台半导体收音机，却怎么找也不见了踪影，大概是搬家时失落了。

村里有几户人家买了黑白电视机，在村内外成了新闻。假期回家，我便和弟妹们一道过去看。夏天屋里热，主人就将电视机放在大门口，全村男女老少几十个人坐在操场上边纳凉边看电视，或屏声静气，或开怀大笑，另有一番趣味。特别是看每年的春节联欢晚会，要演到凌晨，而农村风俗是家家户户在除夕夜24点前要关财门，在外面的人必须回家，在别人家的人也不准开大门了，因此每年看完晚会都要挨父母的几句数落，每次离开邻居家时都要从后门回家。这种状况直到我结婚时才结束。我买了台黑白电视机，每年早早地吃过年夜饭，便拖儿带女，叫上几个妹妹一道到我学校的家中看晚会。学校的同事们都陆续换上了大彩电，母亲来了也觉得面子上过不去，便力劝我也买一台彩电，将黑白电视给他们带回老家看。女儿大了，也吵着要买彩电，我就挤出点工资来买了台彩电。女儿高兴了，母亲也高兴了，都不用再到别人家去看电视了。2002年，我搬家到县城前，先帮助母亲盖好了三间明亮的瓦房，将一房半新的家具丢给了他们，还给他们买了一台新彩电和VCD机，树起了高高的天线，买了许多戏剧光碟，母亲也和村里许多人一样能看新闻、听戏剧了。2014年，我为了改善居住条件，换了新居之后，拥有了自己的书房，客厅和卧室的墙上都挂上了平板电视机，电脑手机也换了好几代。母亲的旧房也换成了新居，有线电视也接到了家里，冰箱、洗衣机、热水器等一应俱全，我还给他们配了手机，沟通交流更方便快捷。田地给大户承包了，白天种点菜地，早晚散步、跳广场舞、打太极拳等成为他们悠闲生活的常态。QQ聊天、家人微信群动态成为我们沟通交流的主要方式。虽然我们身处城乡各地，有的还在外地打工，但群能让我们亲切交流，宛如生活在同一个空间。

再就是报刊。与城里相比，乡下的报刊永远是滞后的，这一点我感受尤其深。日报变周报、周报变月报那是常有的事，等我们看报上的新闻时在城里早成了旧闻。我订阅过报刊，也送过报纸；经常往外寄信，也每天盼着来信。对于投递的迟缓之苦我深有体会。农村地广人稀，道路远且很坎坷，遇到雨雪天就更难走了。邮递员为了投一份报纸往往要走十几里路，所以大家也能理解，多半只要不缺斤少两也就算了。我那时放弃写新闻而专搞文学创作主要也是这个原因。写新闻要外出采访，写成后要征求当事人意见，还要送领导审阅，盖上公章，才能装进信封贴上邮票往外寄，一篇三五百字的小稿要来回折腾好几次，跑几十里路，等“三天打鱼两天晒网”的邮递员来带走，往往到编辑手里早已不新鲜了。如果亲自送到报社当然会快些，路远花钱不说，平时上课也根本没那个时间，即使登出来，与花费相比也可能是入不敷出，最终还是慢慢放弃了，一心搞文学创作。毕竟文学创作是个体化劳动，文学作品的时效性弱些，样报样刊、稿费等来迟几天也无大碍，可以等星期天或出差的机会一次性办理。因为进城的机会不多，所以每次进城都要到书店看看，在报刊亭翻翻，买些书籍杂志回去阅读，再弄点信封、邮票储存着，顺便将自己创作的小说散文按上面的地址投给相应的报刊。陆续也发表了一些，出版了小说散文集《太阳雨》《水乡流韵》。2001年，我正式“换笔”——用电脑写作了，偶尔也浏览一下网上新闻。2002年，我调到县里的新闻单位工作，开始编新闻和副刊，采访成了我的本职工作，有的是时间，投稿也有了传真机，即使仍然邮寄也因在县城而方便快捷了许多。给有条件的编辑则用电子邮件投稿，又快又方便，邮票和信封从此渐渐淡出了我的生活。有一次，《安徽日报》编辑约我写一篇新闻，我加班到夜里9时才完成，鼠标一点就发了过去。第二天，在网络上一查《安徽日报》电子版，文章已赫然地刊登在头版，让我自己也好生惊奇和感叹。都说“科学技术是生产力”，对此我一直感受不深，通过电脑和网络的应用，我深切地感受到了。进城后6年，我写了两本报告文学约30万字，小说散文集3本约60万字，还有大量的消息通讯等新闻作品。这些文字是过去手写无论如何也无法完成的。特别是文章的修改和誊写，恐怕是每一个当初搞写作的人最头疼的事，往往要花去大量的时间。如果一投不中，杂志社又不退稿，还得重新抄一遍，以至于我一度把“字写得好、能帮我誊写稿件”作为择偶的重要标准之一。现在，电脑消除了我们的烦恼，修修补补，剪剪贴贴，再重新编辑一下，打印出来干干净净，工工整整，编辑看了也清爽。若是用电子邮件发过去，对方采用时直接下载，也省了重新打字校对的重复劳动，出错的可能性也大大降低，以至于现在许多时尚畅销的报纸杂志打出了只接受电子邮件投稿的启事。党政机关、系统内部也纷纷推出电子政务，不再搞纸质文件的旅行，一切都在网上完成，大大提高了工作效率。电脑和网络使资源的节约和共享成为现实。

通信的发展与时俱进着，尤其改革开放后发展更为迅速。从古代的专人送信、鸿雁传书，到今天的电报电话、移动通信、量子通信，经历了漫长的岁月。曾经信号不稳、通信不畅，在一些乡镇的党政机关、部队连排是常见的现象，寻常百姓传递信息基本上全靠邮政局来完成。一般外省城市间通信没有4天是收不到的，要是住在偏僻的乡村，一封信投递了个把月也是常有的事。关于投递大学、中专录取通知书等不及时而引起的矛盾纠纷时常见诸报端，有的人一生都因此而被耽误了，到现在还有人在打官司。但现在好了，电话很快通到了乡村的每一个角落，BP机也在人们的裤腰带上风流过几天，很快就被功能强大、性能优越的手机替代了。据报道，中国人均手机占有量是全世界最高的，几乎是想要的人都有了。于是，即使远在千里之外打工，对家里老人身体的健康状况，孩子的学习成绩进退，村里做了哪些实事等，掌握得一清二楚。以前需要当面交谈的，现在不用再受奔波之苦；以前需要书信联系的，一个信息就能说清楚。特别是电脑的普及、因特网的开通，使大家的联系更加方便，电子邮件、微信QQ聊天、视频对话等，让大家都有面对面谈心的感受。网络几乎覆盖了我们生活的全部内容。这儿有我们感兴趣的新闻时讯，有我们需要的背景资料，有我们传递各种信息的渠道，有供我们娱乐休闲的各种游戏，有我们发表意见的论坛等灌水乐园，有我们抒发情感、展示自己才华的创作空间……想看的报刊，想查的资料，想用的软件，想玩的游戏，展示炫耀自己的微视频等，只要一搜索就全都有了。过去那种“秀才不出门，能知天下事”的理想，不但今天已完全变成了现实，而且还催生了电子商务蓬勃兴起——网购天下啊。

网络科技改变了我们的生活，提高了我们生活的水平和质量。无论想做什么，需要什么，互联网都能给你提供必要的帮助和优质的服务。

【原载2018年9月12日《芜湖县周刊》】

那一抹绿色

我与邮政的情缘最早可追溯到20世纪80年代初期。那是一个夏秋之交的上午，我正在农田里插水稻秧，突然就听得喊我的名字，抬眼望时，就见一个身着绿色制服、推着绿色自行车的人来到我家的田头，问明我的身份后，从绿色的邮包里拿出一封信：你的中专录取通知书到了，恭喜你啊！我立刻飞奔到田埂边，双脚将泥水踹得四处飞溅。我被本地的一所中等师范学校录取了，这在当时是非常令人羡慕的喜事，现在想来还觉得有点自豪。从此，我就对这绿衣使者有着本能的好感，并与其结下了一辈子的缘分。

读师范之后，我就开始爱上了文学。学校有图书馆，我就去借了许多中外名著阅读来读，有时也到阅览室看当时的报纸杂志。看多了就有写作的冲动，写多了就有了投稿的冲动，然后就在焦急的期盼中等待着好运的降临。那时的通信条件不好，学校只有几部电话，学生几乎没有去打的机会和理由，所有的信息都依赖于邮递员带来的信件。学校门口有个传达室，我们的信件邮递员都放在那儿，再由各班固定的人员去取。当时，我投稿多，退稿也多，怕别人知道了耻笑，所以总在班级报刊员取信件之前跑到学校传达室，把自己的退稿信——很厚的信函——找出来拿走。如果是发表了作品的样刊，则故意拿在手里显摆，好引起别人的关注和敬佩。如果偶尔来了几元稿费，汇款单就在传达室的窗玻璃上贴着，我也故意不去拿，好多放几天让更多的人知道。

毕业之后，分配到一所偏僻闭塞的乡村学校教书，地址也改到了乡下。虽然学校也订阅了不少报纸杂志，也有许多老师和学生的信函，但总是来得不大及时。学校当时还没通公路，都是泥巴路，邮递员骑着自行车要跑很多点，一般两三天能来一次算不错了。遇到农忙时节，或者是连续的雨雪天气，一周送一次也是能理解的，而且多是信函和汇款单之类的轻物件，报纸杂志小包裹等要等到天晴了再集中打包送过来。我们要寄出信件，都是提前买好邮票、信封，弄好了让乡邮递员带走，或者利用休息日亲自跑一趟邮局。到20世纪90年代，乡村公路通到了学校和行政村，虽然是石子路，但下雨天自行车还是能骑的，骑着自行车的乡邮递员送报刊频率也高了些，一般工作日都能来。那时，农村在外打工的人特别多，钱都是通过邮局汇回家，给他们在学校读书的子女收转，所以邮递员每次到学校来都要停留好长一段时间。虽然学校规定：上课时间不允许外人进课堂，但邮递员特殊的身份还是让上课的老师对他另眼相待，因为听到他熟悉的铃声，看到他绿色的身影，不收下信函、汇款单之类，学生也不会安心听课的。有段时间，学校代收发的老师嫌烦，不愿搞，报刊信函堆在门卫室没人管，我就主动将任务承担了下来，虽然学校不计算我的收发工作量，也不给任何报酬，完全是我个人义务奉献，但还是很乐意，因为我自己的信函多，也想第一时间看到更多的报刊。每天上午11点左右，听到乡邮递员那一串熟悉的自行车铃声，我都会主动迎出来，接收下报刊信函，给挂号件、包裹单、汇款单等一一对应签收，再分送相关的教师和学生。

刚开始，我对乡邮递员工作有些不理解，认为他们每天骑着车送报纸信函，并不是太复杂的事，但熟悉交流之后才知道，要做好还真是不容易。农村地广路远，往往送一封信、一份报要多走十几公里。不管是阴晴雨雪，还是大风烈日天气，天天都要跑；一个订户即使只订了一份报纸也要坚持按时送到。特别是有时遇到地址姓名全写错了的信函，有些还是几十年前的地址姓名的寻亲信等，他都不厌其烦地四处打听，寻找收件人，一封信往往要费很多周折，但看到失散多年的亲朋再次联系上，他也感到无比的欣慰。有时，我临时出门不在家，都是开半边窗户，让乡邮递员把报刊信函扔进室内，我回家时再整理，需要签字的第二天帮他补签字。有时他来迟了，又逢饭点，自然也都要留他在家吃饭的。处久了，大家成了好朋友。

我在乡村中学做了16年的教师，代收学校报刊差不多有10年，与我打交道的也一直是那位姓杨的邮递员。记得有次暑假里，听说他儿子玩水淹死了，我本以为他至少要休息好几天的，没想到他第三天一早就送报纸来了，让我很是感动。他说：大家都在盼着亲人的信息啊，不能在我这里耽误了。为此，我专门写了个读者来信在报纸上表扬了他。

2000年前后，是我写作的一个旺盛期，几乎每周都有短文在全国各地的报纸杂志发表，样刊啊、稿费啊、领奖通知、笔会邀请等几乎天天有。有时将稿费单积累了一个月再给乡邮递员小杨代取回来。小杨有时候便开玩笑说：我都快成为你私人秘书了！相处多年，我们间从没有发生一起工作上的误会或投递事故。我离开乡村进城工作之后，杨师傅还留在乡村工作，我的信件在一两年内还是会寄到学校，一般他都会主动给我改了新的地址再转投来，让我感到非常温馨。我们的联系至今仍保持着。

现在，通信条件好多了，网络、微信、QQ、手机不仅能第一时间收到信息，而且在样刊和稿费没有到达之前，我们已经知道它行走的路线和到达的时间了。再就是道路条件好了，闲散的农户也不断向村民居住点集中，邮递员的“坐骑”也都更新换代了：有了电动车、摩托车、小汽车，工作效率、服务水平都有了很大的提高。我因在县里的机关工作，机关大院门口设了个传达室，报纸都是送到那里面贴好标签的抽屉里，再由各单位的专门人员取回，从此很难听到那熟悉的自行车铃声。但我喜欢阅读纸质报刊的习惯依然保留着，许多稿费单的信息依然通过邮递员传来。行走在街头巷尾，偶然瞥见那一抹熟悉的邮政绿色，我心里还是会感到格外的亲切。

【原载2020年9月21日《中国邮政快递报》】

友好文联寄深情

泰兴市，位于江苏省中部、长江下游北岸；芜湖县，位于安徽省东南部、长江中下游南岸。两地本也没有多少交集，最多也就是“我住长江头，君住长江尾。日日思君不见君，共饮长江水”（宋代李之仪《卜算子·我住长江头》）的关系罢了。但因为2015年的一个偶然机会，两个画家——芜湖县美协主席姚成林与泰兴市美协副主席叶国权，在中国人民大学孙其峰工作室结下的同学深情，牵起两地美协的交流，带动两地文联签约结成“同心追梦”友好文联。双方你来我往，共办画展，联合采风，互设文学方阵，开展座谈联欢，两地文艺家们深入交流，掀起了两地文艺活动的一次又一次高潮。我也因此去了泰兴两次，认识了许多泰兴朋友，对泰兴留下了深刻的印象。

金色泰兴

2019年金秋时节，我们去了宣堡镇采风。宣堡号称“中国银杏第一镇”。无论是古银杏数、银杏定植数、银杏产量、银杏品质等均居全国之冠。古银杏枝繁叶茂的巨大树冠和矮干形成了泰兴银杏的独特姿态，连片大树或围于村庄，或分布于沟边、路旁，浑然天成，映衬成趣，犹如华盖云集。我们走进宣堡古银杏公园，但见树木粗壮，树冠庞大，枝叶茂盛，地上树上一片金黄。漫步于林间小道，有落叶和果实在身上滑落，有落叶在脚下滋滋的碎裂声，林间石块上还有当地文人礼赞银杏的诗词句。出入路口，有三两个当地农民在卖金黄色的银杏果，剥开果壳尝一口，香脆绵糯，买一袋新鲜实惠。午餐时，主人又为我们安排了一桌丰盛的银杏宴！

银杏又称“白果”，营养丰富，药食俱佳，经常食用可防治老年痴呆、哮喘痰咳、遗精、带下、尿频等多种疾病。而且，房屋四周栽有银杏，家里都没有蚊虫，连毒蛇也不敢光顾。所以。我很羡慕住在园林之中的当地人，来此考察的专家也惊叹为“自然之奇观，休闲之胜地”。银杏不仅是当地人喜爱的美食和馈赠亲友的佳品，而且给当地人家带来不错的收入。20世纪，当地姑娘要出嫁，首先要问男方家有没有银杏树？如果男方家有两三棵大银杏树，这门亲事准成。如果一棵银杏树都没有，女方担心嫁过来受穷，婚姻多半会黄。

据《泰兴县志》记载及专家现场考证，泰兴银杏已有1000多年栽培历史。1932年，就出口白果1.5万担。20世纪80年代后，又进入日本、美国、欧洲市场。1991年，首届中国（泰兴）银杏节成功举办之后，国内外客商云集泰兴收购白果，80%以上产品销往东南亚、日本、欧美等国家和我国港澳地区。金黄的果实，金黄的落叶，给泰兴带来了金色的收获！也对泰兴经济和社会各项事业的发展起到了积极的推动作用。

红色泰兴

泰兴是个英雄辈出的地方，那片土地上的许多人和事我们并不陌生。

我印象最深的当属黄桥籍作家顾寄南的散文《黄桥烧饼》（原载1977年8月3日《人民日报》）。该文记叙了黄桥决战我军以少胜多经典战役的全过程。20世纪80年代，电影《黄桥决战》以精彩的影像重现了这一胜利经过，黄桥镇当地群众冒着敌人的炮火把烧饼送到前线阵地的场景也给观众留下了深刻的印象，那首《黄桥烧饼歌》更是唱响了全国，也将古老而普通的黄桥烧饼推向了全国。中华人民共和国成立的国宴上，黄桥烧饼赫然在列！1946年7月，粟裕的“七战七捷”也在泰兴的宣堡首战告捷。当硝烟散尽，枪炮声远去时，黄桥烧饼的香味依然在苏中大地上弥漫着。

2019年4月，我有幸在泰兴市文联领导的陪同下来到黄桥镇。穿行于有2000多年历史的黄桥古镇，游走于明清建筑的灰墙黑瓦的店铺之间，脚踏着整齐光滑的青石街道，徜徉于厚重的黄桥大地，但见庄稼茂盛，谷物飘香，民房整洁有序，沟渠水清岸绿，生活在花园般美丽的农村，村民的脸上无不洋溢着欢乐的笑容。我们还参观了黄桥战役纪念馆，再次重温这一伟大的胜利，不能不佩服陈毅的沉着冷静和运筹帷幄，不能不佩服粟裕善用奇兵的军事指挥天才。当然，在招待我们的午餐上，自然少不了大名鼎鼎的黄桥烧饼。

泰兴还有一位革命烈士杨根思，他是中国人民解放军全国战斗英雄，中国人民志愿军第一位特等功臣、特级战斗英雄和“朝鲜民主主义人民共和国英雄”。2019年11月1日上午，我们两地友好文联采风团一行50余人，排着整齐的队伍，肃立在杨根思烈士塑像前，献上花篮，鞠躬致敬，表达我们对这位英雄的敬意！我们举起右手，重温入党誓词。在两地文艺工作者献唱的歌曲《杨根思》《英雄赞歌》的旋律中，我们的眼前浮现出那战火纷飞的情景：杨根思独自一人怀抱炸药包，脚踏阵前美国士兵的钢盔和武器，怒视着冲向敌群，拉响了导火索，与敌人同归于尽。这一豪迈瞬间定格成烈士陵园里杨根思永久的塑像：保家卫国，豪气冲天；打击侵略者，威风凛凛。陵园里碧水环绕，绿树成荫，花草芬芳，陈毅元帅“杨根思烈士碑”、彭德怀元帅“中国人民的优秀儿子、国际主义的伟大战士、志愿军的模范指挥员——杨根思烈士永垂不朽！”、张爱萍“杨根思烈士纪念馆”等的手迹镶嵌其中，显得幽静而庄严，呵护着回归故土的烈士英魂。面对英雄的塑像，我们思潮汹涌，激情澎湃，我们共产党人一定会“不忘初心，牢记使命”，沿着新时代中国特色社会主义道路继续胜利前进！

文化泰兴

文化是一个民族的灵魂和血脉，是一个民族的精神记忆和心灵家园，继承老一辈文化工作者的敬业精神，弘扬、传播与传承民族文化是我们文化工作者的责任和义务。芜湖县和泰兴市同饮一江水，历史上又同样归属吴越之地，文脉根基相通相承。譬如著名画家程璋（1869—1938年），原籍安徽新安，移居江苏泰兴，后寓上海。泰兴人从故宫博物院高价求得程璋作品复制件后，2019年7月，慷慨地拿到芜湖县西河古镇展出，是继两地美术展之后又一次高水平的展示，也将两地的美术交流推向了高潮。程璋是一位全才的画家，他博采众长，广泛地研习古今各流派的绘画特点，传统绘画功底深厚，技法精湛。同时，又熟谙透视原理，精通博物学，在绘画中又能参揉西画的技法。因此，他所描绘的物像极其细腻，生动传神，色彩浓丽，构图别致，形成了独特的艺术风格，在近代画坛上独树一帜。这不仅是泰兴人的骄傲，而且也让我们皖南人感到自豪。

再说朱东润（1896—1988年），我在大学时就学习过他主编的《中国历代文学作品选》教材，三册厚厚实实的六本，让我们看了就心生敬畏，要想学通弄懂，通过考试，不狠下一番功夫是不行的。教材上没有他的简介，我也不知他是何方人物。及至与泰兴文联交流，方才知道这位当代著名传记文学家、文艺批评家、文学史家、教育家、书法家可是正宗的泰兴县人，特别是他的《朱东润自传》既是对自己八十年间人生苦旅的回顾和审视，也是对二十世纪中国的风风雨雨、世事浮沉、众生百态的描绘和思索。

陆文夫（1928—2005年）是我喜欢的当代作家之一，印象最深的是短篇小说《围墙》，写建筑设计所的围墙倒了，让大家很不习惯，甚至没有安全感，所长便召集大家开会讨论重修围墙的设计方案。现代派、守旧派争执不下，始终拿不出一个具体的方案。行政科的马而立综合大家的意见后立即找人施工，居然利用一个双休日将围墙修好了。新围墙修得牢、造得高、能防盗、好看又花钱少。星期一上班，大家突然发现围墙已经修好了，但他们总是觉得哪儿还是有点不满意。好在大家都没有建议把围墙拆了，等年底建筑行业年会在此召开时，专家们对这围墙的设计赞誉不断，还让他们作了学术性的总结……小说是对喜欢说三道四、光说不动的人一种讽刺，对默默实干的人一种褒扬。《围墙》后来获得了全国优秀短篇小说奖。还有获得第3届全国中篇小说奖的《美食家》在文坛享有盛誉。应该说，刚开始我并不喜欢这篇小说，因为主人公朱自冶是资本家的后代，又是个好吃的人——特别是小说发表时的20世纪80年代初，人们还在追求温饱的路上，我的“宗家”却是个好吃懒做的人，我都觉得脸上无光。但随着时间的推移，人民的生活日益改善，大家开始追求吃得更好、吃得更精，美食已成为大众共同的追求和吃货们微信朋友圈炫耀的方式，报刊、电视、网络上吃货横行，我才明白自己当初的简单和狭隘。再看陆文夫的《美食家》则是一种享受和愉悦，他几乎写尽了江南美食与品尝的流程，让后来许多美食之文相形见绌。陆文夫好酒，酒量还大，在家是有菜喝酒，无菜也喝酒，他自己也认为“可以列入酒仙的行列”，从《美食家》中我读懂了：喝酒要先喝红酒（低度酒），再喝白酒，反之则破坏了味蕾，品不出后面菜的美味。菜要越烧越淡，特别是最后一道汤很有讲究，要清中有鲜：清则爽口，以解餐中之油腥；鲜则缠舌，以存餐后之余味。他自己也是货真价实的美食家，一道鸡丁上桌，他只吃一块便知道这鸡是新鲜的还是冷冻的，弄得当地厨师见他来吃饭都特别紧张，唯恐烧坏了一道菜坏了自己的名声……陆文夫的作品大都描写江南市民的小巷生活，细腻生动的吴侬软语，幽默诙谐的百姓生活，使人在笑声中感到一种苦涩和深沉，令人深思。

陆文夫多年在苏州工作，所写文章也多是苏州市民生活，许多人也和我一样以为他也是苏州人了。但泰兴市作家协会主席周新天却明确地告诉我说："陆文夫是我们泰兴人呢！"我便开玩笑地说："陆文夫好酒，难道你周新天也好酒？"几次接触之后，才知道新天确与我一样爱酒，文友聚会如果没安排酒他多半是不会去的。听说新天家里有个专门的酒柜，陈列着各地收集来的名酒，他经常边品茶边欣赏着这些名酒，思考着他的小说。新天果然像陆文夫一样有出息，他的小说《心随野蜂飞》《走出桃源》等多次上过《小说选刊》《新华文摘》及各类选本，可谓成果丰硕。新天还是个很热心的人，两地文联交流之后，他给我推荐了许多当地作者的作品，我也给他推荐了芜湖县作者的一些文章，我们在双方的报刊、微信、网络上开设专栏，举办了泰兴籍作家、国家五个一工程获奖者韩青辰的文学讲座，推出了芜湖籍草根作者丁以华的《探秘红楼梦》报告，两地文艺家们还在银杏公园的草地上进行了文艺联欢，把文艺交流活动搞得热火朝天！

更可喜的是，两地文艺家的交流也带动了其他领域的工作交流，泰兴围棋协会也来到芜湖县切磋技艺，双方结下了深厚的友谊；芜湖围棋协会代表也应邀随团来到泰兴，继续围棋交流……随着两地文联交流活动的不断深入和推广，将推动两地越来越多的领域相互了解相互交流，为双方文化合作及精神文明建设构建了更大的舞台，实现"同心追梦"的共同目标！

【原载 2019 年 12 月 4 日《芜湖县周刊》】

缝缝补补十六年

副刊求名

2002年国庆长假一过，我就离开了工作16年的乡村中学，到县委宣传部当了一名普通的新闻采编，进入一个我向往已久的崭新行业。

芜湖县报社是县委宣传部的内设科室，出版的报纸是《芜湖县报》，4开4版，县内发行，乍一看和有些单位的简报差不多。但因为是县委的机关报，是县里的舆论喉舌，所以大家都很重视。我们人手不多，差不多每天都要跑会场、进机关、下乡村，回来就赶快写新闻稿，排版校对也是我们自己的事，所以非常忙碌。即使这样，每到严寒酷暑时节还会出现“稿荒”，于是我就试探着问：“能不能发点副刊啊？既增加了可读性，也弥补了稿件的不足。”领导笑笑说：“等等再说吧。”

因为我是文学爱好者，也是报纸副刊的直接受益者之一，我的许多小小说、散文都是在报纸副刊上发表的，所以对副刊总有许多偏好。事实上，文学副刊也拥有着人数众多的读者，许多作者甚至给报社打电话，要求增加副刊内容，办活泼点，熟悉的文友干脆劝我承担起编副刊的任务。于是，我不停地向领导建议，恰好当时新闻稿不多，广告也不多，终于在新年来临之际弄了个文学副刊，取名叫“荆江风”。为了让副刊能正常办下去，且扩大影响，我抱着“试试看”的心理给著名作家鲁彦周先生写了封信，希望他能给我们的报纸副刊题写刊名：荆江文艺。之所以选择鲁彦周，一是因为他是我们芜湖县一中的校友，最近刚刚来过；二是因为我曾冒昧地拜访过他，感觉他很平易近人；三就是因为电影《天云山传奇》的影响，让他在全国文艺界很有影响。不久，果然就收到了鲁彦周先生的回信和题字，我非常兴奋，立刻向部领导汇报，部领导高兴地同意了。第二期时，我就将副刊正式改名为“荆江文艺”，同时写了篇《文学大师的人生境界》，表达了我对这位关心支持文学事业的大师的感激崇敬之情。

是否有名人的效应，不得而知，鲁彦周先生题名的副刊出版后，受到各界特别是文学爱好者们的广泛关注，业余作者们以在副刊发表作品为荣，就连当时市县一些知名作家也愿意把作品“下嫁”过来。虽然县级报纸的稿费很低——当时只有千字10元，但我坚持编发后给县外的作者寄一份样报，并一直坚持到我离开报社，因此许多外地作者也一直坚持给我们投稿，有的评价还很高：“你们县报副刊办得不错，有品位，尊重作者，给你们投稿，我根本就没想到还要挣多少稿费。”

后来，报纸改版，变成对开4版的大报，改名《芜湖县周刊》，随《芜湖日报》一道在全市范围内发行，副刊的版面也随之扩大、增多，影响更广。虽然报纸名称曾经不断变化，但由于众多作者的支持和读者的喜爱，副刊一直坚持办了下来，直到我2018年10月离开报社时已出版了492期。虽然现在传媒发达，网络让大家展示的平台更丰富更便捷，但是许多人还是对报纸副刊情有独钟，“荆江文艺”已成为芜湖县报的一个品牌，早已融入了更多作者、读者的心中。

之后，虽然我不便再过问报纸事宜，但潜意识中对报纸特别是副刊还是比较关注的。副刊一直还用着鲁彦周先生题写的“荆江文艺”刊名，并且一直是本地作者展示才华的重要园地。

报纸改名

刚到报社时，每次出去采访，都会遇到许多熟悉和不熟悉的人，交谈几句，他们都会关切地问我的一些情况。譬如：

“你在哪个单位工作啊？”

“县委宣传部。”我一般都这样回答。

“你不是记者吗？”有内行的人又会追问，“宣传部怎么会有记者？”

“宣传部下面有个芜湖县报社。”我便解释道。

“你们办的叫什么报纸啊？”

“《芜湖日报·芜湖县周刊》。”

“怎么日报又是周刊、县报的？搞不懂。”

我听了只好耐心地解释说，我是芜湖县报社的编辑记者，芜湖县报社是县委宣传部下属的二级单位，编辑出版的《芜湖县周刊》随同《芜湖日报》一道在全市发行。工作上归宣传部、业务上归芜湖市报社，双重领导……

有时我也很纳闷：说个工作单位怎么变得这么复杂？其实，说我们是芜湖县报社的也很简单，但我们一般都不愿意这样说。原因是2003年国家报刊整顿时取消了部分县级报，《芜湖县报》因为没有刊号只得暂停出版，但报社作为一个事业单位还是存在的。县里的宣传工作又很需要这块园地，于是纷纷上挂《芜湖日报》，变成了《芜湖日报·芜湖县周刊》，并随同市报公开发行，表述起来烦琐多了。所以，我们通常笼统地回答说“县委宣传部搞宣传的”。

后来，县志办要编县志，让我把芜湖县报的历史理一理，我这才查阅了许多资料，对芜湖县报的由来、变迁有了大致的了解。《芜湖县报》创刊于1958年7月1日，是中共芜湖县委机关报，4开4版，每周3刊，县内公开发行，共出490期，每期发行万余份，1961年3月停刊。1993年9月，《沚津通讯》与《芜湖县广播电视报》合并，定名为《沚津周报》，试办12期停刊。1994年6月，县委同意恢复《芜湖县报》，4开4版，周报。1999年，根据国家关于报刊整顿的文件精神，经与芜湖日报社协商，《芜湖县报》改名为《芜湖日报·芜湖县版》（周报），4开4版，继续在县内出版发行；2004年，又改名为《芜湖日报·芜湖县周刊》，对开4版，在全市发行，出了246期。2009年1月8日至2010年8月18日，《芜湖日报》进行版面改革，取消独立的三县周刊，合并为《芜湖日报·县区新闻》，每周三县各一个版。由于版面减少，无法满足县里宣传工作的需要，到2010年8月25日，根据市委宣传部意见，恢复三县周刊，《芜湖日报·芜湖县周刊》恢复出版，到523期，《芜湖日报》再次实现版面改革，与南陵、无为、芜湖县周刊脱离，《芜湖县周刊》自立门户，于2016年3月9日改成内部资料，在县内免费赠阅，出版第524期。就这样，芜湖县报办办停停，停停办办，到2018年10月，芜湖县报社与芜湖县广播电视台合并组建芜湖县融媒体中心，作为独立的单位，芜湖县报社已经不存在了，我也与报社工作脱钩，但《芜湖县周刊》还一直出版着。尽管新媒体的冲击非常强烈，周刊响力逐渐减弱，但作为内部资料的周刊仍在免费赠阅。

我常常想，既然县级政府都需要这份报纸来加强宣传、推动工作，还是应该让县报名正言顺地生存下去，我们要做的就是加强对县报的监管和业务扶持，不断提高县报的质量和宣传效果。

作者成群

我进县城之前，芜湖县的文学创作基本上处于自发的无序状态，大家凭着个人的爱好、热情各自为战，出现过一些优秀的作者、优秀的作品。我进县城之后，虽然给大家争取到了一块发表文学作品的园地，但并没有改变文学创作的无序和自发状态，也没能有轰动性的文学作品问世。所以，对于大家偶尔给我的奉承，我心里非常清楚：文学创作毕竟是个人的事，谁也不能替你去创作，更不允许对自己的重复和对他人作品的复制。要真说有什么贡献的话，那就是我建立了自己的副刊作者群。

与许多地方一样，县里很少有文学作品的发表园地。印象中曾有过一份刊物《荆山文艺》，但断断续续地只出版了两期就夭折了。直到20世纪90年代后期，县文化局每年编一本文艺作品专辑，根本无法满足文学作者发表作品的欲望。所以，我在县报开辟副刊之后，以培养本地作者为主，兼发外地作者优秀之作。

我从事文学创作多年，对文学圈里的人都比较熟悉，县内谁写哪类作品擅长，谁写文章出手快等都略知一二，所以，我能根据版面的需要选择合适的作者约稿。对于老作者，譬如甄长海、吴坚豹、陈邦和、周起等，他们都是本地优秀的作者，从事创作的时间长，发表了一定数量的文学作品，很有影响，我就虚心向他们请教，请他们为副刊撰稿。这一辈人对经济不太看重，关键是要尊重他们，因此，我发稿时尽量尊重他们作品的完整性，即使修改也找一个他们能够接受的理由，譬如政策的要求、版面的制约等，争取他们的理解。在他们的作品集，譬如《王有任文集》《长海文选》、赵平的《乡柳》等出版后，我都协助他们召开了研讨会，积极推介。他们被感动了，都积极支持我的工作。对于年轻作者，我非常注重发现和鼓励，对第一次在本报发表作品的作者特意标出作者的单位，对创作势头好的作者做专门的评论、推介，譬如张梅、庄华涛、陶玉翠、章荣忠等作者就是在我的鼓励下步入文坛的。当然，我还邀请他们参加报社的许多文学活动，组织西河笔会、文学采风、“国土杯”征文、“白衣天使”征文、“廉政文学”征文、“公路杯”征文、诗歌朗诵会等，调动他们的写作积极性。对于一些进步比较快的作者，我又提出了更高的要求，慢慢减少他们稿件的发表量，要他们把园地让出来，向外投稿，扩大影响。他们开始有些不理解，但时间一长都理解了，张梅、周起、鲍仕敏等都在外地报刊发表了大量的作品，并陆续成为省作协会员。正常给我们副刊投稿的本地作者约200人，其中骨干作者有50多人。这让我在编辑副刊时游刃有余。一次在和其他几个县报副刊编辑交流时，他们说副刊经常没有稿件，不得不用外地稿件填充版面，而我则自豪地说，我们副刊的稿件绰绰有余，光本地作者的稿件就根本发不掉。2011年，在我的精心策划和不懈努力下，《安徽文学》就集中编发了本县作者的作品专辑，发了30位作者的文学作品，著名作家苗振亚对本县作者的散文作品给予较高的评价。农民作家陈邦和还创作了革命历史题材长篇小说《血色岁月》《烽火青弋江》。应该说，这些作者无一不是我们县报副刊的忠实作者、读者。这些作者，如胡爱青、葛维敏、翟光平等都出版了个人专集，庄华涛、范德洲、李光菊等在外发稿者更是比比皆是，甚至连开专栏者也不乏其人。2017年，我正式接手主编芜湖县文联《鸠兹鸟》杂志，可以发表中短篇小说和篇幅较长的散文随笔，为芜湖县作者提供了更加广阔的舞台，也再次调动了广大业余作者的创作激情。全县的文学创作进入了一个高峰时期，在外发表作品和出版专集的作者不断增多，芜湖县作家群呼之欲出。2019年，在我的推荐下，《作家天地》第7期发表了芜湖县文学方阵，发表芜湖县作者的10篇小说散文诗歌。这是芜湖县作者第二次在全国公开发行的纯文学期刊上集体公开亮相！

正是因为我注重对本地作者的关注和培养，让我拥有了强大的作者队伍，无论在编辑《鸠兹鸟》杂志还是《芜湖县周刊》副刊时都轻松了许多。《鸠兹鸟》和副刊荆江文艺已经成为全县业余作者磨砺笔力、展示成果的理想园地，影响日益扩大。著名作家许春樵、周祥鸿、谈正衡、黄复彩及本市许多名家都乐意给我们杂志和副刊供稿，全国各地写手名家的稿件更是纷至沓来。看来，我们的报刊真的已经作者成群了！

“绿”“缘”风波

编副刊16年，发作品数千，感觉作者都比较感激，我也非常得意。但一次与一校友闲聊，他突然提起我改了一位作者文章的题目，害那人夫妇俩吵了好久，还差点分了手，这让我至今想来都有些后怕。

那作者是我的非同班同学，在学校时我们都是文学爱好者，但他进步快，水平高，参加文学函授班，在学员刊物上发表了好几篇小说，还应邀参加了某风景区笔会，成为学校的红人。我非常羡慕，当然也有些嫉妒。毕业之后，大家天各一方，很少联系。我到县报社后，突然接到他投来的散文《寻绿》，说是某日应邀和朋友同游某处山水，山美水美，心情更美，文笔非常优美，我当即就编发了，还给他寄了份样报。虽然一直联系不多，但作为昔日的同学，能做到这样，我对自己也很满意了。对于其他的事我并没有多想。但今天校友突然提起此事，让我很是恍惚：我到底做错了什么？

校友说，你没有做错任何事情。你当时把他的文章题目《寻绿》改成了《寻缘》，我认为也非常贴切——他和女同学见面嘛，实际上就是“寻缘”。但你寄去的样报被他老婆看到了，一看内容，再联想到那几天他果然是出去了好几天，原来是和女同学幽会啊，立即大发雷霆，让他坦白从宽。他当然不会承认，只说文章是虚构的，本意是歌颂当地景色和朱自清笔下的梅雨潭一样的“绿”，是编辑理解错了，改成了《寻缘》，一定要写信批评编辑的。好说歹说，还写了保证书，才让老婆安定下来。但从此之后，他再也不敢写了，即使写了也不敢拿出去发表。我虽然对校友的说法半信半疑，但仔细一想，后来确实没有收到那位同学的来稿了，而且在本地的文学圈里也很少见到他的身影。难道真是我惹的祸？那同学怎么从来没有和我提起过？

当时也就一笑了之，毕竟不是我故意惹的祸啊。回家之后也就将此事忘记了。一次偶尔想起，找出当年的报纸合订本，看到底是不是像校友说的那样？一看报纸上的题目是《寻绿》，我并没有改成《寻缘》啊，只是字体用的是隶书，绿和缘看起来有点相似罢了。再想想，也许是他老婆心里本来就产生了怀疑，只不过借此寻找个发泄的理由罢了。

文学作品虽然来源于生活，但必要的虚构还是允许的，希望大家不要对号入座。有道是“心里有事心里惊，心里无事半夜敲门心不惊”，只要我们坦诚相待，不藏私心，怎么写都没有关系的。

暂别副刊

2009年初，《芜湖日报》社进行版面改革，将三县周刊合并为《芜湖日报·县区新闻》，每周四出版，每期三县各一个新闻版，所占版面顺序三县依次轮流，稿件由芜湖日报社负责编排，我们只负责提供新闻稿件，变成了《芜湖日报》的通讯员。

这次改版后，版面少了，新闻的容量少了一大半，不但许多通讯员的稿件发不了，就连我们县报记者的稿件也无法保证，更重要的是县委、县政府关注的新闻也无法保证足够的版面。县领导对报纸不满意，群众对县报也失了兴趣，有时县内的大型活动干脆不通知县报记者，我们好不容易培养起来的基层通讯员队伍也发挥不了作用，他们刚刚被激发出来的写作热情也消失殆尽。作为副刊编辑，没了副刊版面，我也几乎陷入无事可干的地步，想为培养本地文学作者做点事的愿望也无法实现，与业余作者的联系也少了许多。更糟糕的是，报社没了广告，收入锐减为零，连正常的开支都得向财政伸手不说，经常有群众来登遗失声明时，我们无法帮他们办理，只好让他们去市报社办，往返很不方便，群众颇有微词，我们只好赔着笑脸在一边解释。

报社基本处于停滞状态，人员等待分流。我虽然没有具体的工作任务，但每天也都能按时上下班，看看书、上上网、写写文章，却也乐得逍遥。就这样我陆续完成了“童年游戏”“风俗民情”等系列散文的创作，并将早年的许多文章整理出来，编成地域文化色彩浓郁的文集《鸠兹风情》。本来是打发日子弄的，没想过这本书出来会有多大影响，但后来还是有许多人说喜欢看。一次到县人武部采访，部长和政委一听完我的介绍，立刻找了本我的《鸠兹风情》，非要我签字留念不可，还说非常喜欢这本书，是在别的地方无意中看到了硬要回来的，这让我有些意外的惊喜。

为创建第二届省级文明县城，抽调我到文明办创建宣传组工作，负责出版每周一期4开4版的彩色简报——《市容整治简报》。文章我自己采写，照片我自己拍摄，稿件不够就要各单位报送，上网下载，从采编到排版校对都是我一人负责，文明办一个年轻人帮我做点组稿、校对的工作。虽然说是简报，但我严格按照报纸的要求编排：一版要闻，报道领导指导全县创建工作的活动；二版动态，反映各单位、各部门创建工作的进展情况；三版监督，对一些整改不力的单位、不文明行为等进行曝光，跟踪监督，摘发网民关于创建的意见；四版专刊，专门宣传文明单位、好市民、道德模范等先进典型。就这样，每周一期，铜版纸彩色印刷，图文并茂，一是放在公文交换站派送，一是每周全县创建工作调度例会时发放，共办了35期。省市文明办领导、县主要领导等都对简报颇有好评，一般干部、群众也都说能看得下去。为了调动大家写作投稿的积极性，我还建议领导支付了简报作者的稿费。简报在许多人的眼里就是一张正宗的“报纸”了，对于文明县城的成功创建发挥了一定的作用。但因为没有安排副刊，在我和许多喜欢副刊的读者、作者眼里多少有些美中不足。

2009年1月8日至2010年8月18日，在《芜湖县周刊》变成一个新闻版，在《简报》虽全却不发副刊的日子里，我在面对业余文学作者时心里多少有点愧疚。然而，这样的愧疚很快就结束了。2010年8月，《芜湖日报》社再次启动版面改革，恢复三县周刊的出版发行，继续发挥党报主流媒体的宣传作用。8月25日，新的一期《芜湖日报·芜湖县周刊》恢复出版，其采编、版式、操作流程等均延续原先模式，并续出第247期。副刊广告也得以恢复，我编发的副刊依然叫《荆江文艺》，并承前连续编号第134期。

都说副刊是报纸上的金子，特别是在停了20个月之后再次出版，我和读者、作者都对副刊寄予很大希望。之后，我一直继续精心编辑副刊，着重扶持本地文学作者，选发优秀作品，并及时发布副刊发稿信息，以回报领导的关心、作者的支持和读者的信任。

2017年6月，鉴于传统的纸质媒体影响力日渐下降，县里准备将报社和电视台合并，创办融媒体中心，用微信、微博等新媒体占领舆论宣传阵地，故先将报社负责人调到了别的单位，我作为报社的副总编自然成为报社的临时主持。考虑到时间不长将要合并，报社内我并没有作多大调整，一切都是外甥打灯笼——照舅（旧）。只是新闻、副刊我都要一一过目，任务重了。但我也是没有办法，因为报社的几个骨干调到别的单位去了，剩下的只有我一个人是正式编制，其他人都是聘任的，而且都在参加公务员和事业单位的入编考试，我只好独自扛着。本以为最多三两个月就要合并，没想到拖了一年多，直到2018年10月才启动合并工作。两个单位合并，人员不好安排，正好我也年龄大了，便主动提出让贤。领导考虑到我喜爱文学创作，也有一定的成绩，最后安排我到县文联工作，虽然再次与副刊告别，但能从事我喜爱的文学工作，对我也是莫大的安慰。

诗歌之痛

刚进报社时，同事拿来一叠诗歌稿件，说是一位乡村青年写的，让我看看。我读了，觉得诗歌写得很唯美，便选发了几首，也记住了这位叫“海”的文学青年。很快，元旦来临，领导说要扩版，准备发一期副刊。我就找同事辗转通知了海写一首迎接新年的诗歌。不久，有个身体瘦弱、非常腼腆的人找到我办公室，送来了他的诗歌。诗歌写得很喜庆，很有气势，我当即选发在头条上，从此我们就开始了交往。

海是个非常内向的人，每次进办公室总眯着眼，胆怯地看着所有人，说话声音也很低。每次来，都给我带来一大沓写在信纸上的诗歌。诗歌很多，就是每期发他的诗歌专版也发不了，我就建议他有选择地外投。还给了他一点单位的方格稿纸，这些稿纸我们已经很少用了，早在三年前我就用上电脑了。

从交谈中得知，海居住在一个有些衰落的乡村古镇，开着一个小百货店，卖一些油盐酱醋和学生用品，维持着生计。老婆在家开店，他进城进货，差不多一两周就要进城一次，每次都要到我的办公室来，送一些稿件，我不在时就放在桌上。这一点和我当初在学校里时几乎一模一样，妻子开个农村小店，我也是每周去市区进货，顺便到报社送稿件。也许是在他的身上看到了我自己的影子，所以对他的境遇也格外同情，他的很多诗歌我都陆陆续续地读完了，也发了一些。他说他们老街上的邻居看到了他的作品，都夸他是个才子呢，许多人也因此来他的店里买东西。但我看他的诗歌多了，便觉得内容、形式等都有些雷同，写作上也没多大的进步。给几个喜欢诗歌的作者看了，也觉得他联想不够丰富，思维不够开阔，可能是书读少了，尤其是不了解当下诗歌创作的态势。于是，我一面劝他多读点书，再买点

《诗刊》《星星》《诗歌报》等诗歌刊物，了解外面的形势。他也客气，每次都邀请我去他家玩。有一个周末，我突然心血来潮，邀了两个文友一道去了他家。

下了公交车，步行约一公里，便是海所居住的老街了。这老街很有名，地处几条河流的交汇处，20世纪30年代一直很繁华，新四军、国民党川军等曾在此与日本鬼子激战，附近的山地上隐约可见当年的战壕。海家的店就在老街的繁华位置，店里的货物不是太多，周边人家店铺也是差不多，显然老街的生意并不好做。房子依堤而建，店下是地下室，厨房、客厅、杂物间都在里面，我们在老街看看，聊聊生活、文学，感觉海的日子并不好过。为了让他从诗歌孤独的世界里走出来，我建议他出去打工，或者将店铺搬到新镇区或县城，衰落的老街已经无法满足商家和客户的需要了。同时，我有意识地少发了他的诗歌。

有一个雨天，他突然来到我的办公室说，他想出一本诗歌集，问我有没有办法？我知道他的诗歌还没有达到有出版社愿意为他包装的程度，最多是自费。问他的经济状况，他默然无语。下次见面时，他说他要出去打工了，儿子上学要用钱，小店生意越来越差，家里无田无地，他只好出门了。半年之后，他又找到了我，说出书的钱已经准备好了，就印几百本内部出版物，赠送朋友。我便帮他联系，这样他的第一部诗集顺利出炉。应该说，诗歌集的出版为他赢得了声誉，人们不再认为他是个“没用”之人。

但不知怎的，我们的联系渐渐少了，他也不再给我发诗歌作品，我打他的手机也停机了。我以为他现在可能打工忙，放弃了写作，不好意思与我联系，也就不再惦记。直到两年之后，几个文友闲聊时说起他来，我说已经好久没联系上他了。有个文友说，我好像看到他在县城租了个门面做学生生意呢。有次下班，我特意找了去，果然看他在忙碌。说起过去的事情，他说自己的妻子嫌弃自己家穷，跟别人跑了，儿子上自费高中，他在家里也住不下去了，就进城做学生生意，糊口。现在他还想再出一本诗集，把自己受损害的声誉挽回来。告诉大家，他日子过得很好。

我不知道是不是我的引领害了他，但他确实让文学误了。我就和一个老朋友说了，让他再帮帮海。待第二本诗集送给他时，我告诉他要好好工作，好好生活。文学是一辈子的事情，要分清轻重缓急。

听说，他现在的生意做得很好，日子过得也不错，偶尔看到我们举办的文学征文活动，也投来散文、诗歌，有好几次还获奖了。这让我心里多少有些安慰。我又想起我读书时语文老师和我说的一句话：先搞好学习，找份好工作，文学是一辈子的事啊！大概海听进了我的劝慰。

遭遇文贼

编了多年副刊，可以说阅文无数，阅人也无数，感觉绝大多数作者都是勤奋而优秀的，他们的文章即使文字上有些瑕疵、结构上有些松散、观点上有些偏颇，但也都是自己一个字一个字码出来的，表达了他们真实的观点，言之有物，我非常愿意花点时间，给他们修修补补，再发表出来，作者感激，读者也觉得不错。但偏偏就有那么几个人，将别人的文章改头换面，署上自己的大名，堂而皇之地发表出来，骗名骗利，着实让人心生厌恶。

作为业余作者，我也曾遇到过几位文抄公，譬如有个叫杜某某的人，就将我的文章《老婆参加了同学会》全文抄录，署上他的名字发表在《南阳晚报》上，结果被网友揭发了出来。后来曾和几位副刊编辑谈及此事，他们说，这个人就喜欢抄袭，还有广西的那几个人也这样，四川有个作者干脆把文章署上他老婆、他父母、他岳父母、他兄弟姐妹的名字，骗取稿费，这些人都已经进了我们副刊编辑的黑名单。这让我大吃一惊：原来文抄公还大有人在啊。还有一次，我将写好的文章随手就挂在了博客上，然后外投，结果南方某报的编辑给了我一封信：之前十几天，他已经收到过和我刚寄去的一模一样的文章，问我是不是抄袭？这文贼下手也够快的，抄我没发表的文章，让我无处说理去。我如实地把情况告诉了编辑，并且把我的博客地址发给了他。编辑看我博文发表的时间确实比那文贼早几天，这才相信了我。但此后，大凡没有在纸质媒体发表的作品，我再也不敢挂到网上，免得惹自己不痛快。可见文抄公们的盗窃技艺已到了无孔不入的地步。

当编辑之后，我几乎对所有接触过的作者都打过招呼：写得不好没关系，千万不能抄。但还是有人忍不住玩起了抄袭。有位新作者，投了好多篇稿件都没有被选用，认为我处稿不公，就抄了外地报刊上一篇文章给我，我一看文章很好，几乎没有一点毛病，和他平时给我的文章大相径庭，就产生了怀疑，婉转地问他有没有参考别的文章？他说“绝对没有”，是他反复思考磨砺的结果。我也不好再追问。一次，在家整理旧报刊时，居然找到了和他一模一样的文章，下次他来时我就将这本杂志放在办公桌的显眼处，我看到他的脸唰地一下就红了，借口说“那稿件我还要修改一下”，要回了他的稿件。

网络的发展给新闻、文学作品的传播带来了便利，当然也给文贼们的抄袭打开了方便之门，复制、粘贴，换上自己的名字、地址，再发出去，就坐等着收获名利了。但同样，也给我们编辑鉴定文章是否是抄袭带来了方便，复制一段文字百度一下，基本上就能确定是一稿多投还是抄袭。如果是抄袭，立刻拉入黑名单；如果是一稿多投，我就比较宽容了，只要不在同一家报刊、同一个城市就行，毕竟是自己的东西，稿费又低，与其让文贼们抄不如自己多投。

作为县级报，稿费又低，名声在外的作者是不愿投稿的，这样，就有更多的版面都留给了本地作者。我总认为本地人，大家都熟悉，真要敢抄我也有办法制约，到时候名利受损的还是他们自己。

很喜欢臧克家的诗歌《有的人》：“有的人/把名字刻入石头，想‘不朽’”，结果是“把名字刻入石头的/名字比尸首烂得更早”，既然把名字刻入石头都不能流芳百世，那留在报刊上的那些虚名浮利又有何益？对于这些身外之物，我们还是看淡点为好，因为文贼永远成不了大器。

副刊姓“副”

有人说副刊是报纸上的金子，也有人说副刊姓“副”，我都赞同。对于报纸来说，新闻毕竟是主要的，占绝对的优势地位；其次便是广告，那是报纸赖以生存的基础；再次就是专副刊了，主要是增加报纸的可读性、趣味性、知识性。在电视、网络等新兴媒体非常发达、快捷的今天，报纸如果只发新闻、广告，不增加一定量的专副刊版面，那读者就更少了。所以，不管别人怎么看副刊，我总是为副刊争取正常的版面，以维护报纸的平衡与和谐。

记得刚办副刊时，某作家向我推荐过几篇稿件，说是他们文学培训班上的学员作品，希望我能扶持一下，就像当初市报副刊、市文联杂志对我们的扶持一样，我自然应承下来，选了篇我认为很不错的文章发了。但之后，市报召开评报会议，那位作家在会上积极发言，在表扬市报副刊水平高之外，还不忘批评我们“县报副刊档次太低”。我承认我们县报副刊总体水平不如市报，但经过几年的努力之后，我们办的副刊已经得到了文学圈内外的一致好评，市及各县作者纷纷给我投稿，其中不乏名人、大家，而我们县报副刊成长起来的许多作者开始占据着市报副刊的显著位置，并且不断向外发展，影响很大。当然，那位作家当初推荐的那位作者，创作势头强劲，现在已是颇有些名气的作家了，我也觉得自己没有看错。

还是二十世纪二三十年代文学创作氛围好，那时的报纸副刊发表了大量的优秀文学作品，培养了茅盾、巴金、鲁迅、张恨水、张爱玲等一大批优秀的现当代作家，他们的许多优秀作品至今仍在被人们传颂。再往古代，更是一篇文章定终身。

2012年的岁末，莫言的获奖给社会带来一阵文学热，但这热能持续多久？我不敢奢望，我只希望大家能宽容平等地对待文学，把他当做360行中的一行。就像我们把副刊看作是报纸众多版面中的一个普通版面一样，给他们生存发展的空间。毕竟还有一大批作者、读者关注着副刊，当然也关注了我们的报纸。如果这也不在乎，那也不在乎，最后读者、作者对我们的报纸也就不在乎了。

无论是作为作者、读者还是编者，我会永远记住副刊姓“副”，不好大喜功，不贪多求全；我一直珍惜这来之不易的版面，全力打磨，不断提高副刊的质量，让副刊真正成为报纸上闪烁的“金子”。将来，不论传媒如何发展，网络、论坛等形式如何创新，甚至微信、微博、抖音、快手等完全代替报纸，但好的文学作品一定还是会受到大众的欢迎！

活动平台

刚进文学圈时，我经常给文联、报社副刊的领导提建议，希望他们多为文学爱好者提供一些发表作品的园地，也引起文学爱好者的普遍共鸣，但大都没有被采纳。因为再多的园地，相对于庞大的文学爱好者队伍来说也是杯水车薪，能发表出来的文章毕竟只是少数。随着电脑的普及和网络媒体的异军突起，发表作品已经变得非常容易了，譬如博客、微博、论坛、网刊、美篇等，谁都有了展示自己才华的平台，也确实崛起了一大批优秀的文学作者。但对于许多初学者来说，纸质媒体依然很受文学爱好者的喜爱。这一点，在我接手副刊和主持作协工作的日子里感受更深。我也总是努力为本地作者争取发表作品的机会，而且还不忘给外地作者赠送样报样刊。

副刊荆江文艺就是文艺爱好者展示自己的一个优秀活动平台。文学、摄影、书画作品几乎每期都有，小品、相声、歌曲等也能偶尔露一下小脸，我还以副刊为平台，作协为抓手，积极开展各种活动，提高副刊作者的凝聚力。

首先是采风笔会。我曾组织市县40多名作家去西河古镇采风，当地红杨镇政府给予了极大的支持，全程安排，专人作陪，文友们非常感动，回来写了十几篇关于西河的文章，我组织了一个“西河笔会文学专版”发了5篇，其余文章之后也都陆续发了，许多网站纷纷转载。我自己撰写的采风文章《收藏西河》也在《人民日报》（海外版）发表，又被北京市和扬州市中考语文模拟试卷作为阅读理解题使用。一时引起大家的关注、政府的重视，西河古镇风景区规划建设正在有条不紊地进行。我还联合芜湖市作家协会，分别策划了芜湖作家看花桥、六郎、陶辛3次大型采风活动，编印了采风作品集《古韵花桥》《慢城六郎》《水韵陶辛最江南》；组织作家深入阳光半岛、百悦小区采风，体验生活；湾沚镇、县供电公司还给我们安排过联欢会，让大家充分感受到组织的温暖。但这样的机会并不是太多，县级作协一般很少有经费，报纸的主要职责又不是培养文艺作者，当然也不愿投入，我便组织业余作者采用AA制开展活动，曾到水东古镇、池州市采风，创作了一组文章。但这样毕竟不是长久之计，要想活跃起来，我只能开展纸上笔会了。于是，根据作者的创作特点，我约了好几个专版，譬如旅游文学专版、女子文学专版、新苗文学专版等，并配发评论予以引导；开设作家新作选登专栏、安徽文学院学员优秀作品展，国庆、美丽乡村、廉政等征文作品选登，将版面弄得风生水起，让许多外地文学作者也十分羡慕。

其次是搞活动。有一些单位主动找到我们，想和我们联手开展活动，他们愿意赞助并出资冠名，提供宣传素材；作协会员、业余作者采访写作，提交文章；报纸提供发表园地（有时单位也出征文汇编本）。单位得到了宣传，文学作者深入生活练了笔，报纸丰富了版面，大家各得其所，都有收获。更重要的是通过活动，让大家接触了解，相互鼓劲，创作激情更高了。对于这种与市场接轨的做法，刚开始有些人不理解，但随着时间的推移和活动的增多，影响越来越大，许多单位纷纷找到我们共同主办活动。我们县作协与县图书馆、文化馆开展的诗歌散文征文朗诵活动，已连续开展了多届，获奖作品在报纸副刊选登，2009年起全县的系列宣传活动干脆将我们纳入了年度计划。2010年，我们和工商联合作，准备完成大型报告文学《潮涌鸠兹——芜湖县民营企业风采录》的采写出版工作，县党政主要负责人听说后主动拨款8万元予以支持，这本20多万字的报告文学集于2011年由安徽师范大学出版社正式出版发行。完成了《安徽文学》芜湖县文学方阵的策划组稿工作，邀请《安徽文学》主编率团来县讲学，和作者进行面对面的交流……大家感慨地说：作家协会还是能做事的，《芜湖县周刊》这几年确实培养了许多优秀作者。连《印象东湖》《芜湖县政协》等杂志，每期都拿出一定的篇幅发表芜湖县作者的文学作品，文学越来越受到大家的关注。

2016年初，我又兼任县文联刊物《鸠兹鸟》季刊的主编，可以发表中短篇小说等篇幅长的文章，作者发表作品的园地也大了。好在领导很支持文学创作，杂志费用全部是财政拨款，不需要做广告补助，客观上保证了作品的质量。还支付稿酬，一些优秀作品也愿意在我们杂志发表，我们发表的3部短篇小说被《安徽文学》选用，许多散文诗歌也陆续在省市级报刊发表，好几个作者出版了个人专集。

2020年9月，上级决定撤芜湖县设湾沚区，《芜湖县周刊》也改名《湾沚周刊》。12月30日，《湾沚周刊》出版第14期后，湾沚区融媒体中心正式宣布：《湾沚周刊》停刊。

【分载于2013年4月13日、5月16日《大江晚报》,2013年8月21日《芜湖日报》,2013年第2期《皖江传媒》;连载于2013年8月14日、9月4日、9月18日、9月25日、10月30日、12月25日《芜湖日报·芜湖县周刊》】

守望幸福之乡(代后记)

写下这个题目时，我正站在天命与花甲之年的中间点上。虽然工作的强度不像以前那么大了，生活的压力也比以前轻松了许多，但有时站在阳台上，或坐在电脑前，思绪还会像潮水一样向过去奔腾蔓延，或若有所思，或哑然失笑。家人说：你不会是得了老年痴呆症吧？我淡然一笑：当然不会！我只是常常想起在乡村度过的无瑕的童年时光：偷桃、摘李是为了解嘴馋，摸河蚌、捉泥鳅是为了改善伙食，玩泥巴、学打仗是为了争当英雄……明明是历经了苦难、受够了劳累、吃尽了苦头，却依然感到开心和快乐。不知道奶奶为什么要给我改名为“幸福”？直到现在，我才明白“幸福”其实就是为了表达对美好生活的渴望啊！社会巨大的进步，生活翻天覆地的变化，生活早已突破了我们最初“楼上楼下，电灯电话”的梦想，让高铁、飞机、网络视频和灯火辉煌成为生活的常态。再想起那些往事，居然还有一丝淡淡的甜蜜。

除去无忧无虑的童年时光，我将过去的人生总结为三个“16年”。第一个16年主要是读书。小学6年，初中4年（复读），中师4年，大专2年，从学工学农到恢复中高考，紧赶慢赶只抓到了一张专科毕业证书，再就是在《安徽青年报》发表了文学处女作，所以，1986年我毕业时被破例分配到家乡初中当了一名语文教师。那时，乡村中学教学设施简陋，教学条件很差，理化课老师只能在黑板上做实验，我们也经常要在煤油灯下备课改作业，闲暇时也读点报纸副刊、文学期刊，一边教书一边写作。虽然养家糊口的任务很重，但文学创作还是有点起色，出版了个人的文学作品专集，还当上了学校校长，成了当地的“名人”！到2002年国庆节假期刚过，我被借调到县委宣传部做了县报的新闻采编，结束了我16年的教师生涯。那时网络刚出现，电脑还没有全面普及，所以作为县内唯一的纸媒——县报还是很受欢迎的，我便经常被邀请到县直机关、科局乡镇、企业和村民家采访，写了许多新闻类的文章，扩大了接触面，认识了许多人，接触了许多陌生的领域。特别是编报纸副刊之后，培养了一大批写作爱好者，成为副刊稳定的作者群，也让我编副刊时得心应手。然而好景不长，随着网络、智能手机的普及和升级，传媒形式的发达，报纸的内容已显得非常滞后，渐渐失去了魅力。2018年国庆节之后，报社与电视台合并组建融媒体中心，进一步整合资源，深化改革，我便主动退居二线，做了文联的专职。虽然教师和采编工作都是16年一次轮换（似乎冥冥之中有某种巧合或者宿命），虽然完成了买房还贷、送女儿上大学弥补我没有上本科的遗憾，特别是后期经历了妻子因病而逝的巨大变故，但我还是战胜了生活的煎熬，完成了作为丈夫、父亲的责任，通过了副高级职称的评选，并且坚守着文学创作不变的初心，创作并发表了数百篇文学作品，出版了《太阳雨》《相聚是缘》《泥巴墙头腊味香》等好几本个人专集，加入了中国作家协会，我感觉自己的青春年华没有虚度。

现在，虽然居住在县城，但我依然热爱着乡村，更喜欢回老家转转，看熟悉的田园、沟渠风景，听熟悉的鸡鸭、猫狗欢叫，感觉乡村味道、乡村亲情、乡村风俗和浓郁的乡愁从记忆深处不断地涌出来，形成些许淳朴宁静又不乏诙谐幽默的文字，慰藉心灵，享受美好。

因为名叫幸福，因为喜欢乡村，所以“今日芜湖”约我开个专栏，我就用了《幸福之乡》的名字，同时也作为本书的代后记吧。

【原载2020年3月23日《大江晚报》】